U0109349

古典詩歌研究彙刊

第三一輯

龔鵬程 主編

第 6 冊

李清照及其詞作分期研究

楊芷菱 著

國家圖書館出版品預行編目資料

李清照及其詞作分期研究／楊芷菱 著 -- 初版 -- 新北市：花
木蘭文化事業有限公司，2022〔民 111 〕
目 2+174 面；17×24 公分
（古典詩歌研究彙刊 第三一輯；第 6 冊）
ISBN 978-986-518-679-1（精裝）
1.CST：（宋）李清照 2.CST：宋詞 3.CST：詞論
820.91   110022040

ISBN-978-986-518-679-1

9 789865 186791

古典詩歌研究彙刊
第三一輯　第 六 冊   ISBN：978-986-518-679-1

李清照及其詞作分期研究

作　　　者　楊芷菱
主　　　編　龔鵬程
總 編 輯　杜潔祥
副總編輯　楊嘉樂
編輯主任　許郁翎
編　　　輯　張雅淋、潘玟靜、劉子瑄　美術編輯　陳逸婷
出　　　版　花木蘭文化事業有限公司
發 行 人　高小娟
聯絡地址　235 新北市中和區中安街七二號十三樓
　　　　　　電話：02-2923-1455 ／傳真：02-2923-1452
網　　　址　http://www.huamulan.tw 信箱 service@huamulans.com
印　　　刷　普羅文化出版廣告事業
初　　　版　2022 年 3 月
定　　　價　第三一輯共 7 冊（精裝）新台幣 13,000 元　　版權所有 · 請勿翻印

李清照及其詞作分期研究

楊芷菱 著

作者簡介

楊芷菱，1993 年生於台北，臺北市立大學中國語文學系碩士班畢業。由楊文惠教授指導。因喜愛李清照的詞，大學時期到研究所的論文都與李清照相關，其人其作品深具魅力，故嘗試在前人研究基礎上從不同角度讓大家看見清照的多樣面貌。

提　　要

　　李清照的人生經歷跌宕起伏，不同階段都有其際遇感慨之處，而被後人探討分析。「宋室南渡」、「屏居鄉里」、「改嫁」等遭遇，是歷來研究李清照的生平時比較會去著墨論述的方向，但是她的生活日常並不只有這些事情，其他階段的境遇也可以看到李清照的人生、情感表現還有文學創作存在多樣的內容。

　　廣泛而言，以李清照的作品分期來看，能夠同時了解其生平經歷與作品間的關係與連結。其創作分期普遍分成南渡兩期，南渡前，因生活安穩愉悅，夫妻生活美滿，內容上多是相思閨情的題旨，風格婉約清麗；南渡後則是受到國破家亡影響，主旨漸轉為身世飄零、思鄉憂懷，風格也變為深沉黯淡。然而，其作品內容在此分期的前提下，當中的題旨、情感層次、意象表現，仍舊會被不同階段的生活事件而影響，進而產生內容差異，區別出更加細膩真摯的意蘊。

　　因此，本文從李清照在年少時遭遇到「元祐黨籍碑事件」及南渡後面對「喪夫」時的反應感受，說明她的情感面貌，並針對這兩件事件造成的後續影響與發展，了解其人生境遇有多樣的角度可討論，也藉此闡述其文學創作因時間歲月、人生變化有不同內容、程度的差異，具現出不為人知的李清照。

目

次

第一章　緒　論

　　李清照（1084～1155），自號易安居十，生於宋代，其作為南渡前後的女詞人，是中國文學史上有很高地位的一位女作家。〔註1〕李清照的詩詞創作極富藝術性，文章的撰寫能力備受同時代人的肯定。王灼《碧雞漫志》云：「易安居士，京東路提刑李格非文叔之女，建康守趙明誠德甫之妻。自少年便有詩名，才力華贍，逼近前輩。在士大夫中已不多得。若本朝婦人，當推文采第一。」〔註2〕易安在文學創作中的風格極具個人特色，其擅長以通俗的口語語彙，創造貼切又具創意的詞句，例如：「簾捲西風，人比黃花瘦」〈醉花陰〉〔註3〕、「知否？知否？應是綠肥紅瘦」〈如夢令〉〔註4〕等。而李清照也承繼了由晚唐五代時，所發展的婉約派風格，所以其恪守倚聲填詞的規範，重視音律，精煉字句，對文學的藝術性有個人的堅持。〔註5〕此外，李清照也寫下了〈詞論〉一文，從批評的角度，論述與她同時期的詞人的作品風格。

〔註1〕劉大杰著：《中國文學發展史》（臺北：華正書局，2009年），頁692。
〔註2〕宋・王灼撰：《碧雞漫志》（臺北：新興出版社，1975年），頁711。
〔註3〕王學初著：《李清照集校註》（臺北：里仁書局，1982年），頁34。
〔註4〕王學初著：《李清照集校註》，頁8。
〔註5〕清・王士禎《花草蒙拾》云：「張南湖論詞派有二：一曰婉約，二曰豪放。僕謂婉約以易安為宗，豪放惟幼安稱首，皆吾濟南人，難乎為繼矣。」見清・王士禎著：《花草蒙拾》（北京：中華書局，1986年），頁685。

第一節　文獻回顧

　　自宋代以來，關於李清照的研究，前人成果豐碩。而近二十年來，其作品的研究，也受到研究者的注目。其相關討論主要可分為生平經歷及文學創作兩個部分。生平經歷的相關史料記載都是本文統整梳理、思考反饋的依據，當中包含了李清照年輕到晚年的種種經歷細節，還有後人關切的改嫁與否的問題等研究。而李清照文學創作相關的研究，基本上可分為作品的外部分析及內部分析。外部分析包含了詩詞文創作的形式、音韻、修辭、詞彙以及句法。內部分析則是詞作、詩文中的題旨變化、情感內涵、意象表現。而本文的重點在於透過經歷變化，了解李清照的創作在人生歷程下的變動，並以內部分析的相關研究為中心，分述生平經歷及文學創作的相關文獻，回顧歷來研究成果，並針對文獻提出反饋。

一、生平經歷

　　關於李清照生平相關的研究，有生平考證與人物傳記兩項。生平考證方面王學初在〈李清照事跡編年〉一文中，考察了李清照的出生到死亡的經歷，並徵引各項史料、文獻，加以論證解析其行蹤，讓李清照生平研究有完備的資料索引。〔註6〕其後，黃盛璋〈李清照事跡考辨〉也對李清照的事跡有補充，從生年嫁年、婚後、屏居青州、南渡、避難行跡等重要的經歷都有與前人說法相互討論，且論證充足。〔註7〕而于中航《李清照年譜》集結了王學初、俞正燮、黃盛璋等人的著作，徵引古今說法，更加完整呈現李清照一生的過程。〔註8〕

　　人物傳記方面，大多都是以生平信史與作品，撰寫李清照的一生。陳祖美《李清照評傳》透過史實以及詩詞內的典故內證，寫出李清照在

〔註 6〕收錄於王學初著：《李清照集校註》（臺北：里仁書局，1982 年）。
〔註 7〕收錄於繆香珍著：《李清照與朱淑真評傳》（臺北：臺灣商務印書館，1989 年）。
〔註 8〕于中航著：《李清照年譜》（臺北：臺灣商務印書館，1996 年）。

生命經歷中的心理狀態及思想。其主要是針對圍繞李清照與其丈夫趙明誠的互動，說明清照的心思。特別是在兩人屏居青州之後，清照寫了〈鳳凰台上憶吹簫〉這首詞。陳祖美從這首詞推測清照有些別後相思的詞作，其實是擔心趙明誠有外遇之嫌，由這些詞作揭示兩人的夫妻之情並非一直是幸福甜蜜的。其藉由李清照在生命情景裡的狀況加以探究不同主題的詞作，以顯現李清照生命與詩詞文的結合。此書對李清照的生平跟創作有精闢的見解，有助於理解作品的內涵，不過其中的分析仍有討論空間。〔註9〕劉維崇《李清照評傳》則一樣完整的寫出李清照的生平過程，但側重的是其交遊往來、人際關係，及其愛國思想的一面，並在最後說明了作品的概況與特色。文中較凸顯的是作者對李清照性格剛直和思想志趣方面的敘述。而這方面的說明有利於了解李清照面對生活變動或是國家劇變後的心理活動，也能深入的看到其精神層面的說明，幫助生平人物的研究有多方面的參考。〔註10〕

　　而鄧紅梅《李清照新傳》一樣是由史料與作品結合進行評述，內容上側重於李清照在每個人生階段所顯露出的情感。從清照的角度，去闡述自己與明誠之間的關係，通過少女時代的浪漫天真、婚姻時的甜蜜苦澀還有南渡後悲戚等感情的呈現，以說故事的手法，讓研究者能夠更為清楚作者的想法，深刻的說明李清照的人生。〔註11〕南宮搏《李清照的後半生》裡主要是針對南渡之後的李清照加以說明。內容上，以敘事為主，考證為輔的方式，談論清照南渡生活的面貌，書寫的角度，集中在清照南渡過程的艱辛，以及透過時人記載，說明清照晚年時寓居金華的狀況。〔註12〕此部分幫助了解李清照南渡後的狀況跟心理活動。

〔註9〕　陳祖美著：《李清照評傳》（李清照評傳）（南京：南京大學出版社，1995年）。

〔註10〕　劉維崇著：《李清照評傳》（臺北：黎明文化事業股份有限公司，1987年）。

〔註11〕　鄧紅梅著：《李清照新傳》（上海：上海古籍出版社，2005年）。

〔註12〕　南宮搏著：《李清照的後半生》（臺北：臺灣商務印書館，1996年）。

　　另外，比較特別的是李麗華在〈女性自傳文學的書寫意識與書寫特質──以李清照〈金石錄後序〉為剖析文本〉一文中論述李清照的經歷時，是從女性在書寫自傳上的特殊性，來看待李清照的人生歷程。此特殊性在於，其認為女性在書寫自傳上，是以切身的人、事、物為主要的表達重點，因而著力敘寫其對家人的掛念，對舊事的留戀；男性自傳則著眼於自身功績的流傳，懼沒於世的努力，死後身名俱朽之可能。而李清照的〈金石錄後序〉與趙明誠〈金石錄序〉的書寫內容的差異，便凸顯了李清照作為一名女性，在書寫自傳中以自身的觀點看待自己的經歷時，其所表露出的情感與心理，比起男性更加真實的呈現自身的生命歷程。〔註13〕由此，從傳記書寫與李清照自傳書寫，可以看到不同的角度梳理出的研究成果。

二、文學創作

　　文學創作上，李清照創作的內部研究，反映了多樣化的分析。對本文而言，作品的分期、詞風的變化、作品的分析、情感的內涵、表現手法等相關研究，是了解問題，闡述論點時，有效且幫助最大的文獻資料。所以透過探討這些研究成果，以呈現出李清照創作的發展跟底蘊，是本文回顧「文學創作」研究成果的立基之處，故以下將分述之。

　　李清照創作內容的相關文獻，其實即包含了創作的分析、情感的內涵、表現手法的研究。從這些內部研究上，形塑出詞作、詩文的風格，再與經歷作連結探究階段性的創作意涵。

　　首先，在創作的分析方面，其研究是由基礎到綜合性的分析。金容春《李清照詞之研究》由李清照所處的宋代的社會政治開展，當時的文化跟文藝概況，並就其生平作重點論述。再分別從詞作內容論述了李清照的情感，並闡述了詞作應用的藝術技巧跟表現手法。整體來說，此文初步切實的寫出李清照的生平，並由南渡前、後期，去了解其詞作

〔註13〕　李麗華：〈女性自傳文學的書寫意識與書寫特質──以李清照〈金石錄後序〉為剖析文本〉《漢學論壇》第二輯，2003 年，頁 13～28。

的情感跟風格技巧，對於李清照研究有概論性的呈現。〔註 14〕平慧善
《李清照及其作品》則在文學創作的析論上，詳盡的說明了李清照南
渡前、後期的詞作發展。從當中的思想意義、抒情手法、語言特色、藝
術風格等，解釋了詞作內容上的不同、情感表現的真摯、用語遣詞的平
淡通俗。〔註 15〕而這些也有助於了解李清照人生經歷與創作上的連結
性，使作品的分析有系統的去印證相關的意涵。基礎性的研究針對詞
人的文學創作有基本但全面性的認識，由此再進一步地了解其他不同
面向的分析。

　　李清照創作上的基本研究，不外乎是生平與作品間的聯繫，開展
出不同面向的創作題旨及情感，呈現綜合性的討論。而詞作的釋義詮
解即在此基礎上，呈現了作品意義有不同趨向的解釋。陳祖美《李清照
詞新釋輯評》在內容上以作年排序，講釋李清照的詞作內涵意義。作者
敘寫的重點多是從生平經歷出發，針對作品出現的地名、自然風物、情
景建築去闡釋李清照創作的原因、脈絡等，以了解每首詞作背後的意
境。較可惜的是，清照的生平史料其實不多，所以書內過於清析或是確
切的敘述搭配詞作的說明，稍嫌有自圓其說的意味。不過。當中綜合性
的說明對於生平跟詞作的關係性，能幫助研究上對詞作分析的討論與
參照。〔註 16〕而黃麗貞《詞壇偉傑李清照》則將詞作釋義與修辭分析
作結合，對詞作內部的結構作語句、情感、意境、基調、用典甚至作年
的探究，精彩細膩地把李清照的各種心理活動、感情狀況在作品裡一
一體現。對研究李清照詞來說，是具有洞悉性的內容，能幫助解決詞作
分析上的困惑。〔註 17〕唐圭璋《李清照詞鑒賞》收錄了個別賞析李清
照詞作的文章，當中的分析或是用典出發，或是情境出發，或是美感出
發，把詞作由不同角度進行解析。〔註 18〕曹樹銘《李清照詩詞文存》

〔註 14〕　金容春：《李清照詞之研究》（臺中：東海大學，中國文學研究所碩士
　　　　　論文，1986 年）。
〔註 15〕　平慧善著：《李清照及其作品》（長春：時代文藝出版社，1985 年）。
〔註 16〕　陳祖美編著：《李清照詞新釋輯評》（北京：中國書店，2003 年）。
〔註 17〕　黃麗貞著：《詞壇偉傑李清照》（臺北：國家出版社，2007 年）。
〔註 18〕　唐圭璋著：《李清照詞鑒賞》（濟南：齊魯書社，1986 年）。

對李清照的詩詞文提出釋義，並且在作品後附錄了他人的評議以及有相似的詞句、詩句供參考閱讀。此書所提出的校釋有啟發性，對於作品的分析有所助益。〔註 19〕詞作的釋義或賞析是研究李清照創作的基本文獻，從中聚焦基礎到綜合的析論，深具思考的價值，但當中卻無法有不同視角多方了解其背景或創作差異。

由此而言，李清照的比較研究在此提出了相關的成果。王廣琪《動亂中的詞人──李煜李清照詞比較研究》以李煜跟李清照的背景、詞作相互比較。從中側重的是兩者的生命經歷都是前半生歡愉，後半生憂患的狀況，而兩人詞作的題旨、語言、情感還有風格，各自呈現了詞人的生命情懷和文學地位。此處提供詞作分析所需要的視角。〔註 20〕洪怡姿《李清照詞與徐燦詞研究》同樣是從背景家世、生活遭遇著手比較兩人在創作上的異同，以了解李清照對後世的影響與後人對李清照的超越。〔註 21〕而呂宜芳《秦觀與李清照詞之比較研究》則偏重秦觀與李清照的藝術技巧、篇章設計析論，同為婉約派的兩人在倚聲填詞上的異同與長短處。〔註 22〕這些研究提供了探討李清照詞作可參酌的論述與視角。

其次，情感的內涵方面，作品內的心情感受表現出的樣貌，可了解李清照性格思想的寫照，並知悉其階段性的情感程度，體現情感之於創作的豐富性。陳怡君在《李清照性格思想及生活情趣探究》一文中從李清照的生平、詞作、詩文了解其人的性格思想，並進一步地從作品內所寫的環境、物品，建物探究其生活當中的活動樂趣。文內歸納出李清照個性上的特點、思想上的感受還有日常的活動，能對了解

〔註 19〕 曹樹銘校釋：《李清照詩詞文存》（臺北：臺灣商務印書館，1992 年）。
〔註 20〕 王廣琪：《動亂中的詞人──李煜李清照詞比較研究》（彰化：國立彰化師範大學國文研究所碩士論文，2008 年）。
〔註 21〕 洪怡姿：《李清照詞與徐燦詞研究》（臺中：國立中興大學中國文學系碩士論文，2008 年）。
〔註 22〕 呂宜芳：《秦觀與李清照詞之比較研究》（臺北：淡江大學中國文學系碩士在職專班碩士論文，2011 年）。

其人有所幫助。〔註23〕從生平、創作可了解詞人的性格思想，也能分析出詞作內的情緒流露。郭錦蓉《易安詞中的愁》從「愁」的情感出發，看清照生平、與丈夫的相處、國破家亡的愁情。而這點能聚焦在詞作的愁情表現上，對於李清照詞作中重要的「愁情」有脈絡和歸納性的分析，有益於探究情感的表現和層次，是初步有系統的展現情感的內涵。〔註24〕

而吳美珍《李清照詞作之情感嬗變與藝術特質探究》則進一步探討情感的嬗變，其先就李清照生平背景作概述，接著從情感的層次、變化討論其作品當中的內涵，再就詞作中的自然意象、人文意象剖析李清照在不同階段的內心情致。其後針對詞作內的修辭、風格進行分析歸納。文章內的重點在於在南渡前、後期，李清照透過作品表現出不同程度的情感，也呈現情感的層次，體現詞作的內涵。〔註25〕這一點幫助本文釐清詞作內情感程度的差異性，不過此文末能將情感表現的細節變化及層次感更明確的表達是較可惜之處。而這點也給予本文更多的研究空間，從創作去深入探究李清照的情感變動。

表現手法方面，作者通過自我意識在創作思考，無論是哪一種文學體裁，表現手法都會被當作解讀作者寫作的方式，從中能看到作品欲表達的題旨，更重要的是能夠了解創作內部的意蘊旨趣。而「意象」的討論能呈顯詞人的情緒波動跟精神意義，使詞作內部的涵義能在字數限制上，形成最大化的情感傳遞。劉淑菁在《《漱玉詞》花鳥意象研究》中探索了中國歷代的意象論及西方意象論，以歸納分析近代對意象的理解，從而針對清照詞作的花、鳥意象的涵意進行探討。此文著重在詞人創作上使用花和鳥時，所呈現的情感表現，由此討論李清照的

〔註23〕　陳怡君：《李清照性格思想及生活情趣探究》（彰化：國立彰化師範大學國文研究所國語文教學碩士班碩士論文，2005年）。

〔註24〕　郭錦蓉：《易安詞中的愁》（嘉義：南華大學文學研究所碩士論文，2003年）。

〔註25〕　吳美珍：《李清照詞作之情感嬗變與藝術特質探究》（新竹：玄奘大學中國語文學系碩士在職專班碩士論文，2008年）。

生命情懷跟藝術特質。而此研究也統計出了各種花朵、鳥類的名稱及其出現的頻率，有效的對表現手法資料進行歸納，足供參照。〔註 26〕程汶宣《李清照詞篇章意象析論》一文則由詞作的主題表現去論述了李清照在意象手法上的設計及其運用，並解析其中組織跟結構，細部的去探索詞作當中的意象變化。而其中詳述詞作主題的分析跟歸納，可幫助了解李清照詞作的整體性。另外，文內以意象理論為基礎，來析論詞作內的各種意涵、物象的表現，謀篇設計實屬精彩，若能對不同時期中的相同意象作略微的比較與說明會更完備。〔註 27〕

此外，意象的繼起傳遞出作品本身的意義，而意象的轉換也是論證詞人在表現手法上的呈現。陳玉蘭〈論李清照南渡詞核心意象之轉換及其象徵意義〉檢視李清照南渡後詞內的主要意象，說明當中的意涵核心，並以此串起意象在文本內的價值意義。物象繼起的意念情懷在南渡詞裡，開展了李清照的愁情變動，使此時的詞境更為的開闊，表現出的精神價值更加深遠。〔註 28〕王長順〈李清照詞意象美嬗變論析〉論述女子意象、花意象、雨意象在李清照生平不同階段所展現出不同性質的美，說明此間的情感的意蘊。同樣的意象存於不同生活環境，傳達的情致即有差異性的內涵。〔註 29〕文中針對此點，利用意象的變化給予詞人在表現手法運用的研究多有助益，也給予本文在相關討論上有參考的資料。只是討論的意象較少，在整體的闡述上篇幅不足。然而，無論是表現手法的嬗變、情感內涵的層次還是作品釋義等相關論述，都已有相當成果。筆者站在前人研究的基礎上，透過文獻探討的回顧與反饋，對李清照的文學創作提出進一步的看法，梳理出其作品情懷的意蘊。

〔註 26〕 劉淑菁：《《漱玉詞》花鳥意象研究》（臺北：國立臺灣師範大學國文研究所教學碩士論文，2009 年）。

〔註 27〕 程汶宣：《李清照詞篇章意象析論》（臺北：國立臺灣師範大學國文研究所教學碩士論文，2006 年）。

〔註 28〕 陳玉蘭：〈論李清照南渡詞核心意象之轉換及其象徵意義〉《文學遺產》第 3 期，2008 年，頁 77～82。

〔註 29〕 王長順〈李清照詞意象美嬗變論析〉《文藝評論》第 2 期，2012 年，頁 46～49。

　　其次，作品分期方面，學者普遍將李清照的作品分為兩期。以「宋室南渡」為界，分為南渡前期與南渡後期。而陳祖美《李清照評傳》中，認為應將二期改為前、中、後期三期，才能細膩地看出作品中更為深入的情致。其以李清照出生的元豐七年（1084）至其屏居鄉里的大觀元年（1107）間為前期，屏居鄉里的大觀二年（1108）至趙明誠逝世的建炎三年（1129）間為中期，趙明誠去世後的建炎四年（1130）至李清照逝世為後期。〔註30〕陳祖美建立三期說的原因在於，二期的分法可以了解清照南渡後的情感，卻無法概括解釋其在靖康之變的靖康元年（1126）到趙明誠離世的建炎三年（1129），約三年間的情感變化，並且也未能詳盡的區分，南渡之前，清照詩詞情感與風格的轉變。因此，陳氏認為如果將分期細化，並將後期的分界提前至趙明誠離世之時，就能了解李清照從南渡初期至趙明誠去世間的心理狀態及情感思緒。

　　張美智《《漱玉詞》藝術探究》一文在界定李清照作品分期時亦參考了陳祖美提出的三期說，分為早中晚三期作探討。早期：家學淵源名門後──天真活潑的少女時代。（公元一〇八四年至公元一一〇〇年）；中期：歸去來堂鶼鰈情深──浪漫多情的閨婦時代。（公元一一〇一年至公元一一二六年）；晚期：顛沛流離嫠婦情──淒淒慘慘悲情終一生（公元一一二七年至元一一五五年）。〔註31〕張氏以此界定李清照的詞作分期，以清楚的了解內容的嬗變。不過，我們可以看到此文一樣是以「宋室南渡」（1126）為詞作的分界，以少女、閨婦、嫠婦為大標題，卻忽略李清照初南渡（1126）到喪夫（1129）年間的生活與創作。

　　而鄔曉菁在〈李清照分期新論〉中以李清照在不同的人生階段所作的相同題材的詞作，相互比較討論，認為應將二期改為前、中、後三期，前期是少女時期至李清照與趙明誠結婚的建中靖國元年（1101），中期是與趙明誠結婚後的崇寧元年（1102）至趙明誠逝世的建炎三年（1129），

〔註30〕　陳祖美著：《李清照評傳》（南京：南京大學出版社，1995年）。
〔註31〕　張美智：《《漱玉詞》藝術探究》（新竹：玄奘大學中國語文研究所碩士論文，2006年）。

後期是從建炎三年（1129）到李清照逝世。鄔氏與陳氏一樣將中期的分界定為「趙明誠離世」，以此符合李清照的心路歷程，以及詞作的發展軌跡。〔註32〕邵清風也在〈易安詞分期新探〉中，發現詞作內的情感有急遽的轉折，其以「鳳凰臺上憶吹簫」這首詞的情感難以明確為例，認為易安詞不是能以南渡的變故概括分期。〔註33〕由此能發現李清照的詞作的分期仍有些歧異，而此問題也會影響到其詩詞意涵的詮釋。

由此來看三期的分法，對清照的人生經歷與作品關係的研究是有其重要性的。而筆者認為李清照的創作以南渡為界廣泛區分前後期，確實能看出其詞作發展的脈絡變化，但是若按陳祖美的三期說來看，比起南渡，喪夫對清照的打擊其實是更劇烈的。所以將「趙明誠的離世」作為分期點，對其南渡後的經歷跟創作能有詳盡且細膩的討論，並關照李清照南渡後階段性的情感心緒。因此本文對李清照的作品分期，將以陳祖美提出的前中後三期為依據，討論此分期下的生平背景及文學創作。

作品分期的討論，會伴隨著詞風變化的論述，表現出李清照創作風格的趨向。而李清照的詞風是隨著人生歷程而有所轉變的。郭曉菁〈南渡詞人李清照——其詞作與詞學主張研究〉在討論詞作的風格與內容時，以為易安詞風在南渡的前與後有巨大的轉變。在內容上主要側重在南渡前後，李清照在相同題材上的詞作，卻有著截然不同的心境與感受。前期是詞風婉約輕快，縱使有相思的輕愁，卻不減明亮、清麗的風格，後期則因國破家亡，詞風轉向沉重，對故國故家的思念在詞中揮之不去，由此顯見前後期之差異。此文具體的闡述南渡對李清照創作的影響性，也對前後詞作的內容分析有理。不過，南渡後的詞作主題或情感分析上，分別都有正面跟負面的表達。〔註34〕而此點也讓本文有探討相關問題的機會，深入了解其中的不同。

〔註32〕 鄔曉菁：〈李清照詞分期新論〉《寧波師範學報》第 4 期，1996 年，頁109～113。

〔註33〕 邵清風：〈易安詞分期新探〉《巢湖學院學報》第 4 期，2003 年，頁 67～71。

〔註34〕 郭曉菁：《南渡詞人李清照——其詞作與詞學主張研究》（新竹：國立清華大學中國文學系碩士論文，2002 年）。

　　李清照的生命經歷與詩詞作品是人們的話題中心，也是研究者前仆後繼欲分析的研究項目。前人研究累積至今，題材眾多，數量龐大。而本文對生平考證、傳記題材、作品分期、詞作表現、情感內涵及詞風變化的相關研究成果，加以說明，以了解李清照作品的情感與風格的轉變。儘管李清照的研究已有相當的成果，不過筆者期望能在當中發現不同於前人學術成果有的論點，為此相關研究有所貢獻。

第二節　研究動機及目的

　　一般來說，研究中國傳統文學家時，生平經歷是重要的核心資料，它不僅能梳理出作者的一生變動，更可以輔助詩歌的討論，幫助讀者了解創作的內容及發展。而對於李清照的研究而言，其既生活於北宋至南宋的動盪年代，再加上她有著知識分子的教育水準、文學創作的能量。其跌宕起伏的一生與文學創作更激盪出精彩的火化，為後人津津樂道。對此，黃麗貞在《詞壇偉傑李清照》中說：

> 現在讀《漱玉詞》，篇章雖少，依然可以據以描繪出她人生際
> 遇的變化，體味出她在不同人生階段中的生活姿采與心情：
> 幸福的歡樂，離別的輕愁，失侶的淒苦，國破家亡的惶恐流
> 離，世人不但嘆服她文詞的自然穩貼，新俊錘煉，更不由自
> 主地感染了她情思纏綿與端雅沉鬱。〔註35〕

而在當時能夠影響李清照的因素不外乎是原生家庭、夫家還有國家的變動。這些構成其生活歷程，同時也形成其創作能量的源頭。由此能夠具體的看到李清照的創作風格、詩、詞、文章的發展，並知人論世，〔註36〕進而了解其中的感懷與情致。換句話說，作品反映了作者的內

〔註35〕　黃麗貞著：《詞壇偉傑李清照》（臺北：國家出版社，2007 年），頁 32。

〔註36〕　《孟子・萬章下》孟子謂萬章曰：「頌其詩，讀其書，不知其人，可乎？是以論其世也。是尚友也。」系指閱讀或批評作品時，需要了解作者的生活、經歷、思想與身處的時代背景、社會文化，才能夠去評論作品。孟子認為認識作者、研究作者是閱讀詩歌的方法。楊伯峻著：《孟子譯注》（臺北：華正書局，1990 年），頁 251。

心情感與人生經歷，而生平經歷在一定程度中，影響了作者在書寫時的狀態以及作品欲表達的種種情致。這兩項因素互補互助呈現作者的全貌。從「倚門回首，卻把青梅嗅」〈如夢令〉〔註37〕展現李清照少女時的美好。到「此情無計可消除，纔下眉頭，卻上心頭」〈一剪梅〉〔註38〕的情景中，深刻地勾勒出女子無以名狀的相思之情。再到「尋尋覓覓，冷冷清清，淒淒慘慘戚戚」〈聲聲慢〉〔註39〕裡，體會到李清照內心孤寂的感受。這些創作呈現其文學創作的意涵，並刻畫了李清照的生命經歷與個人狀態的轉變。

而針對李清照生平經歷及文學創作的看法，學者已有共識。劉瑜《莫道不銷魂：李清照作品賞析》認為李清照的詞，以南渡為契機，前期詞多寫離情別緒，後期詞多寫國破、家亡、夫喪、顛沛流離的淒苦及對故國鄉關的思念。〔註40〕郭曉菁〈南渡詞人李清照——其詞作與詞學主張研究〉以為李清照的詞作可分為前後兩期。前期的作品，因為社會安定，加上大部分的時間是過著閒適美滿的生活，所以詞作內容以閨閣之情為主，感情率真。後期因為經歷了亡國與喪夫之痛，所以詞風變為蒼涼沉咽。〔註41〕此外，劉大杰《中國文學發展史》同樣也說李清照的生活可分為生活美滿的前期，和國破家亡後流浪的悲苦的後期。前期的作品，是熱情、明快而又活潑天真，後期是纏綿淒苦，而入於低沉的傷感。〔註42〕

從前人的研究中，我們可以看到李清照的生平經歷與詩詞內容的關係，已經有一致的結論。而此看法既能清楚清照在詩詞中的情感，也能掌握作品風格、情感轉變的方向，同時，也具現「南渡」的政治變故，

〔註37〕 王學初著：《李清照集校註》，頁8。

〔註38〕 王學初著：《李清照集校註》，頁23。

〔註39〕 王學初著：《李清照集校註》，頁64。

〔註40〕 劉瑜選析：《莫道不銷魂：李清照作品賞析》（臺北：德威國際文化，2002年），頁15。

〔註41〕 郭曉菁〈南渡詞人李清照——其詞作與詞學主張研究〉，頁111。

〔註42〕 劉大杰著：《中國文學發展史》（臺北：華正書局，2009年），頁695。

在李清照的生命與作品中的重要性。然而，站在歷來研究的基礎之上，筆者認為其生平經歷跟創作之間的關係，可由「分期」的角度來討論。所謂的「分期」是指從李清照階段性的歷程，了解其在當中的生活變化、心理感受，藉此說明不同境遇之下，李清照的創作內容及其風格的轉變。也就是說，李清照在不同階段的人生經歷中，存在著多樣的日常生活，而這些生平際遇會對她的文學創作造成影響變化。從另一角度來看，依照李清照年輕到老的人生歷程，分期性的展現當中的境遇、情感表現以及文學創作，能夠深入闡釋他在不同經歷之中的心境，凸顯出作品受到生活轉變的實質性，以具現李清照的生平與創作的連結。

而就本文的「分期」之義而言，李清照的生平經歷除了「宋室南渡」外，仍有其它的生活經驗可加以討論，主要可以從兩個部份來說明：

第一，李清照在南渡之前，並非都是過著幸福美滿、無憂無慮的生活。石邵華在〈論李清照生命意識的演進〉一文中，認為李清照在少女時期、少婦時期、嫠婦時期的作品裡都分別流露出屬於那個階段的情懷，而她的生命意識也在生命歷程與詩詞中具體的呈現，形成人性與生命更深層的體驗和一種更為深沉悠遠的人生哀嘆。換言之，在清照的人生歲月中有著悠長深遠的個人情懷。〔註43〕在李清照的經歷中，「宋室南渡」是她的生活的一個分界點，同樣也是創作上的分歧點，此看法是無庸置疑的。只是除此之外，其實在南渡之前，李清照也在年少時因為政治鬥爭的波及，而遭遇到挫折、感受到不安。後人熟知其屏居鄉里，生活閒適的經歷，也在此事的衝擊之下在生活上有著不小的影響。

因此，筆者認為李清照在不同歷程裡，對生活的思索與情感的連繫，能夠串起李清照一生歲月歷程，也更能掌握其作品內的情致感懷。而李清照南渡之前的經歷，並非是一帆風順、無憂無慮的生活，在所謂幸福美滿的時光背後，同樣也有著隱憂焦慮。所以若能分期性的釐清

〔註43〕　石邵華：〈論李清照生命意識的演進〉《成都大學學報》，第 9 期，2007年，頁 87～90。

其生平經歷，了解清照在當中的各種情感，更能全面的呈現其南渡前的經歷變化與創作。

　　其二，一直以來，「宋室南渡」的政治變故是研究李清照作品的分期指標。從大方向來看，這樣的觀點是不可否認的事實。李清照的生活跟創作確實因為此事而轉變。不過，根據前述文獻回顧中，陳祖美與鄔曉菁將南渡作為分期依據的二期說，改為前、中、後三期的說法來看，「趙明誠離世」對李清照的作品研究有關鍵的影響。基於此，筆者認為「趙明誠的死」對李清照創作上的文辭、鋪陳及情致的影響才是最大的。因為李清照在趙明誠死前與死後的生活、情感、精神以及作品內容，呈現截然不同的氛圍。

　　趙明誠去世之前，即便清照的生活遭遇朝堂變動或是靖康之變的影響，其依舊有一起作伴面對困境的丈夫在，所以其內心是相對安穩平靜的，甚至有閒情與丈夫分享踏雪尋詩的興致。然而，建炎三年（1129）八月十八日，趙明誠因病去世。對清照來說，趙明誠是年少時與她結縭相伴的丈夫，是一同治學討論的朋友，也是在南渡動亂中唯一的依靠。所以明誠的逝世，其實讓清照的身心靈都受到重大的衝擊。而此衝擊和南渡相比，或許是有過之而無不及的。

　　而在趙明誠死後，清照失去了一直以來相互陪伴的丈夫，生命頓時失去依靠，心中悲痛萬分。除此之外，她為了要保護與趙明誠有共同回憶的金石文物，遭受流言蜚語的攻擊。南渡的途中，文物古籍也不斷的因為戰亂而散盡。甚至，其改嫁之人也是覬覦她身上的珍貴文物，才與她結婚。清照也因此讓生命安全暴露在危險之中。這些遭遇讓清照的身心飽受折磨，內心的悲苦、孤寂、無助，不言可喻。更重要的是，李清照作為一個女子在國家的動亂下失去了丈夫，必須要獨自一人面對丈夫離世的衝擊、戰爭緊迫的威脅、對自己具有重要意義的文物難以保全等挫折時，其生活、情感、精神以及作品內容，都會呈現出與趙明誠離世前完全不同的狀態。所以，不管是就作品分期的角度或是就李清照生平經歷的角度而言，「趙明誠離世」的影響都是相當重要的分水嶺。

　　從不同的人生經歷看作品內容，作品的發展軌跡都會有些許的不同。不管是「南渡」帶給李清照的焦慮不安，亦或是清照在其他生活歷程裡，體會的真情實感。當這些實際的感受投注在詩詞裡時，由不同的角度來看李清照的作品都能發現在不同的人生遭遇上，詩詞的情感及風格會產生共通與相異之處。而此處正能全面關照李清照的生平經歷與詞作的發展。

　　因此，本文擬從李清照人生歷程中的生活與感情，分期探討其生命情境的內涵以及轉變，以此了解生平經歷對詞作的影響，並進一步闡釋李清照的詞作內容風格及情感意涵。冀望在前人的研究成果之上，提出補足的看法與觀察，以對李清照的研究有所貢獻。

第三節　研究範圍及方法

　　以下筆者將就本文的研究範圍的界定，以及研究方法作說明。

一、研究範圍

　　李清照的作品共分為詞、詩、文三類，其版本由宋代流傳至今已多有變動。李清照的作品版本在時代的更迭中，並沒有被完整的保留，所以在談及研究範圍前，筆者先就李清照作品版本與選本作一梳理說明。首先，李清照詩文集的版本，最早為北宋晁公武《郡齋讀書志》卷四所載：「李易安集十二卷」〔註44〕、《宋史・藝文志》：「易安居士文集一卷」〔註45〕這些文集已不見，現今李清照的詩作為後來在各史料、詩話中集結而成的。

　　其次，在詞集部分，宋時的文獻有陳振孫《直齋書錄解題》所載：「漱玉詞一卷」〔註46〕以及《宋史・藝文志》：「易安詞六卷」

〔註44〕　宋・晁公武著：《郡齋讀書志》（臺北：臺灣商務印書館，1978 年）。
〔註45〕　元・脫脫等修：《宋史藝文志》收錄於《叢書集成新編》（臺北：新文豐出版社，1985 年）。
〔註46〕　宋・陳振孫撰：《直齋書錄解題》（上海：上海古籍出版社，1987 年）。

〔註47〕還有曾慥《樂府雅詞》有收錄二十三首李清照詞。〔註48〕不過這些作品版本大多沒有流傳下來，只有曾慥《樂府雅詞》在清初仍可見，並被收錄於《欽定四庫全書·集部》。此外明代毛晉刊刻在《詩詞雜俎》中有漱玉詞一卷十七首，〔註49〕亦是現今可見的詞集版本。而現在所見的《漱玉詞》的版本其實是明、清時代的人，依據現有的版本，再搜羅其它詞話所載的詞作，而集結的總集。所以後來清代王鵬運有《漱玉詞》四印齋刻本。〔註50〕便是據現有的詞作再旁搜而成。到近人趙萬里《校輯宋金元人詞》詳加刊誤毛本與王本。〔註51〕而唐圭璋《全宋詞》裡依據前述各版本的內容，加以統整共收錄了四十六首。〔註52〕

最後，目前流傳最廣的李清照的創作總集，分別有王學初校注的《李清照集校註》其中收錄了詞、詩、文，並分為三卷。王氏針對詞作內容詳盡的考察了宋代的風俗民情，以利研讀詞作，並附錄了〈李清照事跡編年〉、〈歷代評論〉、〈李清照作品著作考〉全面性的提供相關研究的資料。〔註53〕黃墨谷《重輯李清照集》當中共有八卷，內容分別收錄詩、詞、文以及李清照編年、歷代評論、李清照評傳等。〔註54〕以及徐培均《李清照集箋注》亦收錄了詞、詩文還有李清照編年等內容，當中針對了每首詞的繫年作了考察，對李清照的創作的作年分析有所助益。〔註55〕以上是對李清照詩文集、詞集還有總集的梳理。

〔註47〕　元·脫脫等修：《宋史藝文志》收錄於《叢書集成新編》（臺北：新文豐出版社，1985 年）。

〔註48〕　宋·曾慥輯：《樂府雅詞》收錄於《四部叢刊正編》（臺北：臺灣商務印書館，1979 年）。

〔註49〕　明·毛晉撰；潘景鄭校訂：《汲古閣書跋》（上海：上海古籍出版社，2005 年）。

〔註50〕　清·王鵬運：《四印齋所刻詞》（上海：上海古籍出版社，2012 年）。

〔註51〕　趙萬里編：《校輯宋金元人詞》（北京：北京圖書出版社，2013 年）。

〔註52〕　唐圭璋編：《全宋詞》（臺北：文光出版社，1973 年）。

〔註53〕　王學初校注：《李清照集校注》（臺北：里仁書局，1982 年）。

〔註54〕　宋·李清照著；黃墨谷輯校：《重輯李清照集》（北京：中華書局，2009 年）。

〔註55〕　徐培均著：《李清照集箋注》（上海：上海古籍出版社，2002 年）。

　　本文的研究範圍為李清照的生平經歷、史料記載及其詞作、詩作、文章，所以在選本上會以總集為主，因為當中所收錄的作品跟相關研究資料相對豐富，在論證探討上有相當大的幫助。總集的參考書目在目前的研究亦或是閱讀上最為廣傳的即是上述三本書目。而本文將以王學初所著的《李清照集校註》作為底本，並參酌黃墨谷《重輯李清照集》、徐培均《李清照集箋注》等內容撰寫。筆者會選擇王學初《李清照集校註》的原因有五點：第一，此書雖為較早出版的集子，但是當中收錄的作品完備，並在每個作品後放上歷來的評議可快速的知道作品的評價。第二，作者有列出存疑之作，使研究者有參考依據。第三，注釋內不僅有詳述典故出處，更引述了宋代的風俗及文物制度、對詞作的解析有相當大的幫助。第四，蒐羅了歷代評論李清照詞作、詩文的資料。第五，作者撰寫了李清照的編年事跡，讓研究者可對照作品一同研讀，省於翻閱查找的時間。

　　基於上述理由，筆者認為此書是目前研究李清照生平、詩詞具有完整性與參考性的專書，對於李清照的生平經歷、詩文詞的研究有所幫助，故本文以「王學初《李清照集校註》」為選本，藉由此書的收錄內容作為引述文學作品的底本。

二、研究方法

　　在研究方法上，本文將李清照的生平經歷分期，階段性的闡述其身處的時代背景、生活環境以及人生際遇，並結合相關史料記載，探究李清照的生活與情感，了解其個性特質，呈現出真實生命情境。而後從文本閱讀與分析的方法，討論詩詞、文章的內涵及意義，彰顯階段性的創作內容及其變化，並結合其生命情境逐步論述，不同的經歷深化在其詞作中的影響性，以凸顯作品分期的限制與轉變。最後，再由此討論李清照的作品在不同的分期界定下，表現出的情感活動、創作內容、表現手法存在哪些程度變化與內涵差異，以說明其人生經歷對創作的影響。

關於分期的方法，筆者將李清照人生歷程劃分二個面向，並從中界定出五個階段經歷。首先，兩個面向分別為「政治鬥爭」、「喪夫」兩個大方向。基本上，這兩個方向是以「南渡」作為劃分依據，南渡前，李清照因元祐黨爭餘緒的關係，在生活或心理上有所影響，由此可看出「政治鬥爭」與她南渡前的經歷有連結；而南渡後，丈夫存在與否能看出李清照生活際遇及其變化，所以「喪夫」是我們探討李清照南來際遇的指標。其次，透過這兩個方向可將李清照的生平經歷劃出五個階段，一是「元祐黨爭餘緒」時期，二是「屏居鄉里」時期，三是「連守兩郡」時期，四是「喪夫前」，五是「喪夫後」。第一到第三階段為南渡前的歷程，而第四和第五則是南渡後經歷。

當中需特別對南渡前的歷程進行說明，因為這其實牽涉到李清照生活上的變動和創作。第一到第三時期雖然同為南渡前的經歷，但是筆者將「元祐黨爭餘緒」時期視為一個獨立的分期，而「屏居鄉里」及「連守兩郡」則是放在同一個區間來討論。其原因在於，前者主要是要討論政治外力對李清照生活際遇造成的變化，並由此可以發現此事也影響了她在南渡前的其他人生經歷。而所謂南渡前的其他人生經歷指的就是「屏居鄉里」及「連守兩郡」兩個階段。整體而言，這兩段歷程均有外在壓力影響下的痕跡，除此之外，李清照南渡前的詞作多集中於此，所以筆者認為將「屏居鄉里」及「連守兩郡」合在一起討論，可以具體呈現出李清照在南渡前境遇轉變之下的情感表現與文學創作。

另外，本文的研究將會牽涉到李清照作品繫年的問題，就目前學界對李清照的研究可知，詞作、詩作及文章的作年若以「南渡」作分界的話，可從創作內的意境、情感及文辭判定作品應繫於哪一個時期。然而，本文主要是希望藉由「元祐黨爭餘緒」、「喪夫」等事件角度，去挖掘這些事情對李清照的文學創作和人生經歷所產生的效應，所以作品的繫年勢必會在研究過程中成為重要的論證依據。

在此，筆者將說明本文對作品繫年的方法及相關參考書目，以落實研究的可靠性。首先，繫年的方法，主要是從李清照「南渡」的角度

出發，概要性的就創作內容及情感區別出作品的內涵意義，接著再分別就「南渡前」、「南渡後」的創作進一步的繫年。值得注意的是，李清照有作年的作品相當少，尤其在詞作方面更是少數。筆者認為有幾項原因，第一，清照即便受到高等教育、才華洋溢，但在北宋時，其始終是作為女性。其無法遊歷大江南北，開拓視野，讓文學作品上有更加多元的題材，以便記錄印證。第二，李清照生平背景相關的史料記載不多，且流傳至今的作品總數較少，所以無法多方的考察論證作品的繫年。而在資料有限的情況下，可依下述幾種依據探究李清照的作品繫年：一是按李清照作品內所載之年月；二是按相關史事之記載；三是按作品內出現的地名；四是按作品內的景物描述。從這些關鍵的證據去推論李清照的作品繫年。

　　除了上述的論斷依據外，筆者作繫年的方法主要還是會參考李清照的繫年著作，討論繫年者的看法，以多方思考判斷作品所作的時間。關於本文參照的繫年書目有，徐培均《李清照集箋注》此書參考了相關的史事記載及其他繫年著作，依創作內容的題旨意涵、情感變化，提出舉證論述，將李清照的詩、詞、文之繫年一一考證列出，內容上多是可參照的指標，只是有些詞作的繫年因舉證資料有限，所以仍存有討論空間。黃墨谷《重輯李清照集》將作品以三個時期區分，分別是第一時期「大觀元年以前之作」、第二時期「大觀二年屏居鄉里至建炎元年南渡以前之作」、第三時期「建炎元年南渡以後之作」。在這區別中，作者在部分詩作、詞作和文章一樣有提出作年，但有些繫年並未提出論證依據，僅以編年示之，故仍有未盡之處。何廣棪《李易安集繫年校箋》同樣不是全作繫年，其繫年之依據為作品內容之意涵、他人研究的繫年資料加以討論提出作品被創作的時機。何氏之繫年對參考論證有所助益，但是當中仍有些過於簡單的論述，無法全面的了解創作的時間點。

　　另外，李清照的創作內容仍有一些無法確定是何年何月所作的作品，所以本文採取的方法是參照其他繫年著作提出看法，姑且將作品

置於某個區間時段。而有些作品在參考資料內也沒有相關的舉證，或者繫年看法有很大的分歧的話，將不會列入本文的討論範圍。

　　本文的章節安排共分五章，旨在說明李清照的生平經歷分別通過「元祐黨籍碑事件」及「喪夫」之影響，能夠區別出五個階段的人生經歷，由此可探究李清照的生活變動對作品的影響，闡釋更多樣的情感涵義及創作表現，以了解其各階段的歷程與文學創作的關係。第一章為緒論，此章為闡述文獻回顧、研究動機、研究範圍及研究方法，以了解歷來研究，提出反饋，在藉此提出研究議題，並界定相關研究範圍及方法，確立研究實質性。第二章為「元祐黨爭餘緒與李清照」，此章為探討李清照在政治鬥爭下表現出的態度，了解此事所帶來的影響。第三章為「南渡前的其他經歷與創作」，此章是以李清照看到官場的現實殘酷後心情，來闡述其於屏居鄉里、連守兩郡上的情感活動及創作表現。第四章為「南渡後的經歷及創作」，此章在說明李清照南渡後的經歷、創作及情感的表現，受「喪夫」之影響，存有不同的意涵、性質及程度，並藉此證明「喪夫」才是清照文學創作進入哀痛沉鬱的關鍵。第五章為「結論」，總結本文的論證，並提出相關研究之成果。

第二章　元祐黨爭餘緒與李清照

　　黨爭活動是影響宋代政治的重要因素。李清照正是身處北宋末黨爭加劇的時局。宋神宗，熙豐二年（1069）王安石主導熙寧變法，由此也開展了新舊黨爭。而北宋的文人政治就此分為新黨與舊黨。因此本文所提及的「元祐黨爭」是指新舊黨爭延續至宋哲宗元祐時期的政治鬥爭。其主要內容有兩方面，其一為舊黨對新黨的打壓，其二為舊黨內部分裂的鬥爭。其中舊黨對新黨的打壓間接影響了李清照。元祐元年（1086），宋哲宗即位，太皇太后高氏垂簾聽政，以司馬光為首的舊黨者主政，形成舊黨打擊新黨的情勢。至崇寧元年（1102），便導致了「元祐黨籍碑」的事件，即新黨對舊黨所進行的政治清算。〔註1〕而李清照父親李格非及公公趙挺之涉入其中，兩人的選擇和遭遇相互衝突且背道而馳，也使李清照的處境與立場受到影響。

　　歷來前人研究元祐黨爭及「元祐黨籍碑」事件對李清照的影響，大致可分為兩個方面。第一，黨爭事件讓李清照的父親李格非遭受非議、處境艱難，而此事讓清照感到受挫無助，因而離開夫家與趙明誠，回到家鄉章丘暫居。陳祖美在《李清照評傳》中以為李格非捲入政治風波，對李清照來說是一場不小的災難，這意味著她從此失去家門的

〔註 1〕　參見明・馮琦：《宋史紀事本末》（臺北：新文豐出版社，1996 年），卷
　　　　49，頁 433～434。

依託，在婆家成了多餘的人，所以只能先離開京誠，回去家鄉。〔註
2〕鄧紅梅《李清照新傳》也抱持同樣的論點，認為李清照在這起黨爭
餘緒中，因夫家及娘家衝突的立場，讓清照感到無力，所以暫與明誠
小別。〔註3〕而另一方面，在康震的《康震評說：李清照》一書中，
其認為黨爭事件讓一直處在溫室中的李清照，對世道人心有了清醒
深刻的認識，使其漸漸走向了成熟，這對李清照後來的文學創作產生
了重要的影響。〔註4〕換言之，元祐黨爭及「元祐黨籍碑」事件在李
清照的生活與文學創作上有著重要的意義。李格非與趙挺之所涉及
的黨爭事件影響了李清照的生活與情感，同時也對其文學創作產生
重要影響。

　　筆者認同康震的論點，因為大多數研究李清照的生平，都會把
焦點擺在屏居十年或是宋室南渡上，但是其年少時，因家族關係經歷
政治風波，其實對李清照的生命帶來巨大的變化，它衝擊了清照南渡
前的生活，也讓風波餘韻深化在文學創作中。也就是說，闡述元祐黨
爭及其餘緒事件，不僅是單純的梳理李清照南渡前的經歷而已，而是
能透過李清照在整起事件裡，所表達的處事態度、個性思想，說明此
事讓其日後的生活、內心存有隱憂，同時也對文學創作造成影響。

　　因此，本章將透過史料文獻的爬梳概述元祐時新、舊黨爭的脈
絡以了解元祐黨籍碑事件，呈現其中的歷史與文化背景，以說明李清
照在元祐黨爭及其餘緒中所作出的行動，再進一步地討論李清照在
元祐黨爭餘續影響下的情感與反應，據此於第三章探討李清照在元
祐黨爭餘續之後的生活情感及創作表現。

〔註 2〕　詳見陳祖美著：《李清照評傳》（南京：南京大學出版社，1995 年），頁
　　　　55～58。
〔註 3〕　詳見鄧紅梅著：《李清照新傳》（上海：上海古籍出版社，2005 年），
　　　　頁 47～49。
〔註 4〕　康震著：《康震評說：李清照》（臺北：木馬文化，2010 年），頁 60。

第一節　元祐黨爭概要及其後續影響與發展

　　元祐黨爭為北宋文人政治鬥爭的一部分，亦反應了李清照身處的歷史背景與政治文化。而元祐黨爭的開端即是王安石所主導的熙寧變法，由此開始，朝堂間對於政策走向的矛盾加劇，隨即產生不同的意見，進而形成黨派之別。〔註5〕李清照的父親李格非以及公公趙挺之各屬不同的派系，也造成雙方在政治立場上的對立。當李格非與趙挺之深陷黨爭的相互傾軋時，政治的角力也逐漸影響到李清照。以下將藉由元祐黨爭的歷史背景、過程以及「元祐黨籍碑」事件，來闡釋李格非和趙挺之的立場與遭遇，進而理解元祐黨爭的發展對李清照的影響。

一、元祐時期的黨爭

　　元祐黨爭牽動北宋政局將近十年，更影響日後李格非、李清照與趙挺之的遭遇。以下將探討元祐黨爭的過程與性質。

（一）元祐黨爭的背景及過程

　　宋神宗時期，王安石變法。其急於推行新法多項政策，導致民間在政策的執行上有揠苗助長之勢，再加上王安石不願多加傾聽他人意見，只知推行法制而忽略人事，其所創新法雖能收富國強兵之效，而忽略對推行新法可能發生的阻礙，〔註6〕同時舊黨等人也對新法陷入了質疑與厭惡的態度。因此朝堂間的對立情勢越加顯露，產生了新黨與舊黨的紛爭。而元祐黨爭即是在這樣的派系衝突下所發展出的政爭。

　　隨著神宗逝世後，哲宗即位，太皇太后高氏垂簾聽政，舊黨在太皇太后高氏的支持下取得執政權。元祐元年（1086）閏二月，以劉摯、蘇轍等彈劾，蔡確罷相，出知陳州，司馬光為左相，呂公著為門下侍郎，二人議改新法，史稱「元祐更化」。〔註7〕在以司馬光、蘇軾等舊

〔註5〕　參見羅家祥：《北宋黨爭研究》（臺北：文津出版社，1993年），頁114～115。

〔註6〕　林瑞翰著：《中國通史》（臺北：三民書局，1992年），頁145。

〔註7〕　參見明・馮琦著：《宋史紀事本末》，卷43，頁402～409。

黨人士的主政下，呂惠卿、蔡確、章惇、李定等新黨相關人等紛紛被彈劾與貶謫。元祐四年（1089），蔡確被貶至安州，在遊車蓋亭時，寫下〈夏日遊車蓋亭〉十首絕句，此組詩一傳至朝廷，隨即被其政敵吳處厚攻擊，謂其譏訕，故蔡確遂被貶為光祿寺卿、分司南京，貶至英州別駕，嶺南新州安置，對於蔡確的貶竄嶺南，呂大防、劉摯、范純仁、王存等人皆曾進見宣仁太后收回成命，但太皇太后不聽，范純仁退而感慨地向呂大防說：「此路荊棘七八十年矣，奈何開之？吾儕正恐亦不免耳〔註8〕」此句話亦印證了日後新黨對舊黨的報復。〔註9〕

罷新法，還舊制成為司馬光等人的首要任務。尤其司馬光對新法極為不滿，曾言：「先帝之法，其善者雖百世不可變也。若安石、惠卿所建，為天下害者，改之當如救焚拯溺。況太皇太后以母改子，非子改父。眾議甫定。」〔註10〕然而同年司馬光因病而卒，但其在病中時依舊對於新法的罷廢相當關心，史載：「時青苗、免役、將官之法猶在，而西戎之議未決。光嘆曰：『四患未除，吾死不瞑目矣』」〔註11〕因此罷廢新法不僅是舊黨致力推動的政策，更是體現舊黨核心人物司馬光等人的執念和心願。

在司馬光去世後，呂公著、呂大防、范純仁等相繼執政，統稱元祐舊人。〔註12〕舊黨內部也因為對新法罷廢的程度產生意見分歧，使得舊黨分裂為三派，分別為蜀黨、洛黨、朔黨。蜀黨以蘇軾為首，洛黨以程頤為首，朔黨以劉摯、梁燾等人為首。然而從舊黨內部的意見分歧，可意識到元祐黨爭的發展特質。「中書舍人蘇軾除翰林學士，與崇政殿說書程頤戲笑相失，遂起洛蜀黨爭。」〔註13〕由上述蘇軾除翰林

〔註 8〕 宋・李燾著：《續資治通鑑長編》（北京：中華書局，2004 年），頁 10326。

〔註 9〕 參見涂美雲著：《北宋黨爭與文禍、學禁之關係研究》（台北：萬卷樓圖書股份有限公司，2012 年），頁 241。

〔註10〕 元・脫脫著：《新校本宋史》（臺北：鼎文書局，1978 年），卷 336，頁 10767～10768。

〔註11〕 元・脫脫著：《新校本宋史》，卷 336，頁 10768。

〔註12〕 林瑞翰著：《中國通史》（台北：三民書局，1992 年），頁 145。

〔註13〕 明・馮琦著：《宋史紀事本末》，卷 45，頁 414。

學士與程頤在言語間戲笑相失的事件，或可從中了解無論是在新、舊黨還是舊黨內部之間，對於政策的實行與討論有逐漸陷入以道德人格作評斷的評價中。個人間的意氣用事已凌駕至黨派與國家政策之上。關於此點下文將另有探討。

　　元祐八年（1093）太皇太后高氏崩，哲宗親政，元祐大臣掌權之勢已近尾聲。而隨著哲宗親政，新黨將逐步掌握權力，並對舊黨進行報復性的傾軋。

（二）元祐黨爭的性質

　　元祐黨爭實為宋神宗熙寧年間，由王安石主導的熙寧變法所導致的新舊黨爭之延續。然而在其背後也反映了當時的文化背景，並凸顯了北宋新舊黨爭的性質。北宋建國之初，宋太宗以杯酒釋兵權之事，昭示以文治天下的決心。儒學開始成為士大夫經世治民的思想依據，因此士大夫的地位隨著宋太宗推崇並重用文人而有所提升。士大夫之榮譽既高，其責任感亦隨之加重，往往自認為衣冠文物之所寄，〔註14〕對此范仲淹曾云：「士當先天下之憂而憂，後天下之樂而樂。」〔註15〕以天下為己任，作為士大夫經世致用的核心思想，成為士大夫在朝政中立足的依據之一，也呈現新舊黨爭背後的文化因素。

　　透過上述的背景論述，可從中揭示出元祐黨爭的性質。北宋士大夫立身處世有著君子與小人之別的思想。由此導致了「朋黨」的興起，也形成元祐黨爭的性質。由於范仲淹提出「以天下為己任」的風氣，任重道遠的觀念深入當時士大夫的心中。士大夫檢視個人的道德評斷之行為，已逐漸成為宋代士大夫的一種自覺與影響他人的核心思想，並且從而產生了君子與小人之爭。〔註16〕對此歐陽修在〈朋黨論〉中說

〔註14〕　方豪著：《宋史》（臺北：中國文化大學出版部，1988 年），頁 118。

〔註15〕　沈松勤著；王興華注譯：《新譯范文正公選集》（臺北：三民書局，2014年），頁 114。

〔註16〕　參見蕭慶偉：〈熙豐、元祐黨爭的特質及其蛻變〉《贛南師範學院學報》第 4 期，1998 年，頁 58～61。

道：「大凡君子與君子以同道為朋，小人與小人以同利為朋，此自然之
理也。」其又進一步的說明：

> 然臣謂小人無朋，惟君子則有之。其故何哉？小人所好者祿
> 利也，所貪者財貨也。當其同利之時，暫相黨引以為朋者，
> 偽也；及其見利而爭先，或利盡而交疏，則反相賊害，雖其
> 兄弟親戚，不能自保。故臣謂小人無朋，其暫為朋者，偽也。
> 君子則不然。所守者道義，所行者忠信，所惜者名節。以之
> 修身，則同道而相益；以之事國，則同心而共濟；始終如一，
> 此君子之朋也。〔註17〕

歐陽修在此篇文章中欲表達主治者與輔政者在政治實踐中，對人或事
的判斷依據，然而從中也體現了宋代士大夫對於個人在為人處世間的
道德評斷。因此君子與小人的差異在宋代的黨爭中，無非是關鍵的因
素。子曰：「君子喻於義，小人喻於利」〔註18〕又曰：「君子固窮，小人
窮斯濫矣」〔註19〕君子應對於是非對錯抱持審慎、嚴謹的態度，而小
人相較於君子，則是短視近利，不顧大義。然而上述的儒家思想，落實
於宋代士大夫的政策實施與學術思想之中，便陷入黨同伐異的矛盾。
〔註20〕元祐四年（1089），范純仁在〈論不宜分辨黨人有傷仁化疏〉云：

> 朋黨之起，蓋因趣向異同，同我者謂之正人，異我者疑為邪黨。
> 既惡其異我，則逆耳之言難至；既喜其同我，則迎合之佞日親。
> 以至真偽莫知，賢愚倒置，國家之患，率由此也。〔註21〕

范純仁說出了北宋新舊黨爭的衝突特質。所謂正人意指君子，邪黨即
是小人，兩者的存在對國家大事無任何幫助，僅是針對個人喜好問題

〔註17〕 宋・歐陽修著；李逸安點校：《歐陽修全集》（北京：中華書局，2001
年），頁297。
〔註18〕 宋・朱熹著：《四書章句集註》（臺北：鵝湖出版社，1984年），頁73。
〔註19〕 宋・朱熹著：《四書章句集註》，頁161。
〔註20〕 沈松勤著：《北宋文人與黨爭：中國士大夫群體研究之一》（北京：人
民出版社，1998年），頁57。
〔註21〕 元・脫脫著：《新校本宋史》，卷314，頁10288。

所產生的意氣之爭。從上述的內容可以了解，君子與小人的朋黨問題已逐漸演變為個人喜好的意氣之爭。所以當黨同伐異的問題置入國家政策中，便產生了新黨與舊黨的黨爭以及舊黨內部的派系鬥爭。

　　另外，士大夫間的喜好問題也延伸至對地域的排斥，對此錢穆認為：「新法之招人反對，根本上似乎含有一個新舊思想的衝突。所謂新舊思想之衝突，亦可說是兩種態度之衝突。此兩種態度，隱約表現在南北地域的區分上。」〔註22〕《宋史‧王旦傳》載：

> 帝欲相王欽若，旦曰：「欽若遭逢陛下，恩禮已隆，且乞留之樞密，兩府亦均。臣見祖宗朝未嘗有南人當國者，雖古稱立賢無方，然須賢士乃可。臣為宰相，不敢沮抑人，此亦公議也。」真宗遂止。旦沒後，欽若始大用，語人曰：「為王公遲我十年作宰相。」〔註23〕

從王旦與真宗的對話可知，王旦認為王欽若不適合當宰相的原因，除了前人未有以南方人當宰相外，很明顯的原因就是王旦不喜歡南方人來當宰相，而王欽若正好是南方人。此則故事具體表達了士大夫的個人喜好問題已影響到國家用人的態度。

　　從上述的內容可以了解，元祐黨爭其實是以「朋黨」為主軸，呈現君子與小人之爭。隨著「君子與小人之爭」的發展漸漸走向「同我者謂之正人，異我者疑為邪黨」〔註24〕後，士大夫在國家的政策思考上開始只在乎個人喜好的問題，無法客觀的提出適切的意見，從而演變成士大夫間的意氣之爭。這樣的發展便成為了元祐黨爭的性質。

　　總體而言，元祐黨爭是依循著北宋士大夫文化所形成，其對於國家的命運有著重大影響。從以天下為己任到一己之利的過程中，元祐黨爭深刻體現上述所言的性質，也引發了日後更為激烈的傾軋鬥爭。

〔註22〕　錢穆著：《國史大綱》（臺北：臺灣商務印書館，1995年），頁581。
〔註23〕　元‧脫脫著：《新校本宋史》，卷282，頁9548。
〔註24〕　元‧脫脫著：《新校本宋史》，卷376，頁10288。

（三）「元祐黨籍碑」事件

元祐黨爭後，隨著哲宗逝世、徽宗即位、向太后垂簾聽政等事件的發生，新黨與舊黨的執政已各自輪替兩回，當中不乏新舊黨間的角力與上位。宋徽宗崇寧元年（1102），徽宗有意重啟熙寧、元豐政事，此事成為新黨重執政權之契機。新黨人士蔡京藉支持者的推舉，為徽宗所用，官拜右相。蔡京掌權後，隨即頒布籍記元祐黨籍的命令，並刻石碑立於全國。崇寧元年（1102）七月，朝廷即下詔籍記元祐黨人，凡五十餘人，並令三省籍記，不得與在京差遣。〔註25〕此時新黨對舊黨的報復又更進一步，徽宗親自書寫元祐黨人姓名，並刻於石碑之上，《宋史》：「籍元祐及元符末宰相文彥博等、侍從蘇軾等、餘官秦觀等、內臣張士良等、武臣王獻可等凡百有二十人，御書刻石端禮門。」〔註26〕然而蔡京對舊黨的傾軋未就此消退，史載：「時元祐群臣貶竄死徙略盡，京猶未愜意，命等其罪狀，首以司馬光，目曰奸黨，刻石文德殿門，又自書為大碑，遍班郡國。」〔註27〕舊黨人士以及與舊黨相關者受到嚴重的政治迫害。而李格非亦涉入其中，被入元祐黨籍，而趙挺之則支持蔡京的政治清算，兩人之立場遂產生衝突。元祐政爭這一波後續的發展，便影響了李清照的生活。

第二節　李清照對元祐黨爭餘緒的感受與反應

元祐黨爭與其後續的事件對北宋士大夫產生重大影響。然而其影響的廣度不只是國家、社會或是士大夫在朝堂的處境，那些士大夫的親屬家眷更是被動地承受了所有的榮辱。

隨著元祐黨爭的發展，李格非與趙挺之的立場衝突也更為尖銳。李格非於元祐時期入補太學錄，再轉博士，以文章受知於蘇軾。〔註28〕

〔註25〕　清・黃以周等輯注：《續資治通鑑長編拾補》（北京：中華書局，2004年），卷19，頁682。
〔註26〕　元・脫脫著：《新校本宋史》，卷19，頁365。
〔註27〕　元・脫脫著：《新校本宋史》，卷427，頁13724。
〔註28〕　元・脫脫著：《新校本宋史》，卷444，頁13121。

可想而知，其與舊黨關係密切。紹聖年間，哲宗欲紹述先王之法，使新黨者對舊黨有攻擊的機會。李格非亦涉入其中「紹聖立局編元祐章奏，以為檢討，不就，忤執政意，通判廣信軍。」〔註 29〕李格非不願配合新黨的行動而被降職，再加上李格非與舊黨的關係密切，因此李格非被籍記元祐黨籍。崇寧元年（1102）七月，朝廷即下詔籍記元祐黨人，凡五十餘人，並令三省籍記，不得與在京差遣。〔註 30〕而李格非在第二次的籍記元祐黨人十七人名單中，名列第五。此時新黨對舊黨的報復又更進一步，徽宗親自書寫元祐黨人姓名，並刻於石碑之上。〔註 31〕而李格非在當中名列第二十六。入元祐黨籍者，不可在京城就職。〔註 32〕而關於李格非被入黨籍後的遭遇，史料並未有清楚的記載。

　　與李格非的遭遇相比，趙挺之在「元祐黨籍碑」事件中，是扮演著掌握權力的角色。趙挺之在「元祐黨籍碑」事件中快速的上位至宰相，並在哲宗欲重啟新法之際大力支持，「曾布以使事聯職，知禁中密指，諭使建議紹述，於是挺之排擊元佑諸人不遺力。由吏部尚書拜右丞，進左丞、中書門下侍郎。」〔註 33〕此舉意在揭示趙挺之了解朝廷企圖對政策走向的變化進行干預。在蔡京獨相時，其被蔡京大力推薦「時蔡京獨相，帝謀置右輔，京力薦挺之，遂拜尚書右僕射。」〔註 34〕因此趙挺之的名聲和權力亦隨之提升。由上述可知李格非和趙挺之在黨爭事件中的立場與處境呈現極大的衝突。

　　當整個黨爭傾軋發展到高峰階段，面對執政者的攻擊，舊黨人士或是與舊黨者密切相關的人全都遭到責降。可想而知，李格非在當中的處境也是相當艱困，而作為女兒的李清照對於父親所遭受到的責罰

〔註 29〕　元‧脫脫著：《新校本宋史》，卷 444，頁 13121。
〔註 30〕　清‧黃以周等輯注：《續資治通鑑長編拾補》，卷 19，頁 682。
〔註 31〕　元‧脫脫著：《新校本宋史》，卷 365，頁 365。
〔註 32〕　清‧黃以周等輯注：《續資治通鑑長編拾補》，卷 21，頁 737。
〔註 33〕　元‧脫脫著：《新校本宋史》，卷 351，頁 11094。
〔註 34〕　元‧脫脫著：《新校本宋史》，卷 351，頁 11094。

是更為不捨與心疼。然而李清照又夾雜在立場不同的夫家與娘家之間，其所呈現的反應與情感是值得去討論之處。以下將以李清照在元祐黨爭後續事件的行動和應對中，探析其在當中所表現的性格，以闡釋李清照在整個黨爭餘緒下情感與反應。

一、情感矛盾的身分抉擇

在前述的元祐黨爭與其餘緒的事件中，可以發現到李清照所面對的困難是夫家與娘家之間的立場差異。關於李清照的婚姻生活，其在自述的〈金石錄後序〉中有完整的提到：

> 余建中辛巳，始歸趙氏。時先君作禮部員外郎，丞相作吏部侍郎，侯年二十一，在太學作學生。趙、李族寒，素貧儉，每朔望謁告出，質衣，取半千錢，步入相國寺，市碑文果實歸。相對展玩咀嚼，自謂葛天氏之民也。後二年，出仕宦，便有飯蔬衣練，窮遐方絕域，盡天下古文奇字之志。日就月將，漸益堆積。丞相居政府，親舊或在館閣，多有亡詩、逸史，魯壁、汲塚所未見之書，遂盡力傳寫，浸覺有味，不能自己。〔註35〕

建中靖國元年（1101）李清照嫁與趙明誠，此時李格非為禮部員外郎，趙挺之為吏部侍郎，而趙明誠還在太學讀書。兩人的婚姻生活，在展玩著從相國寺購入的碑文、器物之中，有了美滿且讓人稱羨的生活，因而李清照自謂兩人為「葛天氏之民」。崇寧二年（1103）趙明誠出仕為官，此時因趙明誠漸有收入，故兩人對於收集古文字畫的興趣越發濃厚，甚至以此為志業。而當時趙挺之已位居丞相之位，當使兩人的蒐羅文章字畫之路更為順利。可想見李清照與趙明誠的婚姻生活是相當有品質，也因為有共同的興趣，使精神層面的交流更為豐富。李清照也在詞作中表達夫婦間的甜蜜生活，試看〈減字木蘭花〉一詞：

〔註35〕 王學初校注：《李清照集校注》，頁177。

賣花擔上，買得一枝春欲放。淚染輕勻，猶帶彤霞曉露痕。

怕郎猜道，奴面不如花面好。雲鬢斜簪，徒要教郎比並看。

〔註36〕

詞中，作者以花的嬌綺美麗比擬為人，言深怕自己不比花面的美好，故在詞作後半欲叫丈夫「比並看」，凸顯了女子沉醉在婚姻愛情裡的心理狀態。那種在乎新郎態度的心思，那種自信如花美眷勝過鮮花的神情，微弱的擔心，特意的爭強，故意的小心眼之後，漣漪微泛的心情，在淺俗、清新的小女兒口中纖毫畢現。表現出年輕夫婦恩愛正濃的柔情蜜意。〔註37〕李清照與趙明誠的婚姻不僅相互匹配，兩人志趣一同，更為其夫婦之情增添豐富的色彩。但李清照在新婚不久後，便陷入父親李格非被入元祐黨籍的憂慮之中。

崇寧元年（1102），舊黨者或與舊黨人士有密切來往的人均被入「元祐黨籍」，和蘇軾與其門人有往來的李格非也被載入其中。崇寧元年（1102）至崇寧四年（1105）期間，當時的執政者蔡京對舊黨者進行一系列的制裁與攻擊。其中對李清照較有影響的是，朝廷在崇寧二年（1103）三月頒布「應元祐及元符之末黨人親子弟，不論有官無官，並令在外居住，不得擅到闕下。」〔註38〕的命令，九月又下詔「詔宗室不得與元祐奸黨子孫為婚姻。」〔註39〕就第一條命令而言，雖然李清照為李格非的女兒，但李清照不為男性且又已經是嫁出之身分，應不被此詔令規範。而就第二條命令來說，李清照此時已經嫁入趙家，時趙挺之貴為丞相，或許旁人當是不會對李清照嫁入趙家有所言語。但是對於李清照來說，當其面臨父親李格非被入元祐黨籍時，上述的這些命令對其所造成的影響是不可忽視的存在。身為正掌握權勢的趙挺之的媳婦以及陷入元祐黨籍中的李格非的女兒，她背負元祐黨人子弟的

〔註36〕　王學初校注：《李清照集校注》，頁71。
〔註37〕　鄧紅梅著：《李清照新傳》（上海：上海古籍出版社，2005年），頁40。
〔註38〕　清‧黃以周等輯注：《續資治通鑑長編拾補》，卷21，頁737。
〔註39〕　元‧脫脫著：《新校本宋史》，卷19，頁368。

汙名，在趙家的立場處境實屬尷尬，同時對父親處境憂心不已。由此也說明李清照在這當中正體現了其在身分扮演的兩難與立場抉擇的掙扎。

二、率真耿直的救父之舉

雖然李格非與趙挺之的處境不同，使李清照陷入立場兩難。但是李清照在李格非被籍記元祐黨籍不久，便上詩時任尚書左丞的趙挺之試圖為父親緩頰說情。此首詩的內容今已有所缺漏，惟在張琰所記序的《洛陽名園記》的序文中有提及：

> 文叔在元祐，官太學。丁建中靖國，再用邪朋，串為黨人。
>
> 女適趙相挺之子，亦能詩，上趙相救其父云：「何況人間父子
>
> 情。」識者哀之。〔註40〕

從「何況人間父子情」一句就可以體會到李清照懇切、悲傷之情。而此詩句也出現在黃庭堅〈憶邢惇夫〉一詩之中：

> 詩到隨州更老成，江山為助筆縱橫。
>
> 眼看白璧埋黃壤，何況人間父子情。〔註41〕

此詩由詩題和內容可知為追憶邢惇夫與其父親邢恕的父子之情。李清照與黃庭堅為北宋同時期之人，並且也因李格非與蘇軾門人熟識的緣故，或有知悉往來。王學初以為：「山谷於清照為前輩，疑清照或用其成句，否則即闇合也。」〔註42〕故無論李清照是否刻意引用了「何況人間父子情」一句表達救父之情，在此或許可以合理的推論，李清照也許是讀了〈憶邢惇夫〉而產生了與詩情共鳴的情感。但是趙挺之顯然地沒有回應李清照的情感訴求。因此最後一句「識者哀之」更傳達出李清照面臨父親受到政治傾軋時的無助和孤單，僅能透過詩句表達哀切與懇求。

〔註40〕 宋・李格非著：《洛陽名園記》（臺北：新文豐出版社，1980 年），頁 23～24。

〔註41〕 宋・黃庭堅著：《黃庭堅詩集注》（北京：中華書局，2003 年），頁 377。

〔註42〕 王學初校注：《李清照集校注》，頁 136。

　　據晁公武《郡齋讀書志》記載，李清照曾二度上詩趙挺之：

　　其舅正夫相徽宗朝，李氏曾獻詩云：「炙手可熱心可寒。」
〔註43〕

「炙手可熱」一詞典出杜甫〈麗人行〉：「炙手可熱勢絕倫，慎莫近前丞
相嗔」〔註44〕而「心可寒」則語出《史記・荊軻傳》：「足為寒心」《史
記索隱》：「凡人寒甚則心戰，恐懼亦戰。今以懼譬寒，言可為心戰。」
〔註45〕李清照以此批評趙挺之因位居宰相而掌握權力，氣焰之盛，卻
不顧親家之情，顯然有把趙挺之比作楊國忠的意味，對此李清照的內
心更感到恐懼與失望。但是從另一方面來說，李清照將其公公趙挺之
比喻為楊國忠的行為，其實是相當挑釁和無禮的動作。雖然晁公武與
李清照是同時代的人，在詩句的正確性上應是可信的。而在前人的研
究中，基本上均認為李清照作「炙手可熱心可寒」一句的時間應是在籍
記元祐黨籍的崇寧元年（1102）至崇寧五年（1106）之間。〔註46〕但筆
者以為李清照是否真的在元祐黨籍事件的當下，就對正為宰相的趙挺
之提出這樣的言論可能是需要再商議之處。因為若李清照直接當趙挺
之的面前，說他就像楊國忠一樣，位高權重卻擅權弄國，很明顯地就會
使李清照與趙挺之的關係惡化，由此更不可能達到救李格非的效果。
因此筆者認為此詩寫作的時間還有可討論的空間。李清照作此詩或許
是在大觀元年（1107）趙挺之去世之後，李清照為宣洩個人的批判，藉
此詩句表達其對趙挺之的不滿。不過不管此詩是在哪一年所作，都可

〔註43〕　宋・晁公武著：《郡齋讀書志》（臺北：臺灣商務印書館，1978 年），
　　　　　頁 307～308。
〔註44〕　唐・杜甫著；謝思煒校注：《杜甫集校注》（上海：上海古籍出版社，
　　　　　2015 年），頁 113。
〔註45〕　日・瀧川龜太郎著：《史記會注考證》（臺北：大安出版社，1998 年），
　　　　　頁 1002。
〔註46〕　按：王學初認為趙挺之於崇寧四年三月官拜尚書右僕射，六月罷。崇
　　　　　寧五年又拜相。清照作此詩必在崇寧四年或五年。黃盛璋在＜李清照、
　　　　　趙明誠夫婦年譜＞將此詩繫於崇寧元年。何廣棪認為此詩應在崇寧五
　　　　　年二月之後，大觀元年之前。

以看出李清照透過寫詩的方式來傳達個人的想法與批判。

　　然而，對李清照來說上詩趙挺之的舉動，是需要提起勇氣去實踐的行動。因為趙挺之在元祐黨籍碑事件中，不僅是位居丞相的身分，更是李清照的公公，可以想見其上詩之後在趙家所面臨的處境是相當尷尬的狀況。不過從李清照上詩救父的舉動中，能夠感受到其直率、真誠、堅持信念的性格。李清照不會也不願意屈服在權力之下，就算知道改變現實的機會不大，仍企圖力所能及地去幫助父親度過難關。這是李清照在黨爭餘緒中所做出的行動，其中亦體現了李清照具有堅強韌性的鮮明個性以及人物形象。

　　並且據此更是進一步的說明了，李清照在元祐黨爭餘緒下謹慎且理性的舉動與那些在朝堂上因個人利益而導致黨爭傾軋的士大夫相比，更為傳達出李清照柔弱卻又堅毅的情感反應。「何況人間父子情」一句的懇切可以看到李清照對李格非陷入黨爭事件的憂慮之情。這樣的情感也帶出了其儘管處於立場差異的挫折中，依然保持著敏銳、感懷的內心情致。從「炙手可熱心可寒」的事後評價裡，反應了李清照擁有理性清晰、洞察時局的能力。而這樣的情感及能力也更為凸顯出李清照有著與一般婦女不同的想法與思考模式。

三、憂國憂時的士大夫情懷

　　李清照在元祐黨爭以及後續事件中，其上詩之舉可以看到其內心懷有與一般婦女不同的感懷和思考。這樣的內心情致也體現出李清照憂國憂時的士大夫情懷。宋哲宗元符三年（1100）前，張耒見永州摩崖碑刻唐·元結《大唐中興頌》，弔古傷今，因作〈讀中興頌碑〉詩。張詩出後，黃庭堅、潘大臨等均有和作。李清照也振筆響應，作了兩首和詩。〔註47〕試看〈浯溪中興頌詩和張文潛〉二首：

　　　　五十年功如電掃，華清宮柳咸陽草。五坊供奉鬭雞兒，酒肉

　　　　　　　　　　　　　　　　　　　　　　　　　　　　　　　　
〔註47〕　徐北文主編：《李清照全集評注》（濟南：濟南出版社，1990 年），頁194。

堆中不知老。胡兵忽自天上來，逆胡亦是姦雄才。勤政樓前
走胡馬，珠翠踏盡香塵埃。何為出戰輒披靡，傳置荔枝多馬
死。堯功舜德本如天，安用區區紀文字。著碑銘德真陋哉，
迺令神鬼磨山崖。子儀光弼不自猜，天心悔禍人心開。夏商
有鑑當深戒，簡策汗青今具在。君不見當時張說最多機，雖
生已被姚崇賣。

君不見驚人廢興傳天寶，中興碑上今生草。不知負國有姦雄，
但說成功尊國老。誰令妃子天上來，虢、秦、韓國皆天才。
花桑羯鼓玉方響，春風不敢生塵埃。姓名誰復知安史，健兒
猛將安眠死。去天尺五抱甕築，築頭縶出開元字。時移勢去
真可哀，姦人心醜深如崖。西蜀萬里尚能反，南內一閉何時
開。可憐孝德如天大，反使將軍稱好在。嗚呼，奴輩乃不能
道輔國用事張后尊，乃能念春薺長安作斤賣。〔註48〕

此兩首和詩為詠史詩。從內容上看，為詠唐玄宗天寶年間安史之亂的
起因與影響，乃至唐朝由繁盛轉衰的原因。李清照以為唐朝發生安史
之亂的主因是「奸佞之臣」當道，故其言「胡兵忽自天上來，逆胡亦是
姦雄才」、「時移勢去真可哀，姦人心醜深如崖」再加上天寶間天下太
平，皇帝、臣子都沉溺在歡愉享樂中，對於國事不甚用心。因此，雖然
安史之亂在日後因郭子儀、李光弼的收復之下，唐玄宗等人得以回到
長安，但是政局已是混亂不堪，故言「嗚呼，奴輩乃不能道輔國用事張
后尊，乃能念春薺長安作斤賣。」由此亦種下唐朝衰敗之因。

　　透過這兩首詠史詩，可以從中了解李清照對於史識的深度理解和
運用，以及其中不乏有借古諷今之意，由此亦能感受到李清照對於國
家之事所展現的士大夫情懷。前述有提到張耒作〈讀中興頌碑〉一詩是
在元符三年（1100）前，而黃盛璋在〈趙明誠、李清照夫婦年譜〉認為：

〔註48〕王學初校注：《李清照集校注》，頁101～105。

「清照和張文潛（耒）『浯溪中興頌』詩二首，在是歲前後。」〔註49〕
也就是說，李清照作兩首和詩的時間最早也會在元符三年（1100）。而
隔年宋徽宗改元建國靖中（1101），時李清照十八歲嫁與趙明誠，隔年
宋徽宗又改元「崇寧」（1102），此時正是蔡京等新黨人士對舊黨者或與
舊黨交往密切之人進行政治清算，展開籍記元祐黨籍之事的開始。而
北宋朝政也因日益黨爭逐漸內耗，加上外族的侵略和覬覦，使得當時
的政局更顯得混亂。則李清照在作這兩首和詩時，正處於這兩至三年
間朝堂間執政者的反覆更替，士大夫欲經世濟民的抱負也逐漸變成黨
派之間競逐的藉口，實質上成為虛耗國力的主要因素。因此李清照對
於當朝政治的種種弊端，特別是徽宗聽信權奸蔡京意見，朝廷權力傾
軋頻繁，頗傷元氣這方面，她和寫〈洛陽名園記〉的父親李格非一樣，
都是了解很透、焦慮很深，並急切地希望這一切能夠改變的。〔註50〕
由此亦體現了李清照熱切的士大夫情懷和愛國心並不會比朝堂上的士
大夫少。

　　而李清照作詩表達對時事的批判，與其家庭教育與環境背景有著
密切關係。李清照的母親出身大家族，在《宋史·李格非傳》中載：

　　妻王氏，拱辰孫女，亦善文。女清照，詩文尤有稱於時，嫁

　　趙挺之之子明誠，自號易安居士。〔註51〕

李清照的母親王氏是宋仁宗時備受皇帝推崇的王拱辰的孫女。〔註52〕
從此處能夠了解王氏的家庭教育與學識涵養的程度是相當高的。引文
中提到王氏善於文章書寫，而李清照因為受到母親善於寫作文章的影
響，也使其在詩作文章的寫作能力備受肯定。

〔註49〕　繆香珍著：《李清照與朱淑真評傳》（臺北：臺灣商務印書館，1989 年），
　　　　　頁 136。
〔註50〕　鄧紅梅著：《李清照新傳》，頁 37。
〔註51〕　元·脫脫著：《新校本宋史》，卷 444，頁 13121。
〔註52〕　按：關於李清照的母親王氏的出身歷來有兩種說法。其一為根據宋史
　　　　　記載，李清照的母親是王拱辰的孫女，並且其為李清照的生母。其二
　　　　　是李清照的生母是王準的兒子，王珪的女兒，也就是王準的孫女。則
　　　　　「拱辰孫女」是李清照的繼母，李格非的繼室。

　　而李清照的父親李格非在學識才能與寫作文章也是相當優秀的。其對文章寫作之事的態度相當慎重。劉克莊《後村詩話》談到李格非的詩文言其：「文高雅條暢有義味，在晁、秦之上，詩稍不逮。」〔註53〕而李格非更是以文章受知於蘇軾，與廖正一、李禧、董榮並稱蘇門後四學士。由此可知李格非的學識才能是受到他人稱讚的。李格非也懷有對國家興盛的擔憂之情。其在〈書洛陽名園記後〉說道：

> 洛陽處天下之中，挾殽黽之阻，當秦隴之襟喉，而趙、魏之走集，蓋四方必爭之地也。天下常無事則已，有事則洛陽必先受兵。予故嘗曰：「洛陽之盛衰，天下治亂之候也。」方唐貞觀、開元之間，公卿貴戚，開館列第於東都者，號千有餘邸。及其亂離，繼以五季之酷，其池塘竹樹，兵車蹂蹴，廢而為丘墟；高亭大榭，煙火焚燎，化而為灰燼，與唐共滅而俱亡者，無餘處矣。予故嘗曰：「園囿之興廢，洛陽盛衰之候也。」且天下之治亂，候於洛陽之盛衰而知；洛陽之盛衰，候於園囿之興廢而得；則名園記之作，予豈徒然哉？嗚呼！公卿大夫方進於朝，放乎一己之私自為，而忘天下之治忽，欲退享此，得乎？唐之末路是矣！〔註54〕

李格非深感士大夫應當以政事為優先，不應為園林藝術做出動搖國本之事。從中可以發現李格非有著內在涵養豐富的知識精神，同時也表現了其對國家際遇擔憂的情感。此篇文章中也呈現了中國傳統士大夫秉持大義的知識精神。

　　李清照承繼父親與母親的學識才能。李清照也因為李格非受到儒家傳統士大夫的知識精神影響，使其在為人處世上符合儒家思想的精神。而李清照的上詩之舉以及作詠史詩發出對時事的批判也說明了李

〔註53〕　宋・劉克莊著：《後村詩話》收錄《古今詩話叢編》（臺北：廣文書局，1971年），卷3，頁12。

〔註54〕　謝冰瑩等注譯：《新譯古文觀止》（臺北：三民書局，2012年），頁698～699。

清照符合儒家對知識分子所寄望的精神。此處也體現了李清照不同於一般深閨婦女的思想情感與價值觀念。

李清照藉由父母親的家庭教育以及傳統儒家的思想精神，展現個人的態度及意識。由此發出士大夫情懷，並且形成個人的思考方式、信念原則、人生理想等。顯露出李清照率真、質樸的個性，呈現其憂國憂時的士大夫情懷。

據此能了解李清照在元祐黨爭餘續影響下的情感與反應。從李清照在元祐黨爭餘緒的影響下所表露出的士大夫情懷，可以看出其藉此轉換了立場差異的問題，以解決了最初其面對立場兩難的狀況，彰顯李清照所採取的理性態度。相較於李格非、趙挺之等直接參與黨爭事件的人，李清照藉由客觀和簡明的論述以表達個人在元祐黨爭及其餘緒中的想法和評價。因此就如同前述所提及李清照在上詩之舉所表現出的理性與敏銳的情感一樣，其清楚的意識到若要將自身的想法最大化的表達出來，在立場的選擇上需要有一個媒介，將個人的想法溫和的表達出來。因此李清照透過寫詩方式以呈現大眾較能理解的想法，並訴諸情感來反應其在黨爭事件下的心情狀態。另外，黨爭事件的頻繁發展間接影響了李清照，從而也使其意識到「君子與小人」的道德標準已經在北宋黨爭事件的發展過程中，成為士大夫在朝堂政治上打擊政敵的思想言論。而這樣的狀態和反應融合了儒家賦予士大夫的理想的精神，並乘載著個人的情志，將李清照在元祐黨爭餘緒中欲表達想法的心理反應與情感變化，真實的呈現在其所身處的環境中。

從王安石變法開始，新黨與舊黨間的紛爭開展了元祐黨爭及其後續所引發的元祐黨籍碑事件。從君子小人之爭演變為士大夫個人喜好的意氣之爭，不僅是背景文化的論述，同時也反應了朝堂政治的日益傾軋的原因。而李清照的父親李格非以及公公趙挺之，在元祐黨爭以及元祐黨籍碑事件裡分屬不同立場。李格非與蘇軾、黃庭堅等舊黨者，來往頻繁，關係密切，因而被籍入元祐黨籍。而趙挺之則是與蔡京等人

一起展開對舊黨的傾軋。雖然趙挺之在元祐黨籍事件中，當上宰相，卻逐漸和蔡京理念不合，最後罷相不久便辭世。

　　兩者在這些政治活動中的選擇及遭遇，對李清照來說都是重大的影響。首先，李清照在黨爭事件裡，因為父親和公公的立場差異，產生其在抉擇立場上的兩難。其次，即便李清照內心有著情感矛盾，卻還是藉由上詩趙挺之來表達救父之情，並且李清照也在趙挺之辭世後，對其作出詩句，以抒發個人的批判。從中可以看到李清照的情感與反應。李清照以傳統儒家知識分子的精神，表達出士大夫情懷，轉化了立場差異所形成的情感矛盾，意識到道德人格的僵固之處，因此更加相信自身所堅持的信念，彰顯了個人所持的理性態度。

　　總體而言，李清照在元祐黨爭餘緒影響下，其表現了多樣的反應，從中亦顯露了其真摯的情感。這些情感以及反應，可從外在和內在的兩個方面來說明。由外在的角度來說，上詩之舉呈現了李清照面臨身分兩難的情況，仍然付諸行動以表達想法的率真反應。而從內在角度而言，李清照意識到身分立場的差異，促使了其必須解決這個問題的想法，故其在此中藉由士大夫的思考方式進行身分立場和想法的轉換，進而體現了李清照憂國憂時的士大夫情懷，同時也具體地呈現李清照在元祐黨爭餘緒影下的情感與反應。

第三章　南渡前的其它經歷及創作

　　本章所指「南渡前」的時間範圍，為李清照於大觀元年（1107）
屏居青州及宣和三年（1121）赴萊州、淄州生活期間。而標題所謂「其
他經歷」指的是李清照「屏居鄉里」及「連守兩郡」之事，當中並沒有
包含元祐黨爭餘緒的時間。筆者會將李清照南渡前的經歷作此劃分的
原因有二。第一，李清照在元祐黨爭餘緒時期中，面對的是家族受政爭
影響下的情況。由政治鬥爭的角度來看，黨爭的過程展現了現實殘酷
的一面。而李清照在年少時遭遇此事，對她的內心感受影響甚深。由此
而言，可以知道在李清照的人生中，元祐黨爭餘緒是一個有重要影響
的經歷，能夠單獨成立為一個階段來討論。第二，南渡前，李清照從屏
居到守兩郡的時間大約有十幾年，而她的創作大多集中於此時所作。
相較這兩段時間，李清照在黨爭時期作品少，且主要為詩作及文章，所
以從作品內容上能看出兩個區間的差異。基於上述兩個理由，筆者將
南渡前的經歷分為兩個區間，以凸顯李清照南渡前經歷之間的轉變與
差異，以全面的關照清照前半生的歷程和創作。

　　元祐黨爭餘緒之後，屏居青州、赴萊州、淄州生活是清照主要的
生活經歷。在這些歷程中，可以看到其生活安逸、投入金石文物研究、
夫妻間情感和睦，不過，在美好幸福的背後，政治風波帶來的不安，也
影響著李清照的生活。關於李清照於此階段的經歷跟作品，前人多認

為其屏居青州十年、生活於萊、淄兩地之時是其人生當中最閒適、幸福的時光。創作內容因而受到安逸愉悅氛圍的影響，詞作題旨呈現出的是感時傷春、相思懷人的內容及情感。王學初《李清照集校註》談到李清照人生歷程時說：「她箇人的歷史，可以分作兩箇時期：上一時期，是在北宋的時期，是生活安定、專心金石研究、從事創作活動的時期。」〔註1〕由此可知，其認為此時的創作寫出了清照生活安定、離別之情、夫妻生活等真摯明亮的主題。平慧善《李清照及其作品》亦提到清照南渡前有著「平和寧靜的生活，有張有弛的工作，共同的愛好和事業，使清照夫婦互相間了解更深，感情甚篤。」〔註2〕而其以為李清照詞以「靖康之難」為界，分為前、後兩期。前期詞作，主要寫少女少婦的日常生活與愛情悲歡，反映了詞人熱愛生活的性格與熾熱的感情。〔註3〕

筆者認為李清照南渡前的生活，並非全是表現「幸福美滿」、「夫妻情深」的感受，因為從清照對元祐黨爭餘緒的反應及感受，不難看出政治鬥爭對她的內心造成巨大衝擊。在這場事件裡，她看清了人與人間為自身利益而不顧情面，感受到世態炎涼、人情冷暖的現實。而這樣的感受隨著她與丈夫屏居青州、萊、淄兩地後，仍未曾減少，反而是讓她產生「甘心老是鄉矣」的願望，所以雖然此階段的創作多是以自然風光、相思懷人、季節流轉為主題的詞作，反映李清照的少女情懷、夫妻情深及閨中傷懷，但是黨爭事件形成的隱憂壓力仍隱藏在閒適生活的背後，讓清照有不同的創作表現。

而此時李清照的情感除了閨怨愁情外，也因政治風波而有不同面向的情感表現。換言之，閒適安然的感受及隱憂不安的心情，同時存在於清照南渡前的生活中，體現出黨爭事件所帶來的影響，並全面性的展現李清照在此階段的生活情感及創作內容。因此，以下將透過李清

〔註1〕詳見王學初著：《李清照集校註》，頁360～362。
〔註2〕詳見平慧善著：《李清照及其作品》（長春：時代文藝出版社，1985年），頁21。
〔註3〕詳見平慧善著：《李清照及其作品》，頁55。

照南渡前的生活歷程，了解其生活及感受，藉此闡述詞作內容及情感
面貌，以具現李清照南渡前的經歷及創作。

第一節　南渡前的生平經歷及情感

李清照的生命過程中，歷經了北宋的黨爭事件。此事影響其父親
的處境，從中也能了解李清照的性格。其後，李清照隨著丈夫趙明誠屏
居鄉里、連守兩郡，生活重心便放在金石文物的蒐集與整理，其中亦體
現了李清照在政治打壓、社會現實裡想保持生活平靜的理想與精神。
從這兩段生命經驗裡，可以發現李清照在每個不同的人生階段，有不
同的思考。

在李清照的生平經歷中，「屏居鄉里」和「連守兩郡」這兩段經歷
對其而言是極為珍貴的回憶。所以李清照在屏居鄉里與連守兩郡間的
生活與情感，便成為研究其生平時需關注的焦點。「屏居鄉里」是指李
清照與趙明城回到家鄉青州的生活經歷。「連守兩郡」指的是李清照在
屏居鄉里後，因為趙明誠先後被派任萊州、淄州，其在這兩地的生活經
歷。據于中航在《李清照年譜》裡，加以彙整了王學初〈李清照事跡編
年〉與黃盛璋《趙明誠李清照夫婦年譜》的資料可知，李清照及其丈夫
趙明誠「屏居鄉里」和「連守兩郡」的時間點。李清照與趙明誠在大觀
元年（1107）因其公公趙挺之去世，而回鄉守制。直到宣和三年（1121）
趙明誠被派守萊州，李清照因而隨之赴任。宣和七年（1125）趙明誠轉
赴淄州，李清照亦隨行同往。至靖康元年（1126）時，因金人入侵以及
趙明誠母喪之故，兩人的閒適生活就此嘎然而止。

對於這將近二十年的時間，李清照曾在〈金石錄後序〉裡自言是
非常自適、愉快的經歷。在這段時間裡，兩人最喜歡的就是研究、整理
文物古籍，由此也呈現兩人甜蜜生活、志趣一同的情景。因此在後人的
研究中，大多數的重點都會擺在李清照與趙明誠在這期間內，對於金
石的熱愛或者是兩人的情感生活。在陳祖美《李清照》與鄧紅梅《李清
照新傳》中，闡述屏居鄉里與連守兩郡的重點，便是兩人對金石研究的

熱愛以及情感生活。但是筆者認為在這段時間內，影響李清照生活的因素除了上述提及的兩項之外，還有「政治」的外力因素。李清照與趙明誠屏居鄉里，或是守郡的生活與情感看似平淡悠閒，但背後其實隱藏了無奈、憤慨的感懷。筆者欲補充這一點以完整的呈現李清照在屏居鄉里與連守兩郡間的生活與情感。此外，歷來的研究對於趙明誠連守兩郡的赴任時間的繫年，以及李清照是否隨之赴任的問題多有不同看法。而這些問題也是影響當下李清照生活和情感的重要因素之一，故筆者亦會針對此處進行討論。

　　本節欲透過史料、以及相關文本資料的爬梳與分析，闡述李清照在屏居鄉里與連守兩郡期間的生活與情感。藉由更多面向的剖析，了解李清照在這段時期的生活境況，並進一步地，深入討論其內心的情致及感懷，以呈現出在這段時期，不同於一般認知的李清照。

一、屏居鄉里的光陰

　　在李清照生平經歷中，「屏居鄉里」這件事對李清照而言是相當重要的。李清照在其自述的〈金石錄後序〉裡完整的敘述夫婦二人沉浸在悠閒鄉里生活，並且開始了研究金石碑刻的學術之路。而我們必須先釐清李清照與趙明誠屏居鄉裡的原因以及所謂屏居「鄉里」指的是何處，以確認史實的正確性。由此也能夠更為清楚明白的了解李清照在屏居鄉里時的生活境況與情感。

（一）屏居鄉里的原因

　　李清照在〈金石錄後序〉中寫到：「後屏居鄉里十年，仰取俯拾，衣食有餘。」〔註4〕這個「後」是指在宋徽宗「崇寧」之後，其屏居鄉里十年。而李清照為何屏居鄉里十年呢？其實這與官場上的鬥爭有著相當大的關係。從崇寧元年（1102），蔡京所主導的元祐黨籍碑事件中，趙挺之因與蔡京共事，使其官位越來越高。崇寧四年（1105）時蔡京為

〔註4〕　王學初校注：《李清照校註》，頁 17～178。

相，趙挺之為尚書右僕射兼中書侍郎，〔註5〕到了同年六月，趙挺之罷尚書右僕射。

> 公既屢陳京紛更法度之非，言其奸惡不一，雅不欲與京同政府，引疾乞去……居數月，可請補外，除觀文大學士，光祿大夫、中太乙宮使。〔註6〕

由此段文字可知，趙挺之與蔡京對於政事多有意見分歧，趙挺之多次的向上位者陳述自己的意見，但又怕遭到蔡京的打壓，所以急於罷相。之後宋徽宗答應了趙挺之罷相的請求，但是又將趙挺之的三個兒子分別授予官職：

> 挺之乞罷相，詔既許之，詔曰：「願俟重來，以熙庶政。聞卿未有第，已令就賜。」〔註7〕

> 挺之罷相，帝以挺之子存誠為衛尉卿，思誠為秘書少監，明誠為鴻臚少卿。挺之辭不敢當，乞收還成命，詔答不允。〔註8〕

從這邊可以看到趙挺之想完全退出政治權力的中心。而趙明誠也在這時有了「鴻臚少卿」的官職。到了崇寧五年（1106）正月，發生了天有彗星出現的事件，徽宗認為這是上天給予當政者的警告「詔以星文變見，避正殿，捐常膳。中外臣僚等並許直言朝廷闕失。」〔註9〕這時趙挺之又被徽宗授予特進尚書右僕射兼中書侍郎。〔註10〕至大觀元年（1107），正月，蔡京復為尚書左僕射兼門下侍郎。〔註11〕三月，趙挺之罷右僕射，授特進、觀文大學士、佑神觀使，五日後，卒於汴京。〔註12〕《宋宰輔編年錄》載：

〔註5〕　元・脫脫著：《新校本宋史》，卷351，頁374。
〔註6〕　清・黃以周等輯注：《續資治通鑑長編拾補》，頁878。
〔註7〕　宋・徐自明著：《宋宰輔編年錄》（臺北：新文豐出版社，1989年），頁773。
〔註8〕　宋・徐自明著：《宋宰輔編年錄》，頁771。
〔註9〕　清・黃以周等輯注：《續資治通鑑長編拾補》，頁868。
〔註10〕　詳見清・黃以周等輯注：《續資治通鑑長編拾補》，頁878。
〔註11〕　元・脫脫著：《新校本宋史》，卷471，頁377。
〔註12〕　元・脫脫著：《新校本宋史》，卷351，頁377～378。

> 始挺之自密州徙居青州，會蔡京之黨，有為京東監司者，廉挺
> 之私事，其從子為御史，承旨意言挺之交結富人。挺之卒之三
> 日，京遂下其章，命京東路都轉運使王覿等，置獄于青州鞫治。
> 俾開封府捕親戚使臣之在京師，送制獄窮究，皆無實事。抑令
> 供析，但坐政府日有俸餘錢，止有剩利，至微。〔註13〕

趙挺之卒後三日，趙家就被蔡京安插罪狀，所有趙家的親族人等都被
置獄在汴京或青州。從上述的史料，可以知道趙挺之與蔡京的嫌隙不
僅是影響其個人，更是使趙家陷入窘境。同年，李清照與趙明誠因而屏
居鄉里。在中國傳統的制度即規定父母喪時，要回鄉守制三年。而這種
官場上的猜忌陷害也促使了李清照與趙明誠必須回到家鄉。

　　李清照與趙明誠在趙挺之驟逝與官場政治的壓力之下到了屏居之
地「青州」。由前述引文「始挺之自密州徙居青州」一句，可知趙挺之
從原本的家鄉密州諸城遷至青州。而李清照也在〈金石錄後序〉中云：
「其青州故第尚鎖書冊雜物用屋十餘間」〔註14〕這個「青州故第」也
就是《續資治通鑑長編》引趙挺之行狀：「明年春數乞歸青州私第，詔
從之。」〔註15〕的「青州私第」。所以由這些記載可推得李清照屏居之
地為「青州」。而兩人便在「青州」開始了屏居鄉里的生活。

（二）屏居鄉里間的生活與感懷

　　李清照與趙明誠需回到家鄉屏居之事，開展了李清照與趙明誠在
回到家鄉青州屏居時的生活樣貌，更同時體現了生活背後的感懷。而
透過兩人的互動，更能夠闡發李清照屏居鄉里的生活與情感。

1. 志趣一同的學術生活

　　李清照在屏居青州時的生活重心，就是常與趙明誠一起投入金
石碑刻、文物的收集與編纂，夫婦倆人對於研究文物古籍有著無比的

〔註13〕　宋・徐自明著：《宋宰輔編年錄》，頁777。
〔註14〕　王學初著：《李清照校註》，頁179。
〔註15〕　清・黃以周等輯注：《續資治通鑑長編拾補》，頁878。

熱情。李清照嫁給趙明誠時，趙明誠還在太學讀書。放假時，趙明誠
就會到佛寺或市集購買一些古玩。〔註16〕由此可知趙明誠對於研究
古物有著濃厚的興趣，而他也以此作為人生的志向。趙明誠最為人熟
知的學術作品就是「金石錄」，其自序：

> 余自少小，喜從當世學士大夫訪問前代金石刻詞。以廣異聞，
> 後得歐陽文忠公集古錄讀而賢之，以為是正譌謬，有功於後
> 學甚大，惜其尚有漏落，又無歲月先後之次，思欲廣而成書，
> 以傳學者。〔註17〕

趙明誠將喜愛這些金石文物的興趣，更進一步地轉為學術研究的重
任。目標是補足前人研究的缺漏，並編纂成冊以傳承於後世。而李清
照也與趙明誠一同參與這些文物、古籍的整理工作，洪邁《容齋四筆》
中說：「其妻易安李居士，平生與之同志。」〔註18〕《貴耳集》中亦
云：「易安居士李氏，趙明誠之妻。《金石錄》亦筆削其間。」〔註19〕
由此可知，學術研究在李清照生活中有著重要的分量。

　　李清照相當喜愛讀書、賞玩古物、品評文集等活動。在青州時，
其投入許多時間和精力在整理研究古籍文物、鑑賞字畫，甚至將此作
為一種遊戲，沉浸在這樣的生活狀態：

> 每獲一書，即同共勘校，整集籤題。得書畫、彝、鼎，亦摩
> 玩舒卷，指摘疵病，夜盡一燭為率。故能紙札精緻，字畫
> 完整，冠諸收書家。余性偶強記，每飯罷，坐歸來堂烹茶，
> 指堆積書史，言某事在某書、某卷、第幾頁、第幾行，以中
> 否角勝負，為飲茶先後。中即舉杯大笑，至茶傾覆懷中，

〔註16〕　王學初校注：《李清照校註》，頁177。

〔註17〕　宋・趙明誠撰：《金石錄》（臺北：新文豐出版社，1989年），頁199。

〔註18〕　宋・洪邁撰：《容齋四筆》收錄《叢書集成》第71冊（臺北：新文豐出版社，1996年），頁183。

〔註19〕　宋・張端義撰：《貴耳集》收錄《學津討原》第14冊（臺北：新文豐出版社，1980年），頁332。

> 反不得飲而起。甘心老是鄉矣，故雖處憂患困窮，而志不
> 屈。〔註20〕

李清照與趙明誠在整理、校勘文章書籍時，不僅把這些事當作是志業，更是將文章書籍帶入夫婦生活裡。「每飯罷，坐歸來堂烹茶，指堆積書史，言某事在某書、某卷、第幾頁、第幾行，以中否角勝負」李清照夫婦倆人在飯後之餘的消遣也是在書籍之中。這樣悠閒快樂的氛圍，使其甘願到老都維持如此。

2. 閒適生活背後的感懷

李清照與趙明誠對於青州的閒適步調相當的滿足，甚至在此處以陶淵明的〈歸去來兮辭〉之義，起了「歸來堂」作為兩人學術研究的空間。但是在屏居鄉里生活的背後，卻有著對現實的無奈與困境。由前述的論述可知，影響李清照屏居鄉里十年最主要的原因，還是政治的因素。對此，黃盛璋在〈趙明誠、李清照夫婦年譜〉中認為：

> 親戚使臣在京被捕送制獄，明誠當然不免，更無論官職。自
> 此以後，蔡京執政有年，明誠與清照所以屏居鄉里，至於十
> 年，顯然與當時政局有關〈後序〉：「故雖處憂患困窮，而志
> 不屈」，現在知道清照這些話是有著落的。〔註21〕

從黃盛璋的說法，可以了解李清照儘管在後序中說，他們的生活是「仰取俯拾，衣食有餘」〔註22〕但是在現實中，因為蔡京的專權擅政，讓李清照夫婦離開了京城。兩人所受到的政治迫害，也導致他們回到鄉里生活。而筆者認為李清照與趙明誠能夠安然自適的在青州屏居，最大的因素是在於編纂「金石錄」。收集前人的文章、石碑、刻物需要耗費許多心力，而整理的工作也是很繁瑣的，但是兩人卻樂此不疲投入其中。這樣的生活，除了是他們對學術充滿熱情之外，更

〔註20〕 王學初校注：《李清照校註》，頁178。
〔註21〕 繆香珍著：《李清照與朱淑真評傳》（臺北：臺灣商務印書館，1989年），頁183。
〔註22〕 王學初著：《李清照校註》，頁177～178。

是他們在現實困境中的精神依靠，所以李清照說「雖處憂患困窮，而志不屈」。

從李清照為《金石錄》寫後序之事，能了解「金石錄」這本書對李清照和趙明誠有著重大的意義。政和七年（1117）劉跂為《金石錄》寫序云：

> 東武趙明誠德父家，多前代金石刻，倣歐陽公集古錄所論，以考書傳諸家同異，訂其得失，著金石錄三十卷……今德父之藏極甚富，又選擇多善，而探討去取，雅思有致，其書誠有補於學者。亟索余文為序。〔註23〕

趙明誠在收集文集、校訂字辭、評議論述等工作上都「雅思有致」，對後世學者的學術研究相當有益。《金石錄》的編纂考訂不只是有「承先啟後」的作用，更有著諷議北宋時事的意味存在。于中航認為李清照和趙明誠在「金石錄」的編纂研究上的思考與評語有發人深思之處：

> 他們的研究，沒有僅僅侷限在個別事實和個別文句的考訂上。他們還結合碑傳文字，評價歷史人物、歷史事件，對歷史上的治亂興衰，提出他們自己的看法，「議論卓越」，頗能發人深思。〔註24〕

在《金石錄》卷二十九的〈唐義興縣新修茶舍記〉中，記載了因為官員貪圖個人的名聲利祿，使百姓的生活處在水深火熱之中的事件：

> 義興貢茶非舊也，前此故御史大夫李栖筠實典是邦，山僧有獻佳茗者，會客嘗之。野人陸羽以為芬香甘辣，冠於他境，可薦於上。栖筠從之，始進萬兩，此其濫觴也。厥後因之，

〔註23〕　宋・劉跂撰：《學易集》收錄清・紀昀總纂；臺灣商務印書館編審委員會主編《景印文淵閣四庫全書》集部・別集類 1121（臺北：臺灣商務印書館，1986 年），頁 586～587。

〔註24〕　于中航著：《李清照年譜》（臺北：臺灣商務印書館，1995 年），頁 152～153。

徵獻寖廣，遂為任土之貢，與常賦之邦侔矣。每歲選匠徵夫
至二千餘人云。〔註25〕

茶葉本是芬芳、清香之物，卻被好名利者利用，作為討好上位者的貢
品。在本不種茶的地區，徵招大量的當地百姓從事茶葉種植，形成百姓
的負擔與困擾。趙明誠便對此有了評議之語：

> 嘗謂後世士大夫，區區以口腹玩好之獻為愛君，此與宦官、
> 宮妾之見無異，而其貽患百姓，有不可勝言者。如貢茶，至
> 末事也，而調發之擾猶如此，況其甚者乎！羽蓋不足道，嗚
> 呼！孰謂栖筠之賢，而為此乎書之，可為後來之戒，且以見
> 唐世義興貢茶自羽與栖筠始也。〔註26〕

趙明誠一針見血地指出為了提供貢品給皇帝，滿足其口腹之慾，造成
百姓生活困難的問題。這種為一己之私的想法與太監、宮女之見無
異。在此趙明誠更說「如貢茶，至末事也，而調發之擾猶如此，況其
甚者乎！」在北宋徽宗時，比起上述的貢茶之事，使百姓陷入愁雲慘
霧之事是有過之而無不及，例如：宋徽宗為徵得各地的奇花異石滿足
個人的慾望，讓蔡京、童貫等人為其在全國各地起花石岡，使得百姓
苦不堪言，甚至引發後續的民變事件。〔註 27〕而此事或許讓趙明誠
讀到〈唐義興縣新修茶舍記〉時有所共鳴，故言「而調發之擾猶如此，
況其甚者乎！」〔註28〕而李清照與趙明誠一同參與《金石錄》的整理
工作，對於其中的內容當是有所了解的。當李清照與趙明誠看見了現
實社會的弊病時，其抒懷的管道之一就是在評議史料時，投入個人的
見解想法，所以《金石錄》的存在不僅是對後世有所啟發，更是李清
照與趙明誠在屏居生活時的精神依靠，對兩人而言有著舉足輕重的
意義。

〔註25〕 宋・趙明誠撰：《金石錄》，頁 399～400。
〔註26〕 宋・趙明誠撰：《金石錄》，頁 400。
〔註27〕 明・馮琦著：《宋史紀事本末》，頁 400～404。
〔註28〕 參見于中航著：《李清照年譜》，頁 153～154。

　　李清照屏居青州的生活，看似恬淡，但背後所產生的情感卻是與政治有著緊密的關係。李清照因為政治鬥爭而屏居青州，與趙明誠一起專注收集整理金石資料。乍看之下，兩人屏居鄉里間的自適生活與情感，應該是不被外在的政治因素打擾，但是在宋徽宗的治國昏庸無能與奸臣的任意妄為之下，社會的動亂顯然是會讓李清照和趙明誠不得不去關注。兩人對於《金石錄》投入相當多的心力，可從兩個方面來說。第一、在心裡層面上，文物收集整理的專注和成就感，變成了李清照夫婦兩人在面對政治清算時的心靈依託，投注了許多感情在其中。第二、在現實層面上，《金石錄》中的古籍內容與現實世界之間，縝密切合，使得兩人的學術研究不冉只是書本文字的敘述，而是與當時國家社會的狀況有著契合之處。由此也使得李清照與趙明誠的情感與學術研究有了共鳴，進而體現了世人眼中「兩人的甜蜜」生活的背後所隱含的感懷，以及其在生活中的心聲與感慨。

二、連守兩郡間的境況

　　李清照在青州歷經了十年的屏居歲月後，隨著趙明誠被派任官職，連守兩郡之故，李清照分別到了「萊州」及「淄州」兩地生活。而這段經歷也影響了李清照的生活與情感，其中亦有其不被外人所道的愁思。故以下將藉由李清照在連守兩郡期間所表現行為與態度，以闡述其在連守兩郡間的生活與情感，進而了解李清照在趙明誠連守「萊州」、「淄州」間的境況。

（一）連守兩郡的赴任時間與情形

　　李清照與趙明誠結束了十年屏居青州的生活後，分別在宣和三年（1121）赴任萊州，宣和七年（1125）轉赴淄州任職。而筆者認為透過這兩段仕宦經歷的繫年，以及赴任情形，能夠了解李清照面對離開家鄉，到他處生活時的情感與態度。所以以下將分別討論李清照、趙明誠連守兩郡的赴任時間與情形。

　　首先，關於趙明誠赴任萊州的時間，可以從李清照的〈感懷詩〉的序得知：

　　　　宣和辛丑八月十日到萊，獨坐一室，平生所見，皆不在目前。

　　　　几上有禮韻，因信手開之，約以所開為韻作詩。偶得「子」

　　　　字，因以為韻，作感懷詩云。〔註29〕

從「宣和辛丑八月十日到萊」一句可知，李清照在宣和三年（1121）到了萊州。徐培均認為：「明誠何時到萊，史無明文，然清照於本年八月到萊，明誠當在其前赴任。」〔註30〕由此可推得趙明誠赴任萊州的時間應繫於宣和三年（1121）。從徐培均的說法中可以知道，其認為李清照與趙明誠並非一起到萊州。對此于中航也以「平生所見，皆不在目前」的語意，認為當時趙明誠到萊州未久，而清照則初至任所。〔註31〕黃盛璋則認為，根據詩意，清照應該是隨明誠同往，因為明誠是初上任，前任卸任必然把一切都搬走，所以住的地方顯得四壁蕭條，寒窗敗几以外，略無陳設，如果明誠是先去有日，那就不應該有這種情形了。〔註32〕無論李清照有無與趙明誠一同赴任萊州，藉由前人的研究考證可以了解，趙明誠是宣和三年（1121）起復，知萊州，而李清照亦是在同年前往萊州居住。

　　而關於李清照去萊州的情形和感受，可從〈蝶戀花〉昌樂館寄姊妹一詞了解。王學初認為〈蝶戀花〉這首詞是李清照在宣和三年（1121），由青州至萊州，途中寄宿昌樂縣時寄給姊妹的作品〔註33〕：

　　　　淚濕羅衣脂粉滿，四疊陽關，唱到千千遍。人道山長山又斷，

　　　　瀟瀟微雨聞孤館。　　惜別傷離方寸亂，忘了臨行，酒盞深

　　　　和淺，好把音書憑過雁，東萊不似蓬萊遠。〔註34〕

〔註29〕　王學初校注：《李清照集校注》，頁131。據詩序可知，此詩作於宣和
　　　　　三年（1121）李清照到萊州之時。

〔註30〕　徐培均著：《李清照集箋注》（上海：上海古籍出版社，2002年），頁
　　　　　482。

〔註31〕　于中航著：《李清照年譜》，頁87。

〔註32〕　繆香珍著：《李清照與朱淑真評傳》，頁187。

〔註33〕　王學初校注：《李清照集校注》，頁28。

〔註34〕　王學初校注：《李清照集校注》，頁27。此首詞應是宣和三年（1121）

從詞的開頭「淚濕羅衣脂粉滿，四疊陽關，唱到千千遍。」就明白
的點出了，李清照因為別離悲傷與不捨，又從「瀟瀟微雨聞孤館」
一句感受到詞人面對離開家鄉與好友姊妹時的寂寞之情。所以在最
後兩句「好把音書憑過雁，東萊不似蓬萊遠。」中，李清照告訴好
友姊妹，我要去東萊這個地方，儘管和青州相距遙遠，也不是人跡
不能到的海上仙山那麼悠渺，我們還是可以信息相通的。〔註35〕透
過最後兩句可以體會到李清照用字溫和以及真摯的情感。而這樣的
情感同時又帶有其對於離開熟悉的人事物時，想自我安慰之意。藉
由〈蝶戀花〉一詞，可以知道李清照其實對於離開家鄉青州，是非
常不捨的。因此，其初至萊州時，不管是外在的感受或是內心的情
感上，都分外寂寞。由〈感懷詩〉一詩中可知，李清照寂寞孤單的
心情：

> 寒窗敗几無書史，公路可憐合至此。青州從事孔方君，終日
>
> 紛紛喜生事。作詩謝絕聊閉門，燕寢凝香有佳思。靜中我乃
>
> 得至交，烏有先生子虛子。〔註36〕

從「寒窗敗几無書史，公路可憐合至此。」兩句可知，李清照初至萊州
時，其所居住的地方，不如在青州的熟悉。加上日常生活所需之物也還
沒有完備，使李清照略有淒涼之感，因而以袁術的典故比喻自己剛到
萊州的處境。〔註37〕而「青州從事孔方君，終日紛紛喜生事。」中李

李清照由青州至萊州路途間，經昌樂時所作。宣和三年（1121）李清
照到萊州，詞中云「好把音書憑過雁，東萊不似蓬萊遠」可知其作詞
的時間可能是往萊州的路途，再加上詞題下有附注「昌樂館寄姊妹」
一語，昌樂為青州到萊州會途經的地方，故可證此首詞的繫年。

〔註35〕 黃麗貞著：《詞壇偉傑李清照》（臺北：國家出版社，2007 年），頁 125。
〔註36〕 王學初校注：《李清照集校注》，頁 131。
〔註37〕 按：袁術，字公路。《三國志・袁術傳》裴松之注引《吳書》：「術既為雷
薄等所拒，留住三日，士眾絕糧，乃還至江亭，去壽春八十里。問廚下，
尚有麥屑三十斛。時盛暑，欲得蜜漿，又無蜜。坐櫺牀上，歎息良久，乃
大咤曰：「袁術至於此乎！」因頓伏牀下，嘔血斗餘，遂死。」晉・陳壽
撰；宋・裴松之注：《新校三國志注》（臺北：世界書局，2012 年），頁 210。

清照以「酒」和「錢」說明剛到萊州時，人際應酬間的繁瑣。故其在萊州公廨裡作詩，排遣初至陌生地方的情感。由最後「靜中我乃得至交，烏有先生子虛子。」更是能夠呼應前述提到李清照不捨離開家鄉、好友姊妹的孤單心情。

其次，趙明誠任守萊州三年後，於宣和七年（1125）左右轉往淄州赴任。趙明誠調往淄州的史料今已不可考，不過可從一些相關記載推得。依據宋代地方官的任期為三年一任的制度，趙明誠守萊州的時間當為宣和三年（1121）至宣和六年（1124）。由傅察〈任伯仲、時、德升用均父韻送德父守淄川邀余同賦〉中提到「秋雲漠漠向空飛，颯颯涼風生桂枝。馬蹄又踏東川去，盤水洋洋可樂饑。」〔註38〕可以知道，趙明誠大約是在秋天時赴任淄州。《宋會要輯稿》記載：「宣和七年（1125）十二月二日，詔朝散郎權發遣淄州趙明誠職事修舉，可特除直秘閣。」〔註39〕由此推測，趙明誠赴任淄州的時間，大約是宣和六年（1124）秋天至宣和七年（1125）之間。而從〈金石錄後序〉：「連守兩郡」一語，可知李清照應是與趙明誠一起赴淄州任守。

當李清照結束十年屏居青州的生活，必須到陌生地方生活時，其所面對的不僅僅是丈夫赴任官職之事，而是與相處十年的故鄉、好友等人事物分離。青州屏居之事，雖然是因為政治角力的關係，使李清照必須要回到家鄉，但是在青州的學術研究、生活樂趣，幾乎可以說是其生平中最為快樂的經歷。相對屏居家鄉，對李清照而言，離開居住了十年的家鄉，使其悵然所失，更有淒涼、孤單之感。就如同人們離開家鄉到異地工作、求學時，內心也會有同樣的感受。因此李清照在〈感懷詩〉的序中，便開門見山地說「獨坐一室，平生所見，皆不在目前」其內心思念家鄉好友之情，溢於言表。

〔註38〕 宋·傅察撰：《忠肅集》收錄於清·紀昀總纂；臺灣商務印書館編審委員會主編《景印文淵閣四庫全書》集部·別集類1124，（臺北：臺灣商務印書館，1986年），頁730。

〔註39〕 宋·徐松撰：《宋會要輯稿》（臺北：新文豐出版社，1976年），頁4761。

　　由上述的闡述與論證，可以了解趙明誠赴任萊州、淄州的時間之
外，亦可說明李清照需至萊州、淄州生活時的心情與情形。而從李清照
至萊州、淄州的情況，能更為清楚其在連守兩郡間的生活與情感。

（二）連守兩郡間的生活與情感

　　對李清照的生活與情感而言，離開家鄉到它處居住，心情固然是
極為難過與不捨的事。然而趙明誠赴任官職之事，也使兩人在學術研
究的資料收集更為豐富。不過在學術研究之外，卻有國家社會動盪不
安的因素影響著李清照的生活。因此，李清照在萊州與淄州間的生活
與情感，作為屏居鄉里十年之後的開展，有其重要的意義存在。而透過
李清照與趙明誠對金石研究的熱忱，以及面對家國情勢間的動盪衝突，
可以更為清楚的了解李清照在連守兩郡間的生活面貌與情感。

1. 生活中的金石趣

　　李清照與趙明誠在萊州及淄州分別都有古書、史籍的蒐羅與整理。
根據《金石錄》的記載可知趙明誠收集古籍史書的記錄。其在萊州得
〈後魏鄭羲碑〉言：「碑乃在今萊州南山上，磨崖刻之。蓋道昭嘗為光
州刺史，即今萊州也，故刻其父碑于茲山。余守是州，嘗與僚屬登山，
徘徊碑下久之。」〔註40〕後於宣和五年（1123）又得〈唐富平尉顏喬卿
碣〉謂：「唐顏喬卿碣，在長安，世頗罕傳，或云其石今亡矣。有朝士
劉繹如者，汝陽人，家藏漢唐石刻四百卷，以余此集缺此碣也，輒以見
贈。宣和癸卯中秋，在東萊重易裝褾，因為識之。」〔註41〕李清照在
〈金石錄後序〉中也有提到趙明誠整理古籍的過程：「憶侯在東萊靜治
堂，裝卷初就，芸籤縹帶，束十卷作一帙。每日晚更散，輒校勘二卷，
跋題一卷。」〔註42〕由這些相關記載說明了趙明誠對於金石古籍的研
究，懷有非常大的熱忱與志業。

〔註40〕　宋・趙明誠撰：《金石錄》，頁347。
〔註41〕　宋・趙明誠撰：《金石錄》，頁392。
〔註42〕　王學初校注：《李清照集校注》，頁182。

　　而其和李清照亦不減賞玩這些文物古籍的興致。宣和七年（1125）繆荃蓀《雲自在龕隨筆》載趙明誠在淄州邢氏村落裡，看到了唐朝白居易手寫的《楞嚴經》之事：

> 唐白居易書《楞嚴經》一百幅，三百九十六行，唐箋楷書，
> 係第九卷後半卷。趙明誠跋云：淄州邢氏之村，邱地平瀰，
> 水林晶淯，牆麓磽确布錯，疑有隱君子居焉。問之，茲一村
> 皆邢姓，而邢君有嘉，故潭長，好禮，遂造其廬，院中繁英
> 正發，主人出接，不厭余為茲守，而重予有素心之馨也。夏
> 首後相經過，遂出樂天書《楞嚴經》相示。因上馬疾馳歸，
> 與細君共賞。時已二鼓下矣，酒渴甚，烹小龍團，相對展玩，
> 狂喜不支。兩見燭跋，猶不欲寐，便下筆為之記，趙明誠。
> 〔註43〕

趙明誠見白居易所寫的《楞嚴經》相當的激動興奮，馬上疾馳回家與「細君」共賞。「細君」所指的人便是李清照。〔註44〕兩人相對展玩、狂喜不已，甚至為此不想睡覺。此中不僅能夠了解趙明誠對金石古籍的渴望，更能夠看到李清照為蒐集文籍的積極態度，其自言：

> 余性不耐，始謀食去重肉，衣去重采，首無明珠、翠羽之飾，
> 室無塗金、刺繡之具。遇書史百家，字不刓缺，本不訛謬者，
> 輒市之，儲作副本。〔註45〕

清照對於蒐羅文史古籍的態度非常積極。其自述自己的個性，無法慢慢的耗費時間去收集那些書史，所以她開始用盡所有能快速收書之方法，將收集文史古籍的速度加快。由此能夠體會到李清照看待「書史」的態度之外，也可以理解李清照與趙明誠兩人賞玩文籍直到夜半還不願就寢的興致。

〔註43〕 繆荃蓀撰：《雲自在龕隨筆》（臺北：世界書局，2010 年），頁 34。
〔註44〕 按：此推測可從前引〈金石錄後序〉言兩人坐歸來堂烹茶，指堆積書
　　　　史遊戲為證。
〔註45〕 王學初校注：《李清照集校注》，頁 178。

　　從上述可了解，李清照在連守兩郡間的生活重心，依舊是浸淫文籍古物之間，從「自來家傳《周易》、《左氏傳》，故兩家者流，文字最備。於是几案羅列，枕席枕藉，意會心謀，目往神授，樂在聲色狗馬之上。」〔註46〕的描述裡，更能夠清楚的看見李清照的生活面貌。

2. 家國劇變下的愁思

　　李清照沉浸書香的生活背後，有著其對於金石文物未來的擔憂，以及面對現實世界的愁思。而這樣的憂慮與愁思，始於北宋的亡國危機。宣和七年（1125）金人密謀欲攻打北宋。九月，金人藉著想將雲中地還給北宋之事，遣使者至太原，以轉移徽宗以及大臣的注意力。〔註47〕然而金人私下早已部屬進攻的策略，分別由西京、南京兩路攻打北宋開封。史載：「時金人部署已定，而舉朝不知，遣使往來，泄泄如平時。」〔註48〕由史實記載來看，徽宗與朝臣對於金人的計畫毫無危機感。其後，徽宗對於來勢洶洶的金人，感到非常的懼怕，便馬上將皇位禪讓給長子趙桓，趙桓登基，是為宋欽宗。宋欽宗靖康元年（1126），正月，金人渡河，犯京師。李清照在〈金石錄後序〉中表達了擔憂之情：

> 靖康丙午歲，侯守淄川。聞金人犯京師，四顧茫然，盈箱溢
> 篋，且戀戀，且悵悵，知其必不為己物矣。〔註49〕

清照在知道了金人攻入東京時，第一個反應就是憂心這些文物古籍該如何保全，以免苦心多年的編纂、研究，毀之一炬。然而，對此徐培均認為：

> 作為金石愛好者，趙明誠和李清照始終埋頭於整理文物，對
> 國事不甚用心；及至戰火燒到東京，他們才猛然驚醒。〔註50〕

〔註46〕　王學初校注：《李清照集校注》，頁178。
〔註47〕　清‧畢沅撰；清‧馮集梧補刊；楊家駱主編：《新校續資治通鑑》（臺北：世界出版社，2010年），頁2487～2489。
〔註48〕　清‧畢沅撰；清‧馮集梧補刊；楊家駱主編：《新校續資治通鑑》頁18。
〔註49〕　王學初校注：《李清照集校注》，頁178～179。
〔註50〕　徐培均著：《李清照》（臺北：群玉堂，1992年），頁41。

上述這番話，筆者認為應該是還有可討論的空間的。李清照和趙明誠投入金石文物的研究工作與兩人對國事的關注，是否真的是因果關係？而兩人一直以來，投入文物整理工作，就等同於不關心外界所發生的事嗎？對於這樣的看法，筆者認為這是陷入了李清照與趙明誠夫婦倆人的刻版印象，所產生出的想法。

　　一直以來，前人在談及李清照及趙明誠的夫婦生活，都認為他們對金石文物的研究相當的認真與投入，此中也能夠看到夫婦倆人甜蜜的感情。然而，從前述屏居鄉里的論述便可知，李清照與趙明誠在學術研究中的投入，不僅是對文物古籍的熱忱，還有寄託了遭受官場政治無情對待的無奈與憤慨，由此中亦能體現李清照對於國家社會的關注。因此，就第一個問題來說，筆者認為文物研究的工作以及對國事關注，兩者應該是並行而論的，並非是因果關係。因為，這個問題如果都從李清照與趙明誠倆人對金石文物熱愛的角度來看的話，那麼就無從了解文物整理、編纂對於李清照與趙明誠而言，隱含了什麼樣的意義。

　　而就第二個問題而言，李清照夫婦倆人確實是寄情於文物，理當對文物的未來感到憂心，這是人之常情，無可厚非。至於文物整理工作等同於對外界事物不關心的看法，也是有一些可再議之處。筆者認為李清照和趙明誠不會因為投入文物研究的工作，而與國家社會的公共事務有所脫節。趙明誠與李清照從宣和三年（1121）至靖康元年（1126）間連守了萊州及淄州兩地。期間除了文物古籍的收集研究外，趙明誠做為管理郡縣的人，其必定有需要去完成的任務或工作。尤其北宋末年之際，朝廷對外需防禦金人的侵犯，對內要掃蕩被統治階級壓迫而起的民亂。在這樣的時局裡，治理好郡縣便是當下最為重要的事。而趙明誠此時在淄州為郡守，做了一件事，使其官階晉升一等，許景衡《橫塘集》〈趙明誠轉一官制〉敕載：

逋卒狂悖，警擾東州，爾等為守臣，提兵帥屬，斬獲為多。

今錄爾功，進官一等，剪除殘孽，拊循兵民，以紓朝廷東顧

之憂。惟爾之職，往其懋哉。可。〔註51〕

北宋末，因為統治的高壓，造成民亂頻繁，盜賊四起。趙明誠作為一州之郡守，在當時排除地方上趁火打劫的逃亡士兵。雖然在未具體弄清差役或士兵為何逃亡、對誰「狂悖」的情況下，對趙明誠的這一舉動當應保持某種保留態度〔註52〕。但此事或可證明李清照和趙明誠並非對國事不甚用心，而只是對金石文物未來該何去何從感到憂心不已。相反的，李清照對於金石文物的未來，在〈金石錄後序〉中說出「知其必不為己物矣」之語，更可以說明，其因為知道皇帝的無能、朝臣的懦弱，而了解國家情勢的危機，才會說出這些文物古籍必不會為己物的感嘆。當李清照感嘆著這些金石卷集必不會被保全之時，從中也能夠了解其在萊州、淄州的生活與朝堂政治有密不可分的關係。

而透過這層關係，亦能體會李清照在萊州、淄州生活時，面對家國劇變無奈與感慨。試看〈曉夢〉一詩：

曉夢隨疏鐘，飄然躋雲霞。因緣安期生，邂逅萼綠華。秋風

正無賴，吹盡玉井花。共看藕如船，同食棗如瓜。翩翩座上

客，意妙語亦佳。嘲辭斗詭辯，活火分新茶。雖非助帝功，

其樂莫可涯。人生能如此，何必歸故家。起來斂衣坐，掩耳

厭喧譁。心知不可見，唸唸猶咨嗟。〔註53〕

在此詩中夢境裡的生活相當的自由自在。李清照透過「安期生」、「萼綠華」等仙境之人「共看藕如船」、「同食棗如瓜」的舉動，表達其在夢中時，身心自適的情懷。而這樣的情懷，雖然對治理國家無幫助，卻能使自己在精神上能夠超脫現實環境的苦悶。因此李清照發出「人生能如

〔註51〕　宋‧許景衡撰：《橫塘集》收錄於清‧紀昀總纂；臺灣商務印書館編審
　　　　　委員會主編《景印文淵閣四庫全書》集部‧別集類1127（臺北：臺灣
　　　　　商務印書館，1986年），頁230。
〔註52〕　陳祖美著：《李清照》（臺北：知書房，2004年），頁138。
〔註53〕　王學初校注：《李清照校註》，頁29。

此，何必歸故家。」的感慨之情。面對人世間的紛紛擾擾，其希望在「起來斂衣坐」、「掩耳厭喧嘩」後，能夠回到夢中那個平靜和樂的世界。然而一覺起來，李清照還是必須面對現實世界的喧嘩。故其言「心知不可見，唸唸猶咨嗟」詩人知道夢中景象在現實生活中不會再看到了，在念念不忘之中，只有一再感嘆。〔註54〕

　　李清照在萊州、淄州的課題是面對現實世界中的殘酷。藉由〈曉夢〉一詩，可了解其對於理想生活的實現仍是保有希望。無論是丈夫趙明誠在官職上的起復、調度，還是國家政治的危機，其希冀自身能有超越那些紛擾的精神與態度，使自己在理想、現實間取得平衡。而透過這樣的期望，體現出了理想生活及殘酷現實的對立，也帶出李清照在連守兩郡間無可奈何且感慨的愁思。

　　李清照在屏居鄉里及連守兩郡的生活經歷中，除了與趙明誠志趣一同，一起投入金石古籍的編纂，表現了兩人甜蜜之情外。更為重要的是，這兩段生活經歷的背後受到「政治」影響，所表達出的感懷與愁思。

　　大觀元年（1107）時，李清照因公公趙挺之去世以及蔡京對趙家的政治清算，隨著丈夫趙明誠屏居家鄉青州。而李清照在屏居時的生活重心，就是與趙明誠一起收集文物、編纂整理文籍。夫妻倆也時常以賞玩古籍，為閒暇之餘的消遣。從這樣的生活樂趣，能反應出李清照與趙明誠相敬如賓、和樂融融的感情。但是，兩人在受到朝堂政治的壓迫之下，其身心更有許多難以為外人所道的苦悶。所以李清照及趙明誠便以研究、編纂文物古籍之事，作為兩人精神上的寄託。他們不僅蒐羅文史古物，更透過文史記載，來表達對現實社會的不滿與諷刺。學術研究的價值與目的，不只是志業傳承與增進夫妻感情而已。對李清照或是趙明誠而言，藉由學術研究中，單純且平實的價值及歸屬，來挑戰現實世界中的殘酷與無情，是他們唯一能夠充分展現自我的方法。

〔註54〕　徐北文主編：《李清照全集評注》，頁 188。

　　同樣的，李清照隨著趙明誠連守兩郡，生活所受到的挑戰更是越來越多。其不僅需要離開生活了十年的家鄉，與好友姊妹分離。到了陌生地方時，還要面對孤單、寂寞所帶來的苦悶之情。這些情緒或是心理上的調適，或許都能從學術研究裡，找到寄託，但是當李清照意識到這些投入心血，努力收集、整理、加以編纂，意義重大的古籍，隨時會因為國家情勢的動亂，而付之一炬時，內心的焦急、憂慮，卻是與日俱增的。所以若是認為，李清照與趙明誠是因為熱愛文物古籍，投入金石古籍的編纂，而不關心國家社會的動盪情勢的話，便容易陷入倆人的刻板印象中。同時，這樣的想法也會忽略了「政治」在他們的生活裡所產生的重大影響，更無法體會李清照在詩作裡期望能夠遠離人間的紛擾，卻無法擺脫理想世界與現實生活相互對立的愁思。

　　總體而言，無論李清照是在青州屏居還是在萊、淄兩地生活，當中所呈現出的生活與情感，不只是單純投入學術研究或是傳達其與趙明誠的夫妻之情而已，政治的險惡、現實社會的複雜以及國家情勢的動亂更是影響李清照生活及情感的重要因素。因此若能夠從不同的角度來看這兩段時期的經歷，將更能掌握李清照在屏居鄉里、連守兩郡的生活與情感，以了解不同於一般認知的李清照。

第二節　南渡前作品內的生活化內容

　　李清照南渡前的詞作，主要都集中於她「屏居鄉里」、「連守兩郡」時期所作，不過當中仍有部分是她屏居鄉里之前的作品，所以本節討論的詞作將會包含這些詞作內容，以全面了解其南渡前的創作。此階段李清照在詞作中，與生活相關的四時風景、處居事物成為主要的書寫對象。而其詞作主題，以「自然風光」、「女子閨情」兩個方向，開展南渡前的作品內容。清照在此中展現自我內涵，將生活的感受融入到文辭意境，呈現此時日常生活的真實面貌。因此，以下將透過作品內的遣詞用字、鋪陳用意、書寫角度，闡述清照書寫這些主題的背後欲表達的意義，以具體的呈現其南渡前作品內的生活化內容。

一、自然風光

　　李清照的作品中，主題為自然風光的作品其實數量不多，但卻有著屬於其個人特色與情感色彩，由此顯見四時變化、山水景物流轉的題材，展現其南渡前與眾不同的創作。尤其人們在關注李清照的詞作時，焦點往往都會放在其閨情婉約、國破家亡後的作品或心情。然而，《漱玉詞》中，仍有著清照對自然的觀察與嚮往。例如：「寵柳嬌花」〈念奴嬌〉、「綠肥紅瘦」〈如夢令〉等，這些句子不僅顯示出其用字遣詞的獨特性，以及創作時的心理活動，也能感受到李清照對時節流轉或周遭事物轉變時，內心會有所感懷。面對自然世界的各樣事物、景象，清照在詞作內呈現其熱愛大自然的情志，喜愛遊玩的趣味。在〈如夢令〉中就完整呈現了這般情懷：

> 　常記溪亭日暮，沈醉不知歸路。興盡晚回舟，誤入藕花深處。
>
> 　爭渡、爭渡，驚起一灘鷗鷺。〔註55〕

開頭「常記溪亭日暮，沈醉不知歸路」就已經開門見山地表明，記得從前在溪亭划船遊戲時，玩得太開心以至於忘記來時的路。雖然我們無法具體的了解詞人在溪亭看到哪些景緻，但是能夠確定的是，其敞然在溪亭的環境中，沐浴在自然的和諧裡，由此也更為體現了清照在花草、湖景以及鷗鷺的身上感受到純粹的感動。這種感動不只是其運用白描的手法寫出，而是其將內在天真活潑、無憂無慮的情懷真摯地注入詞作的句子中，讓閱讀的人能夠體會到其單純美好的情懷。此外，清照在〈如夢令〉中也抒寫自身熱愛自然的心情：

〔註55〕　王學初校注：《李清照集校注》，頁7。此首詞是李清照記述從前遊玩溪亭的情景。「溪亭」為山東濟南名泉，而其以詞作回憶這段往事，可見記憶深刻美好。黃氏以為此詞為大觀元年（1107）以前所作，也就是李清照屏居鄉里之前，但未詳加論證。徐氏則認為是李清照探望因元祐黨籍碑事件被罷，回到家鄉的父親，遊玩溪亭時所作。而筆者認為此首詞應是回憶過往美好的遊歷經驗，難以從「溪亭」判定李清照就是回到家鄉時才想起此事而作詞，她也有可能是突然想起或是看到某個湖的景致而回憶，故姑且以黃氏之認定，將此詞繫於大觀元年（1107）以前所作。

　　昨夜雨疏風驟。濃睡不消殘酒。試問卷簾人，卻道海棠依舊。

　　知否、知否？應是綠肥紅瘦。〔註56〕

詞中清照以問答的方式，帶出其對外在環境的關心。昨夜的風雨使得樹葉掉落，花朵凋謝，因此其詢問旁人外面的狀況，而回答的人卻只淡淡地說海棠花依然還在。這兩種不同的情緒和語調，在詞中凸顯了清照對自然萬物產生轉變時的敏感的心緒。最後她說「知否、知否？應是綠肥紅瘦。」的情境，既婉轉的表達花草受到天氣的影響時的心情，也通過對話曲折地表現出女主人對百花的憐惜，對春光的珍視，對美好事物的熱愛。〔註57〕

　　李清照書寫親近自然的詞作中，除了美好單純的情懷，更有著其豪爽直率的一面。試看〈怨王孫〉一詞：

　　湖上風來波浩渺，秋已暮、紅稀香少。水光山色與人親，說不盡、無窮好。蓮子已成荷葉老，清露洗、蘋花汀草。眠沙鷗鷺不回頭，似也恨、人歸早。〔註58〕

此首詞依舊是描寫詞人在自然景致中的感受。首先由「秋已暮、紅稀香少」句可知，時序已入秋，花草樹木紛紛凋落。傳統描寫秋景多是悲悽、惆悵的基調，不過詞人卻在下句言「水光山色與人親，說不盡、無

〔註56〕王學初校注：《李清照集校注》，頁8。徐氏云：「此詞作於南渡前，寫惜春之情，其中化用韓偓〈懶起〉詩意。韓詩下半云：『昨夜三更雨，臨明一陣寒。海棠花在否？側臥捲簾看。』情景差相似。姑繫於崇寧初。」何氏認為清照少時所作，因全詞了無深意，風格與早期詩作略類；而與晚期詞作則迥不相侔也。黃氏則將此首詞繫於大觀元年（1107）以前所作，未多加解釋。筆者認為詞中惜春之情明顯，且未有南渡後的哀傷離愁之感，然未能從中確認作年，所以姑且將此首詞繫於南渡前所作。

〔註57〕徐北文主編：《李清照全集評注》，頁37。

〔註58〕王學初校注：《李清照集校注》，頁32。此首詞為南渡前所作。徐氏認為是詞內風景描寫，為詞人故鄉章邱縣內繡江景物，疑為十六歲後由京城返回故里時所作。黃本則繫於大觀元年（1107）以前所作。詞內為描述自然風光的美好，雖有寫到「湖上」但未明說是哪裡的湖，由此也未能證明是詞人家鄉的景致。然而，觀詞作內容並非存有南渡後哀傷的氛圍，故暫將此闋詞繫於南渡前所作。

窮好。」秋天的山水儘管不如春天或夏天的色彩斑斕，然而詞人所看到的景象卻是無限的親近，由此也能反應寫這首詞時，清照的生活是單純安定，心情是閒適歡快的。而看到令人無比嚮往的秋景時，她直言「說不盡、無窮好」爽朗直接地道出這片景致對她而言的意義與感受。縱使夏天的蓮子變成荷葉了，迷人的湖光秋色仍不減魅力，所以詞人把留戀美景的心願，用「眠沙鷗鷺不回頭，似也恨，人歸早。」來表達，可謂曲盡人意〔註 59〕。李清照在這首詞中表達了對自然風光的喜愛之情，從中也看到她朗快明亮的性格，也體現出詞人年少時期的那種積極的、開闊的胸懷和樂觀進取的精神。〔註 60〕

　　李清照在年少時經歷到政治上的衝突或是婚姻關係中的無奈等遭遇，其或許能藉由美好單純的情懷或是開朗積極的正向能量來堅定自己的信念，就如同其寫詩以評斷時事、上詩趙挺之為父親說情等行動，表達個人的訴求一般，李清照透過親近自然為題材的作品豐富了自己的生活面貌。由此可以看出，即便其自然風光為主題的作品不多，但對景緻山水的描繪仍在其南渡之前占有特殊性及重要性。

二、女子閨情

　　「女子閨情」是指在文學中記敘了中國傳統女性在閨閣裡的日常生活，對女性的容貌、姿態、心理有多方的描寫，更藉由女子閨房的陳設、屋外環境的變化，呈現閨中女子的面貌。而縱觀李清照的作品題材，最常出現的就是女子「閨情」。「閨情」這一主題在李清照的詞作中，不論是文字敘述、意象表現或是書寫角度，均真摯且寫實地展現其深閨中的生活。而這方面的題旨又可分為感時傷懷、離情別怨等方向，具體呈現其在創作此主題的內容。

　　首先，在「感時傷懷」向的詞作中，日常無端的感受在此中有著立體且豐富的結構鋪陳。此中寫到的動物、植物、環境、天氣都營造

〔註 59〕　唐圭璋編：《李清照詞鑒賞》（濟南：齊魯書社，1986 年），頁 24。
〔註 60〕　徐北文主編：《李清照全集評注》，頁 76。

出，女性感受到時節流轉時敏感纖細的樣子。〈浣溪紗〉（淡蕩春光寒食天）中能深刻的體現「感時傷懷」的旨趣：

> 淡蕩春光寒食天，玉爐沈水裊殘煙，夢回山枕隱花鈿。
>
> 海燕未來人鬥草，江梅已過柳生綿，黃昏疏雨溼秋千。〔註61〕

此首詞寫詞人在暮春，寒食節裡，對時光流逝的傷感。空間的變換跟時間的感受是建構了詞中平淡靜謐又感時傷逝的基調。開頭上片「淡蕩春光寒食天」描寫了春天和煦明亮的風景時節，緊接著「玉爐沈水裊殘煙，夢回山枕隱花鈿」兩句詞人則是把室內空間裡香料在爐中燃燒後，煙裊裊縈繞而上的靜態感帶出，再以睡醒倚靠山枕的狀態，表現在這溫暖舒適的空間，詞人慵懶、意興闌珊的樣子。詞情至此，可以發現時間跟空間鋪陳出步調緩慢、倦意漫延的情景。

到下片後，詞人將視線由內向外延伸，將時間由白天寫到黃昏，呈現出動態變換的感覺，進而傳達了時光流逝、景象瞬息萬變的感慨。「海燕未來人鬥草，江梅已過柳生綿」時人於寒食節，會進行鬥草的傳統遊戲，而詞句卻寫往海上避寒的燕子尚未回來，就已到了寒食。而江邊野梅剛凋落完，夏天的柳絮就已生出。詞人把時節與自然景物錯落在時間的變換上，巧妙地寫出其對光陰流逝的敏銳心情。最後「黃昏疏雨溼秋千」一句，時間已是晚上，春雨打濕了秋千，暗示著詞人因時光變換而莫名落莫惆悵的樣子。此句結合上片緩和安逸的景象，傳達了清照敏感纖細的感受，亦收束了原本輕愁的意境，展現其詞中感時傷懷的樣態。

而在「離情別怨」向的創作上，清照則是用精煉樸實的文字和典故，寫出其與丈夫離別後的情況與感受。試看〈行香子〉一詞：

〔註61〕　王學初校注：《李清照集校注》，頁18。此首詞應作於南渡以前。徐氏以為觀過片「海燕」、「江梅」，純為江南景物，當係建炎三年（1129）春在江寧時作。黃氏把此首詞繫於大觀元年（1107）以前所作。筆者認為此詞並非為建炎三年（1129）所作，因為縱使當時北方無「海燕」、「江梅」，並不代表詞人不知道「海燕」、「江梅」的存在，其次，詞作的內容看不出有南渡後低沉惆悵的憂心之感，反而是有惜春傷懷，閒適自得的心情，所以此詞應是作於南渡之前。

草際鳴蛩、驚落梧桐、正人間天上愁濃。雲階月地，關鎖千
重，縱浮槎來，浮槎去，不相逢。　　星橋鵲駕，經年纔見，
想離情別恨難窮。牽牛織女，莫是離中。甚霎兒晴，霎兒雨，
霎兒風。〔註62〕

整首詞以七夕「牛郎織女」的典故為主軸，訴說詞人的離別。「草際鳴
蛩、驚落梧桐」草叢裡蟋蟀的鳴叫，梧桐葉的飄落，預告著秋天將到
來。接著，詞人在「正人間天上愁濃」暗示了原本牽牛織女在天上的離
愁，因為生活上遭遇離別，而心有所感，故而有滿懷的愁情。其後「雲
階月地，關鎖千重，縱浮槎來，浮槎去，不相逢」則是寫到離別後的難
以相見的情景。上片詞，即是透過時序節氣帶出詞人遭逢別離的景況。

　　下片，則具體的利用牽牛織女一年一期一會的離情別怨，來揭示
詞人對別離的心情。「星橋鵲駕，經年纔見，想離情別恨難窮」寫牽牛
和織女於每年七夕在烏鵲搭建的星橋相會，光想像就能感受到兩人無
止息的相思之情。緊接著「牽牛織女，莫是離中」詞人則進一步地猜測
相遇而又分離的兩人的心情是「霎兒晴，霎兒雨，霎兒風」。詞情至此，
清照在最後用天氣陰晴不定，來訴說著離別的感受，直接且發自內心
地去寫出離別的情況跟心境，亦呈現出其「離情別怨」向的創作。

　　李清照在閨情主題上的創作，無論是用詞、意境、典故等，都能
讓讀者感受到她的真情實感。而這樣的效果，其實與她真實的生活日
常習習相關，也跟創作視角有所連結。一般來說，中國傳統文學中，以

〔註62〕　王學初校注：《李清照集校注》，頁40～41。此首詞或繫於南渡前所作。
　　　　徐氏引陳祖美說法，認為李清照在崇寧初時，因受政治風波影響，內
　　　　心有許多感慨，而其藉牛郎織女的故事，說明朝堂政治反覆不定，導
　　　　致人間天上愁濃，因而把詞作繫於崇寧二年到五年之間。黃氏則繫於
　　　　建炎元年（1127）南渡之後所作。黃氏之繫年未有說明，不知何據。
　　　　而徐氏之說有過於聯想之嫌，原因在於詞內並沒有寫到關於政治方面
　　　　的隱喻，其次，當中內容是以牛郎織女引出內心離情別怨的心事，並
　　　　不能證明與時政紛爭有關。而筆者認為最多可說此首詞寫出的是南渡
　　　　前離別傷懷的感受，並非其南渡後天人永隔的心痛情感，故將此詞繫
　　　　於南渡前所作。

「閨情」為題的詩詞並不少見，但是能真正體現女子在生活中的行動、心理活動、情感表現則是少數。這種關乎女性本身的創作，只有女性才能夠通透的完整表達，而這即與創作視角有關聯。換句話說，清照作閨情詞與其他傳統男性詞人作閨情詞存在著差異。

　　對此，陳康芬在〈邊緣的女性主體──試以詞體中的婉約風格與擬女性話語觀看宋代女性詞家〉一文中，從「擬女性話語」談起男子作閨音的緣由及方式。男性文人所寫的閨怨詞，多是在詞作內精雕細琢女性的容顏，姿色，並極力的描述女性所處的華美空間，刻劃女子在閨中等待良人的哀怨愁思，文辭精美、色彩華麗猶如一幅畫一般，例如：溫庭筠〈菩薩蠻〉中「新帖繡羅襦，雙雙金鷓鴣」便是用精心設計的文辭意象堆疊出女子哀怨的心情。所以婉約詞風在溫庭筠、韋莊的影響下，有了「男子作閨音」〔註63〕的傳統。具體而言，男子透過自己的視角觀看女性的身體、樣貌以及生活的面貌，並在作品內揣摩自己所認為，女子在閨中應該要有的語氣、心理等，以此書寫個人不得志或懷才不遇的心情，形成閨情詞中「擬女性話語」的書寫模式。〔註64〕因此，其認為男性擬女性話語的書寫有兩種面向：一是以男性凝視（gaze）下所建構借景喻情的客觀修辭傳統；一是男性模仿女性主體的「偽」女性的主觀聲音，形成女性單一的閨怨形象。〔註65〕無論是客觀的修辭傳統還是模仿女性的主觀聲音，在中國傳統的社會文化中，女性詞人的書寫是規範在男性詞人所建構的書寫模式裡。

〔註63〕　「若詞則男子而作閨音，其寫景也，忽發離別之悲。」清・田同之著：《西圃詞說》收錄於唐圭璋編：《詞話叢編》（臺北：新文豐出版社，1988年），頁1449。

〔註64〕　參見陳康芬著：〈邊緣的女性主體──試以詞體中的婉約風格與擬女性話語觀看宋代女性詞家〉收錄於黎活仁等主編：《女性的主體性：宋代的詩歌與小說》（臺北：大安出版社，2001年），頁55～85。

〔註65〕　參見陳康芬著：〈邊緣的女性主體──試以詞體中的婉約風格與擬女性話語觀看宋代女性詞家〉收錄於黎活仁等主編：《女性的主體性：宋代的詩歌與小說》，頁55。

　　然而，與男性凝視下創作的閨情詞有所不同的是，李清照能有意識在作品中展現女性自我的聲音，體現其書寫的差異與特殊性。其在作閨情相關的詞作時，均真實地展現出女性的快樂、熱情、惆悵、鬱悶，並訴諸其不為人所道的心聲，也同時能了解到其寫女性閨情的特殊之處。從清照的經典之作〈一剪梅〉中深刻地傳達出女子閨情的情感面與特殊性：

> 紅藕香殘玉簟秋。輕解羅裳，獨上蘭舟。雲中誰寄錦書來，
> 雁字回時，月滿西樓。　　花自飄零水自流。一種相思，兩
> 處閒愁。此情無計可消除，才下眉頭，卻上心頭。〔註66〕

此首詞寫別後相思。上片「紅藕香殘玉簟秋」揭示了秋天清冷幽淡的氛圍，也隱約的透露詞人心裡的孤單。「輕解羅裳，獨上蘭舟」詞人換下了夏天的衣服，穿上了冬天的衣物，希望能撫慰惆悵的身心，但是「獨上」蘭舟的孤寂是無法從衣服的溫暖得到慰藉的。所以下句詞人便期望有遠方的「錦書」來到，然而到了夜晚月亮高掛夜空時，雁書仍舊毫無消息，由此呈現詞人悵然所失的情懷。而在上片處詞人所寫的「玉簟秋」、「輕解羅裳」、「月滿西樓」等都是在處理女性遭遇相

〔註66〕 王學初校注：《李清照集校注》，頁23。此詞作於南渡前。元・尹世珍《瑯嬛記》：「易安結褵未久，明誠即負笈遠遊，易安殊不忍別，覓錦帕書《一剪梅》詞以送之。」筆者以為此載事不可盡信。首先「明誠即負笈遠遊，易安殊不忍別」句，可由《金石錄後序》所載加以了解：「余建中辛巳，始歸趙氏。時先君作禮部員外郎，丞相作吏部侍郎，侯年二十一，在太學作學生。」其後又云：「後二年，出仕宦，便有飯蔬衣練，窮遐方絕域，盡天下古文奇字之志。」清照與明誠結婚後，明誠就在太學念書，之後兩年便任官，因此「負笈」之說需要再論。至於「遠遊」一事則雖有可能，但筆者認為未必是其結褵不久，原因有二，一是《瑯嬛記》這本書本身就記載許多志怪仙人之事，真假難以辨別，故可信度不高，二是清照屏居鄉里後，明誠經常在各地尋訪書畫碑銘，遠遊一事亦可能在此時。此外，此首詞的內容為抒發別後之相思情感，「一種相思，兩處閒愁」寫出的是詞人希望其思念之人與她一起感同身受的情景，所以若說此首詞是清照殊不忍別而作，會與詞作內容有出入。因此，筆者以為此首詞在繫年上仍無法確切舉證作年，僅能保守以詞作內相思別後之感，繫於李清照南渡之前所作。

思之苦而有的情緒、動作及反應，傳達出女性細膩且真實的自我抒情的樣貌。

　　下片「花自飄零水自流」花自然的飄落而水獨自流動，兩者是大自然依循時序變化的事物，對人類的情懷無感也無情。因而使詞人有了「一種相思，兩處閒愁」的心理，詞人內心滿懷的思念卻無所適從的情思，期望思念的對象也能有一樣的情懷。清照欲藉此安慰自己孤獨的心情。最後「此情無計可消除，才下眉頭，卻上心頭」李清照突破傳統相思之情的傳達方式，透過情意在「眉頭」、「心頭」來回之際，傳達了自己仍然無法排除這份思念之情。而此處語本范仲淹〈御街行〉：「都來此事，眉間心上，無計相迴避。」〔註67〕李清照進一步地將無法迴避的情感，從女性的感受來書寫，把無形的思念有形化，傳達女子閨情的潛在心聲。

　　我們可以從〈一剪梅〉（紅藕香殘玉簟秋）裡看出特別之處。雖然〈一剪梅〉寫的是相思情懷，但是清照所用的文辭以及表達的情感卻沒有男性擬聲的痕跡，在「輕解羅裳，獨上蘭舟」一句裡，詞人深刻地鋪陳女子在憂愁之時，企圖排解憂悶會有的舉動，展現女性在日常生活中會有的真實面貌，而不是在閨中自我哀嘆的閨怨形象。接著「一種相思，兩處閒愁」清照直接說出我正在思念遠方的人，並且希望對方能夠跟我一樣有著相思的情懷，以安慰我惆悵的內心。詞句雖然簡單直白，但流露出的情感卻是意蘊幽美，毫無男性擬聲中婉轉又隱晦的文辭。而「此情無計可消除，才下眉頭，卻上心頭。」一句，把女性的主觀性情感，具體有形化，以女性的視角提出了女生碰到相思之情會有的心理變化，呈現與男性「擬女性話語」的差異。由此，即凸顯了李清照書寫閨情詞的真實性，與創作視角有相當大的關聯性。男性「擬女性話語」跟女性直書自身感受存在著本質的不同，導致創作本身的文字、意境、情感能傳達出

〔註67〕宋・范仲淹著：〈御街行〉收錄於唐圭璋編：《全宋詞》（臺北：文光出版社，1973 年），第一冊，頁 11。

的意義有所差距。而清照的創作則在此差距之下，展現出具真實且生活化的詞作內容。

當然，不可否認的是李清照受制於男性文人建構的文學傳統之下，其詩作的主題仍然是符合傳統儒家對文人所期待的精神，而其平常喜愛飲酒、喝茶的興趣也是受文人教育的影響所致。不過李清照在詞作內展現的自覺態度，使「女子閨情」這一主題的書寫模式相異於男性詞人建構出的世界觀，突破女子閨情原有的傳統色彩，體現女性在生活、情感上的原始面貌。

南渡之前，李清照的創作主題隨著生活經歷的影響，可分為「自然風光」、「女子閨情」等生活化內容。其於「自然風光」的主題之中，展現年少時期寬廣且包容的胸懷，看待傳統刻版的事物也有著新鮮的見解，因而在描寫自然景物的細微變化成為其鮮明的特色。由此亦深刻的傳達出李清照與其他創作者的不同之處。而在「女子閨情」主題上，不管是文辭鋪成、意境營造、情感表現，都書寫出其現實生活的風情。而從創作視角的差異，可以看到其對五代以來「男子作閨音」的書寫模式有實質上的反饋，此間亦產生重大的分歧。李清照不但以女性的角度，描繪女性遭遇相思懷人時會有的真實反應及心理狀態，同時將女性的主體性置於作品內，讓世人了解女性的世界觀，展現出不同的女子情懷。綜上所述，李清照在創作中呈現出生活上的細節以及背後的意涵，由此開展了說明「自然風光」、「女子閨情」等主題的內容，並具現李清照南渡前作品內的生活化內容。

第三節　南渡前作品內的情感面貌

在南渡前的經歷中，李清照歷經婚姻、政治鬥爭、屏居青州、隨丈夫赴萊州、淄州生活。基於這些經歷，學術界普遍認為這段時期的文學創作，李清照書寫的主要內容是其對丈夫思念。誠然，清照與趙明誠的感情生活，一直都是研究李清照詞作時必須關注的焦點。藉由其婚

姻生活的相關記錄，可更加了解李清照那些思念、懷人的詞作。關於這
點漢學家艾朗諾認為：

只要人們憑藉傳統上對其生平及作品的先入之見來解讀
李清照，就很容易想當然地覺得傷懷是這位女詞人的唯一
情愫，而完全忽視了流露其他感情的作品。〔註68〕

就討論中國傳統的文學創作者而言，生活的歷練在某種程度上會成為
文人創作的情感來源。而一直以來，前人在進行李清照的文學研究時，
必定會扣合其生平經歷，以求完整地解讀其作品。這樣的研究方法能
有效的了解李清照的生平，也能從脈絡中探討其創作心理。

　　雖然感時傷懷、思念懷人的心緒是李清照在南渡之前，作品內的
主要情感，不過，筆者認為李清照南渡之前的創作，由於黨爭、婚姻、
屏居青州及連守兩郡的歷程，有更多不同面向的內容，其所呈現的情
感也有不同的層次。因為清照於年輕時進入了婚姻，同時也因為家族
關係間接經歷了元祐黨爭，後來又遭受政治迫害回鄉屏居接著又到了
淄州、萊州生活。這些事件在清照的前半生影響甚遠，她的創作也會因
為種種歷練有不同的情感存在，並非只單單存有思念或傷懷的愁思，
所以如果從清照的南渡之前的經歷看待其詞作時，應更加關注的是其
在作品內所想表達的意志與想法，而不是只有她與丈夫分離之間的愁
緒。那些看似是與其丈夫有關聯的作品，或許是李清照運用比較婉轉
的手法，來表達她對於一些生活變化的感想，所以筆者以為研究這段
期間李清照的創作內容，仍然是有其討論的空間。

　　因此，以下將透過李清照在元祐黨爭事件、屏居鄉里以及連守兩
郡的經歷，了解這階段的詩詞內容，並以不同層次的閨怨情懷、甘心老
是鄉矣的心聲、道德價值取向的抒情為討論的方向，說明此階段的情
感面貌。

〔註68〕 艾朗諾著；夏麗麗，趙惠俊譯：《才女之累：李清照及其接受史》（上
　　　　 海：上海古籍出版社，2017 年），頁 308。

一、不同層次的閨怨情懷

　　從前述生平經歷可知，李清照在結婚初期以及屏居青州時，活動的範圍可能也僅止於住家附近，生活上接觸的人事物也比較單純；移居兩郡後，因為趙明誠再度出仕以及兩人離開家鄉青州的關係，需要與他人交際應酬，再加上國家政局不安定，也讓李清照的內心多有不安。作品內的情境與感受也從單純的思念逐漸轉變為複雜的情感。這類的作品多以相思閨情為主，表現清照與明誠間夫婦生活的種種愁思。而在相思情懷的基礎上，這些詞作中仍可細分情感內容以及層次的不同。

　　李清照在南渡之前常有以「惜春傷懷」為主旨的詞作，並且作品內容往往伴隨著單純的相思情感。尤其是清照在新婚和屏居鄉里期間所寫的相關主題的作品，經常透過季節轉換所帶來的惆悵，表達思念的心情。〈浣溪紗〉三首便具體地表現了詞人婉轉幽深的懷人情思。首先〈浣溪紗〉（莫許杯深琥珀濃）中的意境與情感呈現了無窮無盡的相思之情：

　　　莫許杯深琥珀濃，未成沈醉意先融，疏鐘已應晚來風。

　　　瑞腦香消魂夢斷，闢寒金小髻鬟鬆，醒時空對燭花紅。〔註69〕

〈浣溪紗〉（莫許杯深琥珀濃）的上片以「飲酒」作為開頭，「莫許杯深琥珀濃，未成沈醉意先融」杯裡的酒暫且不要在倒滿了，因為人還沒喝醉，內心卻是感受到醉意一般的迷茫。在人心情舒暢的時候，濃酒不易致醉；人在悲傷愁苦的時候，往往是擔不住酒力的。〔註70〕起頭的兩句開展詞人的傷感，而「疏鐘已應晚來風」，則是藉由微弱悠悠的鐘聲，

〔註69〕　王學初校注：《李清照集校注》，頁14。黃墨谷將此詞繫於大觀元年之前所作。而徐培均則姑且繫於元符年間，其據陳祖美云：「此首亦當是未婚少女所作閨情詞」而定。筆者認為徐氏之繫年仍有不確定之意，所以才暫且置於元符年間。而黃氏以一個時間範圍來區別作年，保守估計繫年，相對來講有彈性。而此首詞之詞意、情感屬於相思傷感，相異於南渡後的表現，姑且繫於大觀元年之前所作。

〔註70〕　劉瑜選析：《莫道不銷魂：李清照作品賞析》（臺北：德威國際文化，2002年），頁67。

強調詞人孤寂的感受，凸顯了詞人的心理活動。接著下片詞，「香消」、「魂夢斷」、「鬢鬟鬆」等周遭事物的描寫，加強了詞人思念的程度，最後結尾「醒時空對燭花紅」一句，在無聲無息中將詞人無限的相思，完全的烘托出來。詞中的思念懷人的情感，寄寓在整個內心世界的變化，意境的感受也貼近李清照在新婚或是屏居青州時，閒適卻略有愁思的心情。而〈浣溪紗〉（小院閒窗春色深）一詞中也有著相同的情感：

> 小院閒窗春色深，重簾未卷影沈沈，倚樓無語理瑤琴。
>
> 遠岫出雲催薄暮，細風吹雨弄輕陰。梨花欲謝恐難禁。〔註71〕

主旨同為「傷春懷人」，但這闋詞卻把思念的情感傳達得更為真切。「倚樓無語理瑤琴」　句把詞人內心無盡的繁亂，透過　言不發的彈奏琴音，深刻地傳達其萬般心事難寄的心緒。下片詞中的「催薄暮」、「弄輕陰」、「恐難禁」更將詞人難以撫平懷人思緒的心理，栩栩如生地表現出來。這兩闋詞如實描寫了，南渡之前李清照在生活裡因純粹思念，而引起的心理感受。

　　此外，相思懷人的意緒，除了包含情韻悠遠的情感外，筆者認為人如果感到生活無聊無趣或是沒有可一起相互分享心情的對象時，會產生希望有人能夠來陪伴自己的情況，並期望對方對這樣的心理有所共鳴。而在〈浣溪紗〉（髻子傷春慵更梳）這闋詞裡，便表達了這樣的情感：

> 髻子傷春慵更梳，晚風庭院落梅初，淡雲來往月疏疏。
>
> 玉鴨熏爐閒瑞腦，朱櫻斗帳掩流蘇。遺犀還解辟寒無。〔註72〕

詞人由「髻子傷春慵更梳」直白地訴說自己因為傷春感懷的行為。「易安」傷春，她選取最直觀的女人不正常的行為表現，那就是「懶更梳」

〔註71〕　王學初校注：《李清照集校注》，頁 15。此首詞應作於大觀年間。徐培均依「遠岫」句，似作於屏居青州時期。其認為「岫」為山洞，而清照屏居青州時，正好西南方有仰天山，明誠在大觀正好有去過此處。基於詞中思念情，此詞當繫於大觀年間。黃氏則將此詞繫於大觀元年之前。筆者認為徐氏之繫年可備一說，故繫於大觀年間。

〔註72〕　王學初校注：《李清照集校注》，頁 90。此首詞或作於政和年，明誠到靈巖寺時所作。

「鬢子」以此反應女主人的心理。〔註73〕庭院的梅花落下，說明了時節已來到了春天。上半闋詞從描寫人的行動移至戶外景物的變化，使得傷春的情致層層堆疊。下半闋詞的經營，把視線轉移到了屋內。「玉鴨熏爐閒瑞腦，朱櫻斗帳掩流蘇」香料在熏爐內閒置未燃，紅櫻桃色的斗帳靜靜的掩蓋著流蘇，室內的器物擺設的樣子，呈現詞人百無聊賴、興味索然的狀態，心情也為之低落，其懷人之情溢於言表。總結之處，清照云「遺犀還解辟寒無」溫暖的犀牛角能否安慰自己呢？自問自答的語氣，準確的傳達了詞人的孤單心事，而其期望有人相伴的想法，昭然若揭。

另外，由〈浣溪紗〉（鬢子傷春慵更梳）的內容可判斷，此首詞為李清照南渡之前所作，雖無法確切繫年，但若依文獻紀錄來看，李清照與趙明誠短暫分開的事情與時間是有所記載的。在前述生平部分，有提及兩人屏居青州時，常到處蒐羅前人留下的書畫字帖、金石器物。趙明誠會在尋訪古物的同時，造訪名勝景點。《金石錄》卷七目錄七載，趙明誠得〈唐李邕靈巖寺頌碑〉：

> 第一千二百四唐〈靈巖寺頌〉李邕撰并行書。天寶元年。
> 〔註74〕

而〈宋嘉祐六年齊州長清縣靈巖寺重修千佛殿記碑〉側，刻有趙明誠題名一則，記明誠三至靈巖寺事：

> 東武趙明誠德甫，東魯李擢德升、曜時升，以大觀三年九月
> 十三日同來，凡宿兩日乃歸。後四年，德父復自歷下□□奉
> 高，過此□，政和三年閏月六日。丙申三月四日復過此，德
> 父記。〔註75〕

值得注意的是，碑文中記錄了趙明誠於大觀三年（1109）九月十三日，初次到訪靈巖寺，並在靈巖寺住宿兩日後離開。大觀三年（1109）時，

〔註73〕 劉瑜選析：《莫道不銷魂：李清照作品賞析》，頁58。按：引文中「懶更梳」與前述詞作引文「慵更梳」為版本不同，而有所差異。

〔註74〕 宋・趙明誠撰：《金石錄》，頁251。

〔註75〕 據于中航著：《李清照年譜》，頁62。載〈宋嘉祐六年齊州長清縣靈巖寺重修千佛殿記碑〉已破碎。北京圖書館有拓本及碑側明誠題記。

清照跟明誠已經回到青州居住。而從上面兩則記載可知，趙明誠在屏居期間常有出外遊玩的記錄。明誠得到〈唐李邕靈巖寺頌碑〉應該也是其三至靈巖寺的行程中獲得的。然而，此時的清照都並未與明誠同行，這樣的情況或許就會讓清照在日常裡感到煩悶，因而產生〈浣溪紗〉（髻子傷春慵更梳）中百無聊賴又孤獨懷人的心緒。

從〈浣溪紗〉三首可以看到李清照獨守空閨的思念情懷。由此也了解她在詞作中展現出懷人心緒，亦能區分出不同的層次，並更為具體地呈現清照在婚姻初期、屏居青州時的作品內容。

二、甘心老是鄉矣的心聲

南渡之前，屏居於青州的李清照，因為大家遭受政治上的迫害，而回到家鄉生活，但是其與丈夫喜愛學術研究的生活填滿了兩人內心及精神上的陰影。屏居十年後，隨著趙明誠被起復任官，清照必須離開家鄉赴萊州以及淄州等地生活，此事是影響清照心緒的關鍵。

前述有提及清照在〈蝶戀花〉中表達了，欲離開家鄉以及好友姊妹時的傷心不捨，由此可知這段期間的詞作內容，相比在青州時單純的相思之情，更增加了離別之後的傷感以及孤單、悽涼的心情。而筆者認為李清照的離情是因為心中有著重重念想。關於此念想，可從前人對這時期李清照的心境有不同的見解來探討。歷來研究李清照在這段時期的生平與作品，主要有兩種說法，一是趙明誠納妾說，二是李清照不願丈夫再出仕說。而這兩種說法都與〈鳳凰臺上憶吹簫〉這闋詞有關聯：

> 香冷金猊，被翻紅浪，起來慵自梳頭。任寶匳塵滿，日上簾鉤。生怕離懷別苦，多少事、欲說還休。新來瘦，非干病酒，不是悲秋。休休！這回去也，千萬遍陽關，也則難留。念武陵人遠，煙鎖秦樓，惟有樓前流水，應念我、終日凝眸。凝眸處，從今又添，一段新愁。〔註76〕

〔註76〕 王學初校注：《李清照集校注》，頁20。此首詞應作於宣和三年，趙明誠再度出仕之後。

第一「趙明誠納妾說」是陳祖美所提出的。其認為李清照因為當時的趙明誠有納妾外遇之嫌，因而百般挽留丈夫，但趙明誠卻依然故我，使得自己暗自神傷。而陳祖美的理由是從〈鳳凰臺上憶吹簫〉中「念武陵人遠，煙鎖秦樓」兩句的典故所得。「念武陵人遠」的「武陵」在王學初《李清照集校注》中以為是出自陶淵明〈桃花源記〉：「晉太元中，武陵人，捕魚為業。緣溪行，忘路之遠近。忽逢桃花林，夾岸數百步，中無雜樹，芳草鮮美，落英繽紛。」〔註77〕中的地方名，而陳祖美則認為「武陵」是出自《幽明錄》中「劉晨、阮肇共入天台山」的故事，故事中劉晨、阮肇入天台山採藥，途中遇到仙女，便隨其返家，一住就是半年，等到回到家時，時間早已經是七世之後，想尋找原本在天台山的仙女也已無蹤影。〔註78〕而趙明誠就如同劉、阮兩人一樣受到仙女的誘惑，樂而忘返。「煙鎖秦樓」中的秦樓，是指《列仙傳》中秦穆公的女

〔註77〕 晉‧陶潛著；龔斌校箋《陶淵明集校箋》（上海：上海古籍出版社，2011年），頁425～426。

〔註78〕 《幽明錄》：「漢明帝永平五年，剡縣劉晨、阮肇共入天台山取穀皮，迷不得返，經十三日，糧食乏盡，飢餒殆死。遙望山上有一桃樹，大有子實，而絕岩邃澗，永無登路。攀援藤葛，乃得至上。各啖數枚，而飢止體充。複下山，持杯取水，欲盥漱，見蕪菁葉從山腹流出，甚鮮新，複一杯流出，有胡麻飯糝，相謂曰：「此知去人徑不遠。」便共沒水，逆流二三里，得度山出一大溪，溪邊有二女子，姿質妙絕，見二人持杯出，便笑曰：「劉、阮二郎，捉向所失流杯來。」晨、肇既不識之，緣二女便呼其姓，如似有舊，乃相見忻喜。問：「來何晚邪？」因邀還家。其家筒瓦屋，南壁及東壁下各有一大床，皆施絳羅帳，帳角懸鈴，金銀交錯。床頭各有十侍婢，敕云：「劉、阮二郎，經涉山岨，向雖得瓊實，猶尚虛弊，可速作食。」食胡麻飯、山羊脯、牛肉甚美。食畢行酒，有一群女來，各持五三桃子，笑而言：「賀汝婿來。」酒酣作樂，劉、阮忻怖交並。至暮，令各就一帳宿，女往就之，言聲清婉，令人忘憂。十日後，欲求還去，女云：「君已來是，宿福所牽，何複欲還邪？」遂停半年。氣候草木是春時，百鳥啼鳴，更懷悲思，求歸甚苦。女曰：「罪牽君，當可如何？」遂呼前來女子有三四十人，集會奏樂，共送劉、阮，指示還路。既出，親舊零落，邑屋改異，無複相識。問訊得七世孫，傳聞上世入山，迷不得歸。至晉太元八年，忽複去，不知何所。」南朝宋‧劉義慶撰；鄭晚晴輯注：《幽明錄》（北京：文化藝術出版社，1988年），頁1～2。

兒弄玉所住的秦樓，又稱鳳臺，而其典出弄玉與蕭史相愛的故事。〔註79〕李清照以此寫對趙明誠遠離的思念之情。

　　從此說法來看，詞中「香冷金猊，被翻紅浪，起來慵自梳頭。任寶匳塵滿，日上簾鉤」等日常生活蕭索描寫，都是因為丈夫有了新歡又沒有帶自己赴任，導致詞人心緒不佳，無意理會周遭環境的變化。「新來瘦，非干病酒，不是悲秋」不是對秋天來臨、生病消瘦，而是遭受到丈夫無情對待的打擊。〔註80〕而陳祖美也以此闋詞的內容，以為李清照作品內，情感細微的變化是由〈鳳凰臺上憶吹簫〉開始的。〔註81〕

　　第二「李清照不願丈夫再出仕說」的見解，是鄧紅梅提出的。其認為趙明誠在屏居青州十年後，收到起復仕職之事，讓李清照陷入不安的情緒之中。因為明誠在閒適十年之後，得到了任官的機會，對其而言是能夠再次證明自己能力的時候，所以明誠對此應是非常的高興喜悅的。但對比趙明誠的興奮之情，李清照因為社會角色差異造成興趣點的錯位，其體會不到男性世界孜孜以求的建功立業的精神。因為她已經嘗夠了哲宗、徽宗時代黨爭的痛苦，在她看來，人間事功的追逐，比不上研究金石，品味書畫的閒適歲月。兩人的價值觀不同，使得李清照有許多心事，所以清照藉由〈鳳凰臺上憶吹簫〉表達自己別後的孤寂。同時，鄧紅梅也認為，清照之所以會在詞中有新愁的原因有二，一是因為趙明誠不肯帶其一起到萊州赴任，讓李清照開始懷疑起趙明誠對自己的愛意是否改變了，二是兩人結婚以來都無嗣。〔註82〕

〔註79〕　〈列仙傳〉:「簫史者，秦穆公時人也。善吹簫，能致孔雀白鶴於庭。穆公有女，字弄玉，好之，公遂以女妻焉。日教弄玉作鳳鳴，居數年，吹似鳳聲，鳳凰來止其屋。公為作鳳台，夫婦止其上，不下數年。一旦，皆隨鳳凰飛去。故秦人為作鳳女祠於雍宮中，時有簫聲而已。」漢·劉向撰:〈列仙傳〉收錄於《中國神仙傳記文獻初編》(臺北:捷幼出版社，1992 年)，頁 21～22。
〔註80〕　參見陳祖美著:《李清照評傳》，頁 64～67。
〔註81〕　陳祖美著:《李清照評傳》，頁 5～7。
〔註82〕　鄧紅梅著:《李清照新傳》，頁 84～88。

　　上述看法其實都說明了李清照基於一些理由，而在詞作內表達離別的愁思。然而，筆者認為不管是陳祖美還是鄧紅梅的見解，都還是存有討論的空間。首先，由整體來說，應該要先討論〈鳳凰臺上憶吹簫〉這首詞中「念武陵人遠」一句的釋義。也就是說，在詞內我們可以從「生怕離懷別苦，多少事、欲說還休。新來瘦，非干病酒，不是悲秋」、「這回去也，千萬遍陽關，也則難留」等句，清楚地看到李清照是在表達她不想跟丈夫別離的心情。不過，「武陵人」典故的出處、詮解，其實會影響到李清照在這首詞中所要表達的心境。

　　陳祖美以「武陵人」出自《幽明錄》中劉晨、阮肇天台之遇的典故，認為李清照藉此表達趙明誠有納妾之舉。就納妾之事來說，在宋代，男性確實能夠納妾，所以陳祖美認為李清照的愁情是由此而來，確實是有可能性的。而王學初則認為此句出自陶淵明〈桃花源記〉中，武陵人入桃花源之事。桃花源代表的是一個理想安康的世界，而「念武陵人遠」若以此典故解，意即李清照原本在家鄉閒適美好的生活將不在，再加上丈夫遠行而產生別離不捨的心緒。而此釋義也能夠解釋李清照詞內的不捨憂愁。

　　從這兩種不同的典故，能夠討論「納妾說」與「不願丈夫再出仕說」的不足之處。筆者以為納妾之說雖有其合理性，但是詞作內並沒有明顯寫出相關的內容。另外，採取此說法時還須顧慮到「念武陵人遠」仍能由〈桃花源記〉解出不同的意義，所以對於陳祖美的看法仍需持保留態度。同樣的，不願丈夫再出仕的說法或許能夠由〈桃花源記〉的典故，來說明李清照希望丈夫不要再任官，只想在家鄉平靜過日子，但是在詞作內並沒有直接的詞句，能夠說明李清照有表達出這樣的心願，所以此見解還需再議。

　　關於李清照的念想，我們頂多能依照〈桃花源記〉所解出的釋義，再加上李清照曾經在〈金石錄後序〉裡說「甘心老是鄉矣」之句，認為李清照的生活或情感因為多少受到過去政治外力的影響，導致她內心有不安的心緒，所以當她安居樂業的在青州屏居十年後，必須離開美

好閒適的日子時，其顯然會有愁情憂傷的情感，並發出期望能夠在家鄉安定閒適的生活直到老去的心聲。

據此而言，從前述生平部分，提及李清照屏居青州再到萊、淄的心境來看，其不想再經歷人事的紛擾，只想要安安靜靜的在家鄉生活到老，或許可以解釋詞作內有離懷別苦之情的原因。從此看法也能夠了解到李清照作品內相思的情懷，逐漸增添了離別寂寞之感，也能更具現李清照於此時期的情感面貌。

安定清閒的生活是李清照南渡之前內心逐漸有的想法，由此映照出其詞作的細微變化。其初屏居青州之時，不管是生活環境或是心理狀態都比屏居之前平靜許多，作品中的情感表現都較偏向思念懷人的情緒。到了屏居後期因為丈夫選擇再度出仕，其內心有著無法向他人訴說的愁情，所以清照在這段過渡時期裡，作品反應出深沉的孤寂之感以及離別傷感的情懷，文辭表現悽涼沉重的色彩較為濃烈。〈念奴嬌〉一詞即呈現其寂寞離情的一面：

> 蕭條庭院，又斜風細雨、重門須閉。寵柳嬌花寒食近，種種
> 惱人天氣。險韻詩成，扶頭酒醒，別是閒滋味。征鴻過盡，
> 萬千心事難寄。樓上幾日春寒，簾垂四面，玉闌干慵倚。被
> 冷香消新夢覺，不許愁人不起。清露晨流，新桐初引，多少
> 游春意。日高煙斂，更看今日晴未。〔註83〕

清明時，環境蕭索冷清，淒風苦雨，詞人獨自在屋內一人作詩飲酒，愁情滿懷。「征鴻過盡」雁群飛過，心事卻難以向人訴說，而「萬千心事難寄」與〈鳳凰臺上憶吹簫〉中的「生怕離懷別苦，多少事、欲說還休」有一曲同工之妙，同樣是滿腹的離情與心事，但想要訴說對象不在身邊，也不能向對方說明，這樣的狀態讓詞人只能倚靠欄杆百般感慨。同樣的情懷在〈點絳唇〉（寂寞深閨）「倚遍欄干，只是無情緒」〔註84〕

〔註83〕　王學初校注：《李清照集校注》，頁49。此詞作於宣和三年，李清照居
　　　　青州，趙明誠起知萊州時。據黃墨谷之繫年。
〔註84〕　王學初校注：《李清照集校注》，頁70。

更加細緻的表現了詞人的孤單心事。「只是無情緒」一句把作者對這種孤寂無法排遣的感受，藉由心理的千迴百轉的想法，體現在情緒的轉變之上。詞人並不是沒有感受，而是她心中的愁情相當的沉重，就算是倚靠欄杆也無法向思念的人傳達這樣的心情，這般情緒是倚靠欄干也無濟於事。

從詞作的文辭可以感受到李清照在這段時期的心境，並深刻的表露出其欲安靜平淡過日子的心聲。

三、道德價值取向的抒情

李清照出身自傳統的士大夫家庭，接受文人教育，家庭風氣自由，又經歷險惡的政治風波。這些過程確立其個人的價值觀、人格典範、夢想，也影響了其於南渡前的內心世界。創作上，清照通過詞作呈現出道德價值為主的情感面，傳遞自身所崇尚的人格精神，並且從中流露出極具個人色彩的情致。

身處現實的環境中，應該如何與人相處？又如何能與殘酷的現實平衡共存？等問題，是在李清照的生命裡反覆出現的課題。特別是她目睹了父親及公公遭受政治迫害之後，對其影響深遠。由外在而言，其生活確實有重大的改變，由內在來說，內心精神的脆弱不安如影隨形。所以清照跟明誠一方面因為興趣，另一方面是為撫慰心靈而投入學術研究。在這當中，「思索」這件事對其生活跟心靈便顯得重要。從以前的經歷到當下的日常，清照思考著自己立身處地的意義與價值，不論是正面的思考或是負面的想法，其透過創作，在作品內抒發個人的思辨以顯現自我的存在。從〈玉樓春〉內，屢屢看望梅花的情景能具現其思考：

> 紅酥肯放瓊苞碎，探著南枝開遍未。不知醞藉幾多香，但見包藏無限意。　　道人憔悴春窗底。悶損闌干愁不倚。要來小酌便來休，未必明朝風不起。〔註85〕

─────────────

〔註85〕 王學初校注：《李清照集校注》，頁 45。此首詞作於崇寧年間，清照家族受黨爭風波影響時。據徐培均之繫年。

這是一首詠梅詞，詞從梅花綻放的樣子寫起。上片「紅酥」、「瓊苞碎」都展現花朵剛開時嬌嫩、潔淨美好的形象，並且從紅梅開放的情景，暗示出節令、時間。接著才寫探明南枝花朵是否全開，而把賞梅人推入畫面，使梅與賞梅人在精神上有了某種明確的聯繫，為詞的下闋賞梅人擔心梅的命運奠定了有力的基礎。〔註86〕接著詞人更深入地發掘梅花的美麗芬芳，梅花孕育的「香」是無法估量，然而其中「但見包藏無限意」梅花包藏著許多的「意」。

從客觀的角度而言，詞人看到梅花純淨的風韻，也讓其嚮往梅花的身影還有內在的意蘊，從而展現兩者精神的融合。不過，環境或是天氣變化是難以預測的，所以詞人便說「要來小酌便來休，未必明朝風不起」花朵會因為突如其來的風雨遭受摧殘，詞人因此有著惆悵的心理。

李清照間接受黨爭波及或是其公公遭受政敵攻擊時，遭受人情冷暖的現實，或許會令其想到梅花的處境。尤其「未必明朝風不起」一句，不無自憐自惜之成分與對窒息美好事物的醜陋社會的嘆息。〔註87〕因而清照從紅梅輕柔、嬌美之綻放，到感受其內在蘊藏豐富的意蘊，傳達出物引起人知情思，人憐惜物之命運。〔註88〕從這當中可以看到李清照在生活裡，出現不如意時的心理變化。儘管自身的事情無法如預期順利，仍然不停地思索、保持個人的信念並把握當下，努力讓自己的意志被外人所知。

同時，從李清照的思索可以了解她對待人事物的態度，並窺知其對道德節操的取向。對李清照人生來說，家庭教育奠定了她的價值觀，而元祐黨爭到移居青州、萊州與淄州後的種種經歷，除了新婚生活的美滿外，更使其在紛擾中感受到現實的世態炎涼，因而在詞作裡除了謳歌真摯深篤的伉儷之情，傾吐離愁別苦，就是憤世嫉俗，歌詠堅貞高

〔註86〕　唐圭璋編：《李清照詞鑑賞》（濟南：齊魯書社，1986年），頁80。
〔註87〕　唐圭璋編：《李清照詞鑑賞》，頁82。
〔註88〕　唐圭璋編：《李清照詞鑑賞》，頁82。

潔的人格。〔註89〕所以表達自我的道德典範是此時期詞作中的重點之一，從中可以看到李清照在為人處世裡所表現出的志向。試看〈多麗〉一詞：

> 小樓寒，夜長簾幕低垂。恨蕭蕭、無情風雨，夜來揉損瓊肌。也不似、貴妃醉臉，也不似、孫壽愁眉。韓令偷香，徐娘傳粉，莫將比擬未新奇。細看取、屈平陶令，風韻正相宜。微風起，清芬醞藉，不減酴醾。　　漸秋闌、雪清玉瘦，向人無限依依。似愁凝、漢皋解佩，似淚灑、紈扇題詩。朗月清風，濃煙暗雨，天教憔悴度芳姿。縱愛惜、不知從此，留得幾多時。人情好，何須更憶，澤畔東籬。〔註90〕

本詞為詠白菊。首句「小樓寒，夜長簾幕低垂。恨蕭蕭、無情風雨，夜來揉損瓊肌。」便以「寒」、「無情風雨」、「蕭蕭」等描寫，帶出季節、天氣與心理感受，後又說「揉損瓊肌」所謂瓊肌指的是白菊，整句意指綻放的白菊受到寒夜無情風雨的襲擊。接下來詞人用了「貴妃醉臉」、「孫壽愁眉」、「韓令偷香」、「徐娘傅粉」等典故，反襯白菊潔白的色澤、高潔的姿態、自然的香氣、精緻的樣貌，巧妙地將白菊的美好一一列舉。至此，可以了解詞人崇尚「白菊」的樣態與意蘊。下句詞人馬上以「屈原」、「陶淵明」的風采來加深說明自己嚮往著屈原堅持信念的態度、陶淵明不為五斗米折腰的精神。

　　下片「漸秋闌、雪清玉瘦，向人無限依依。似愁凝、漢皋解佩，似淚灑、紈扇題詩。」卻又轉換了語氣，擔心起白菊是否會如同「漢皋解佩」、「紈扇題詩」中消失的仙女以及被丟棄的紈扇一般，只是曇花一現而已。此處詞人主要想表達的是美好的事物往往都會被無情的對待，對此其感到焦慮、感傷。下句「朗月清風，濃煙暗雨，天教憔悴度芳

〔註89〕　宋・李清照著；孫崇恩選注：《李清照詩詞選》（北京：人民文學出版社，1994 年），頁 40。

〔註90〕　王學初校注：《李清照集校注》，頁 11。此詞或作於屏居鄉里之後。據黃墨谷謂此首詞為大觀二年屏居鄉里至建炎元年南渡之前所作。

姿。」雖然依舊在談白菊，不過卻有著詞人心聲在其中。朗月清風、濃煙暗雨兩種景色是大自然的變化所致，不論月明風清還是濃煙暗雨，時序的轉變並不會停留，所以「天教」二字，李清照讓人明白，花開花落是一種自然現象，人不必為此戚然於心的，[註91]接著「縱愛惜、不知從此，留得幾多時」這裡點出了自己愛菊惜菊的心情。最後三句「人情好，何須更憶，澤畔東籬」則是在表達李清照有著如白菊一樣的精神，又何必要去回憶屈原行吟澤畔的憂愁與東籬下的陶淵明。此首詞即展現了李清照對於人格所嚮的模範以及志趣。

而在〈鷓鴣天〉裡清照更加詳細地說出自己所抱持的道德情懷：

> 暗淡輕黃體性柔。情疏跡遠只香留。何須淺碧深紅色，自是花中第一流。梅定妒，菊應羞。畫闌開處冠中秋。騷人可煞無情思，何事當年不見收。[註92]

同樣是詠花詞，〈鷓鴣天〉裡所詠的是桂花。上片，詞人將桂花的特性直白的說出，言「暗淡輕黃體性柔。情疏跡遠只香留」桂花清香芬芳卻又低調的性格被清照讚賞。其認為桂花是花中的一流，若是梅花、菊花知道桂花低調純樸的風韻，也會忌妒害羞的。「畫闌開處冠中秋」李清照在此處言桂花在蕭瑟的秋天裡，韜光養晦，隱然散發花香，柔美謙和卻又不失端莊的品行。所以詞人便有了說屈原怎麼會沒有發現桂花之美的疑問。這裡便進一步地，說明了幽逸脫俗的事物是很難被發掘的。

而從李清照對桂花的觀察和讚美裡，能感受到其喜愛且崇尚那些他所認為有高潔美好精神的花朵，這其實也象徵了她希望自身能夠藉由梅花、菊花、桂花帶給她的力量，去努力地生活，並且其在創作裡數

[註91] 黃麗貞著：《詞壇偉傑李清照》，頁197。

[註92] 王學初校注：《李清照集校注》，頁47。此首詞作於南渡之前。黃氏將此首詞繫於大觀二年屏居鄉里至建炎元年南渡之前所作。筆者認為這首詞能實際看出李清照深受知識教育，擁有良好品格，尊敬古代先賢的精神。而綜觀詞意，可確認的是此首詞應是在南渡前所作，因為其南渡後雖然依舊有追求理想、健舉高飛的嚮往，但此首詞之內容相比，並未相符。然而，此詞確切繫年並未能從詞內具體看出，故繫於其南渡之前。

次提及屈原、陶淵明等人，由此能了解清照冀望自己可以如屈原、陶淵明一樣對立下的目標志向有堅持到底、屹立不搖的意志力。李清照在詞中真誠的提出謙遜、不做作、把握當下、擇善固執等價值觀，表達自己在為人處世時的思索及志趣。

從另一角度而言，情感呈現的面向在「理想憧憬的樣貌」更為充分的說明：首先，就「理想憧憬的樣貌」來說，「東籬把酒黃昏後，有暗香盈袖。莫道不銷魂，簾卷西風，人比黃花瘦」〔註93〕〈醉花陰〉五句就能明確點出。此首詞的主旨雖然是閨情相思，但是由這五句卻可看出李清照認為「菊花」高潔、質樸、低調的特質是其理想憧憬的樣貌。

首句「東籬把酒黃昏後」的「東籬」一詞出自陶淵明〈飲酒〉其五「采菊東籬下，悠然見南山」〔註94〕之句，在此指採集菊花的地方。此句意指黃昏後，詞人在採菊之處，獨自飲酒之義。下句「有暗香盈袖」此典出《古詩十九首》（庭中有奇樹）：「馨香盈懷袖，路遠莫致之」〔註95〕花朵的馨香滿懷袖中，卻無法與遠方思念的人分享，詞人藉此傳達懷人之情。這兩句寫思念愁情的感受，李清照選擇「菊花」作為其表露情感的橋樑。換句話說，「菊花」的意義從陶淵明象徵高風亮節志士的形象，轉變成〈醉花陰〉中詞人思念懷人的惆悵形象，不過這種形象的轉換，並不代表菊花對李清照來說就只是表露愁情相思的意象，其中仍存有其他意義。

在「莫道不銷魂，簾卷西風，人比黃花瘦」三句中，李清照藉由黃花與自身的對比，帶出其內心滿懷的思念。而「人比黃花瘦」的「比」字便有將「黃花」主觀化的心理。由此可以發現李清照將「菊花」視為自身況喻的物象，其看見菊花的姿態樣貌，就彷彿是看見自己的處境。

〔註93〕 王學初校注：《李清照集校注》，頁34。
〔註94〕 晉·陶潛著；龔斌校箋《陶淵明集校箋》（上海：上海古籍出版社，2011年），頁234。
〔註95〕 梁·蕭統編；張啟成；徐達等譯注：《昭明文選》（臺北：臺灣古籍出版有限公司，2001年），頁2121。

另外，從〈多麗〉詠白菊「人情好，何須更憶，澤畔東籬」的意義來看，李清照將自己與陶淵明進行了對比，從中亦可看出其推崇陶淵明面對現實時，展現清高超脫的志士精神。

而藉由白菊的意象變化，可看出因為陶淵明的緣故「菊花」成為清照心目中人格或人物形象的標竿。由這層意義來說，菊花不僅代表著李清照的相思情懷，同時也蘊含著傳統菊花潔白志氣的意義，展現出女性作家所表現出的獨特情懷，進而體現了李清照在閨情之中仍寄寓著個人對理想憧憬所懷抱的樣貌。

針對詞人更為細部的理想憧憬的樣貌，可從下列詞句了解：

待得群花過後，一番風露曉妝新。〔註96〕〈慶清朝〉

暗淡輕黃體性柔，情疏跡遠只香留。〔註97〕〈鷓鴣天〉

桂花細看取、屈平陶令，風韻正相宜。微風起，清芬醞藉，不減酴醾。〔註98〕〈多麗〉

李清照在這二首詞的詞句內，都是描寫其所理想憧憬的風格精神。第一句「曉妝新」是芍藥的一種，故〈慶清朝〉所詠的為芍藥。〔註99〕春天時百花齊放，相互爭艷，而芍藥卻是在群花過後於暮春時才盛開。李清照認為此特殊的開花時序讓人感覺到芍藥有松柏之後凋的韌勁，低調不刻意張揚，獨自韜光養晦直到適當的時機才顯露才能，深具其嚮往的人格特質。

這樣的風韻亦在第二句「暗淡輕黃體性柔，情疏跡遠只香留」的意涵中表露無遺。桂花細小輕柔的花苞，蘊含著無限的芬芳香氣，即便是路過或在他處依舊能聞到桂花飄散的清香，其曖曖內含光的品性是

〔註96〕　王學初校注：《李清照集校注》，頁 75。
〔註97〕　王學初校注：《李清照集校注》，頁 47。
〔註98〕　王學初校注：《李清照集校注》，頁 11。
〔註99〕　〈揚州芍藥譜〉云：「白纈子也。如小旋心狀，頂上四向，葉端點小殷紅色，每一朵上，或三點、或四點、或五點，象衣中之點纈也，綠葉甚柔而厚，條硬而絕低。」宋·王觀撰：〈揚州芍藥譜〉收錄於清·紀昀等總纂；臺灣商務印書館編審委員會主編：《景印文淵閣四庫全書》（臺北：臺灣商務印書館，1986 年），卷 845，頁 11。

李清照喜愛的個性，詞中亦有傳達其自身形象的意味。據此我們可以發現清新脫俗、不人云亦云、內心強大卻又不外顯的特質是李清照嚮往的理想樣貌。

　　而第三句正是為此憧憬提出具體的人物形象。屈原、陶淵明都有著堅持一己之志，不畏世俗眼光的精神，兩人雖然身處不同的時代，卻為後人展現壯烈奮戰、奮力向殘酷現實拚搏的一面。李清照透過詞中書寫芍藥、菊花或是梅花的情態以及屈原、陶淵明的風韻精神，刻劃其嚮往的魅力，帶出人如能保持內心之志，純粹的為堅持的人事物努力便是人生中的美好樣貌，也是其理想憧憬的最高境界，並傳達了她以道德價值為導向的情感面貌。

　　從李清照在詞中歌頌的人物可知，陶淵明和屈原是她的偶像，也是她學習的榜樣，據此也顯現其道德情感的範本。藉由前人的人生經驗、周遭的人事環境，李清照深刻地提出理想價值，同時也展現其個人的獨特情韻，並揭示其所堅持的信念與價值，反應李清照個人所追求的人生價值。而「菊花」象徵其相思情懷並兼具清高志節的雙重意義，揭示了其追求的人格魅力，更重要的是開展其不同面向的情感表現。

　　南渡前清照的情感面貌，有不同層次的閨怨情懷、甘心老是鄉矣的心聲以及道德價值取向的抒情。其中關於閨怨情懷的部分，雖可概括為相思之情，不過情感種類的程度與層次的不同，仍因生活環境的改變而異，由此亦可具體說明其詞中思念丈夫的感情。「甘心老是鄉矣的心聲」呈現了，清照受到政治鬥爭的影響，想安逸生活卻不能如願的情感活動。「道德價值取向的抒情」則是展現李清照不同的情感趨向。其在創作中藉著菊花的意涵來表達自己所抱持的信念，透過屈原、陶淵明的人格精神刻劃其為人處世之時所堅持的原則，從中體現出道德價值趨向的情感表現。綜上所述，清照在南渡前的各種歷程，成為其創作時重要的情感來源，而藉由這些美好、快樂、苦悶、徬徨的生活記憶，體現了李清照南渡之前詩詞當中的情感面貌。

第四章　南渡後的經歷及創作

　　建炎元年（1127）北宋受到金人的侵襲，國家進入緊急危難狀態。清照所處的山東地區備受衝擊，再加上明誠在南方的母親突然離世的緣故，其與丈夫先後往南方避難，暫於江寧（建康）生活。直到建炎三年（1129）八月，趙明誠趕赴任官途中，因病去世，使李清照的南渡生活出現巨大的變化。此後，其孤身一人在南方動盪流離，又飽受流言、偷竊、家暴等苦楚。而清照的創作內容及情感發展也隨之展現出差異性。

　　北宋在金人的侵略下，政權岌岌可危。〔註1〕靖康二年（1127），四月，欽宗、徽宗被金人擄回北方。金人除了把徽宗、欽宗北遷外，所有與皇帝有關的皇室成員也一併被帶回北方。宗室裡的所有禮品、器物等東西被金人強行帶走。宋室的財庫、人力為之一空。〔註2〕在皇族被俘、錢財散盡的情況下，北宋也就此滅亡。在徽、欽二宗被北狩不久後，康王在臨危受命之下建立了南宋。〔註3〕同年，康王即位後，是為

〔註1〕　林瑞翰著：《中國通史》，頁167。
〔註2〕　《宋史紀事本末》載：「金人以帝及皇后、皇太子北歸。凡法駕、鹵簿，皇后以下車輅、鹵簿，冠服、禮器、法物，大樂、教坊樂器，祭器、八寶、九鼎、圭璧，渾天儀、銅人、刻漏，古器、景靈宮供器，太清樓秘閣館書、天下州府圖及官吏、內人、內侍、技藝、工匠、娼優，府庫畜積，為之一空。」。明・馮琦著：《宋史紀事本末》，頁436。
〔註3〕　《新校本宋史》載：「五月庚寅朔，帝登壇受命，禮畢慟哭，遙謝二帝，即位於府治。改元建炎。」元・脫脫著：《新校本宋史》，卷24，頁443。

高宗，改元建炎。此後，高宗一路向南躲避金人追擊，直到紹興元年（1131）宋兵力抗，局勢才趨緩。而清照在當中歷經波折，從中能窺見其在歷史洪流中所面對的困境。

　　宋室南渡影響了宋代朝政、經濟與社會的狀態，對於一般民眾來說，也是相當困頓、艱辛的歷程。而李清照在南渡時也遭遇了種種障礙。對於李清照來說，宋室南渡可以說是她人生的分水嶺，也形成其創作變化的關鍵。而學者普遍談及清照南渡經歷或作品時，大多會認為此階段李清照因為受到國破家亡、戰亂流離之苦，所以作品也跟隨經歷變為沉鬱憂愁的風格。劉瑜《莫道不銷魂：李清照作品賞析》即說李清照的詞，以南渡為契機，南渡後多寫國破、家亡、夫喪、顛沛流離的淒苦及對故國鄉關的思念。〔註4〕黃墨谷在《重輯李清照集》也說：「南渡以後，詞人既有故國黍離之悲，又有悼亡之痛。這個時期的作品，可以說是以血淚凝成的。」〔註5〕劉大杰、袁行霈等人均以南渡為李清照經歷及作品的分際，提出了南渡前、後之區別，以為前期的際遇安定美好，作品亦呈現明快、閒情的風格；後期受到局勢動盪、國破家亡的影響，作品則進入低沉悲苦的風格。〔註6〕

　　除此之外，前人亦常認為李清照在南渡之後，就立即遭遇喪夫、失去所有的依靠，過著哀痛悽苦的南方生活。王學初在《李清照集校注》中提到李清照的人生經歷和作品以建炎元年（1127）為分界線可分為南渡前跟南渡後兩個時期，並且以為清照在南渡後即處在顛沛流離、孤苦無依的狀態。〔註7〕葉慶炳也在《中國文學史》說：「後期靖康之變，李清照避兵南下，趙明誠疾歿。故後期作品，多抒悲悽慘痛之情，今昔無常之感。」〔註8〕然而，在這些認知之下，其實簡化了李清照整

〔註 4〕 劉瑜選析：《莫道不銷魂：李清照作品賞析》，頁 15。
〔註 5〕 宋・李清照著；黃墨谷輯校：《重輯李清照集》，頁 14。
〔註 6〕 詳見劉大杰著：《中國文學發展史》（臺北：華正書局，2009 年），頁 692。袁行霈著：《中國文學史》（臺北：五南出版社，2017 年），頁 103。
〔註 7〕 詳見王學初著：《李清照集校註》，頁 360。
〔註 8〕 詳見葉慶炳著：《中國文學史》，頁 67。

體的南渡經歷跟作品表現，忽略了建炎三年（1129）趙明誠離世之前，趙明誠對清照的生活及文學創作的影響。

　　筆者認為李清照的南渡經歷與作品是可以再細部劃分的。其劃分的依據是丈夫趙明誠的離世時間「建炎三年（1129）」。從這一時間點看清照的生活及文學創作，可以發現所謂「後期」的認定，其實存有更多可以探討的空間。陳祖美《李清照評傳》中對於李清照作品與經歷關係之區分，可以看到其認為應分為前、中、後三期，而非普遍所說的以南渡為界的二期說。在三期說的看法裡，陳祖美將中期的下限定為建炎三年趙明誠離世之時，針對此處其提出了說明：

> 三期說以趙明誠亡故，而不是以「靖康之變」作為傳主中年時期的下限，這對於傳寫心曲的李詞的研究極為有利。對於把丈夫作為主要精神支柱的封建時代的婦女來說，直接左右或危及其命運的是「既嫁」所必從的丈夫和「夫死」應從的兒子，……所以依三期說將此時的清照詞劃歸中期，十分得當。而趙明誠一死，其詞的題旨旋即大變，由埋怨丈夫的「捷好之歎」，極變為對丈夫充滿深情的悼念。〔註9〕

陳祖美以趙明誠亡故重新界定了李清照生平的重大變化，並認為李清照詩詞的主旨在趙明誠離世的前後有著巨大的差異。對此，筆者認同應以趙明誠亡故區分其作品的差異性，因為實際上遷往南方的李清照並非從初期就陷入孤苦流離的境地，相反地，她剛到江寧時的生活傳達出的是其生存環境的安定平穩，進而在創作上也能感受到閒適平和的情感。直到丈夫趙明誠去世之後，她的生活頓時失去了依靠，感受到摯親離去的不安孤獨，整個人的重心偏離了原有的軌道，再加上危難的情景，導致清照此後遭逢不幸，同時也反應到悲傷淒涼的詞題旨中。

　　換言之，李清照在建炎三年（1129）之前的生活，雖然遭遇了國家動亂，情感上有著憂時傷感的心緒，作品中也含有不少思鄉懷遠的

<hr>

〔註 9〕 陳祖美著：《李清照評傳》，（南京：南京大學出版社，1998 年），頁 9。

寄託，但是此時的她有著趙明誠、族人相伴，生活、情感都是偏向穩定積極的狀態，詞作傳達出的是憂愁略有閒適的氛圍。然而，建炎三年（1129）趙明誠離世之後，李清照在國愁及懷人思鄉的愁緒之中，承受天人永隔的悲痛，其後的生活轉向艱苦磨難，作品才是真正進入悲傷沉鬱的表現。

由此可以發現，李清照南渡後的歷程及創作，不僅僅是單一的生活狀態跟單一的情感表現。喪夫之事，為其人生歷程跟文學創作帶來不同程度、不同面向的轉變。因此，以下將透過李清照南渡後的經歷，了解其在趙明誠亡故前後的生活變化，闡述南渡之後人生際遇對作品內容的影響，並藉此說明在趙明誠離世前和離世後，兩段時期間李清照的詩詞內容、情感表現及其差異變化。

第一節　喪夫前的經歷與創作

本章所謂「喪夫前」的時間，指的是李清照南渡的建炎元年（1127）至趙明誠去世的建炎三年（1129）的三年間。「喪夫後」的時間，指的是建炎三年（1129）之後。

李清照初到南方之時，因生活環境改變，使其在創作上傳達出截然不同的色彩。換言之，同樣是受到時局動亂而產生的巨慟，李清照面對變化，所採取的態度是相異的，進而在內心也存著矛盾的感受，也使作品呈現出多樣的旨趣。

對李清照而言，與丈夫共同經歷的一切是彌足珍貴的記憶，也是讓她在南方生活無後顧之憂，滿懷希望去面對環境的不適、心情上的憂思。而在此矛盾的情況下，創作表現也呈現相應的變化，從中展現出詞人既憂愁又自適的作品內容。也就是說，雖然李清照歷經南渡時的艱困，但是因為丈夫趙明誠依舊任居官職，所以外在的生活環境相對而言沒有那麼嚴苛，而丈夫的陪伴成為其精神支柱，讓李清照在南渡的焦慮之下，仍存有樂觀自適的心情。儘管作品中描寫的情景較為沉寂、冷清，但是傳達出的卻是積極正面的生活狀態。〈滿庭芳〉（小閣藏春）：

小閣藏春，閒窗鎖晝，畫堂無限深幽。篆香燒盡，日影下簾
鉤。手種江梅更好，又何必、臨水登樓。無人到，寂寥渾似，
何遜在揚州。　　從來知韻勝，難堪雨藉，不耐風揉。更誰
家橫笛，吹動濃愁。莫恨香消雪減，須信道、掃跡情留。難
言處，良宵淡月，疏影尚風流。〔註10〕

此首詞為詠梅詞。詞開頭「小閣藏春，閒窗鎖晝，畫堂無限深幽」描寫
出生活空間中的寂靜、清冷，樓閣中感受不到時節的變換，窗櫺掩蓋了
白日應有的生氣，留下的是畫堂中無止盡的寂寥。詞人在這樣的日子
裡只有點燃香料，獨自度過如此靜謐的時間。接著「手種江梅更好，又
何必臨水登樓」一句，作者對於生活的景況自我寬慰著道，有著梅花的
陪伴、看著江梅的形態、聞著撲鼻的梅香，似乎就可撫慰因為南渡後而
惶惶不安的心情，又何必臨水登樓，賦詩填詞。詞人藉著對梅花的鍾
情，引起內心寂寞的心緒，自身就如同何遜在揚州因思念之情而詠梅一
樣。上片詞至此，詞人將現實中所遭遇到的無奈，訴諸於梅花，也寄
託了對梅花的喜愛。

　　然而，下片開頭便隨即說出梅花的脆弱「從來知韻勝，難堪雨藉，
不耐風揉」梅花的風韻勝過其他的花，但卻不堪風吹雨打，而如此情景
又聽到笛曲〈梅花落〉更觸發孤寂愁緒。詞情至此，可以傳達出清照在
詠梅之外的傷感，不過接下來詞人不再陷入愁情之中，反而轉換角度，
提出梅花引人入勝的觀點。「莫恨香消雪減，須信道、掃跡情留」梅花
縱然會消逝，然而我們能確信的是它美好的形神情意，卻能永遠留在
你的心頭。〔註11〕最後「難言處，良宵淡月，疏影尚風流」進一步地說
明梅花的美好，那些難以言說或意在言外的精神，儘管無法直接從花
朵體會，卻也能由月光下映照出的梅枝傳達出美好的情致。詞人在下

〔註10〕　王學初校注：《李清照集校注》，頁43。此詞應作於建炎三年（1129）
　　　　　春暮作於江寧（建康）。據徐培均著：《李清照集箋注》之繫年。
〔註11〕　黃麗貞著：《詞壇偉傑李清照》，頁185。

片詞的內容上雖然開展了對梅花的喜愛與惋惜之處，然而結尾處卻是提振了整首詞的精神，呈現自我生活中積極的面向。

在這段時期中，李清照因為國家情勢的變化受到不小影響，然而其詞作內容，除了反應個人的無奈和身不由己外，也因為有丈夫的陪伴，形成一種安心安定的氛圍，使其生活上仍保有平和、正向的心態。因此，以下將透過這三年的經歷了解其文學創作，以詳加探究李清照南渡後，趙明誠亡故前的生活面貌及創作表現。

一、喪夫前的經歷

建炎元年（1127）北宋局勢陷入危機，人們紛紛往南方避難。在這個時間上李清照除了面臨家國劇變外，其也接收到南方傳來明誠母親過世的消息。不過兩人並未一同南下，李清照先回到了家鄉青州整理金石文物後才南下，趙明誠則先行一步去南方處理喪事。清照南來時，歷經漫長驚險的過程，使其真正的感受到了外敵入侵、國家動亂的現實。此時李清照雖然懷抱著思念家鄉、不安國情的心情，但實質上因著丈夫任官生活環境穩健，又與家人親族一同，其內心情感是趨向樂觀平穩的狀態。由此可以發現，李清照在喪夫前，內心同時有著懷鄉國愁以及正向積極的情感。而這樣的情感表現，其實也體現出她在此階段真實的生活情景。

（一）國家劇變下的憂懷

靖康之變後，清照遭遇了國家的劇變，使其擔憂局勢、思念家鄉故土。從史實可知，建炎元年（1127）時宋高宗已經開始巡幸東南，躲避金兵。而此時的李清照遇到了一些狀況，據〈金石錄後序〉載：

> 建炎丁未春三月，奔太夫人喪南來。既長物不能盡載，乃先去書之重大印本者，又去畫之多幅者，又去古器之無款識者，後又去書之監本者，畫之平常者，器之重大者。凡屢減去，尚載書十五車。至東海，連艫渡淮，又渡江，至建康。青州故第，尚鎖書冊什物，用屋十餘間，期明年春再具舟載之。

十二月，金人陷青州，凡所謂十餘屋者，已皆為煨燼矣。
〔註12〕

建炎元年（1127）三月，李清照的婆婆郭氏去世了。「奔太夫人喪南來」
一句，雖然沒有主詞，所以無法得知奔喪的人是誰。不過從趙明誠跋蔡
襄《趙氏神妙帖》的內容，可得到一些訊息：

此帖章氏子售之京師，予以二百千得之，去年秋西兵之變，
余家所資，蕩無遺餘，老妻獨攜此而逃，未幾，江外之盜再
掠鎮江，此帖獨存信，其神工妙翰，有物護持也，建炎二年
三月十日。〔註13〕

由「建炎二年三月十日」的時間點與文意內容來看，建炎元年（1127）
三月時，趙明誠獨自南下奔喪，而李清照則是留在北方。趙明誠在收到
母親去世的消息後，勢必輕裝南下，似無載書。〔註14〕而趙明誠在同
年八月時，被任命為江寧知府。〔註15〕史載：

建炎元年，八月乃起復直龍圖閣趙明誠知江寧府，兼江東經
制副使。〔註16〕

趙明誠在服喪之後，便被起復知江寧府。建炎二年（1128）春天，李清
照終於到了江寧與趙明誠團聚。然而，需要搬到江寧這件事，對李清照
來說，雖然是因為丈夫任職的關係，而必須去面對的事，但是如果從宋
室南渡的角度來看的話，其實就代表著其離開了北宋的國都、自己的
家鄉故土。儘管其在南方和家人重聚，但是何時才能夠回到家鄉？國
家是否還能重振？等問題，也許更讓李清照感到迷惘憂愁，請看〈蝶戀
花〉上巳召親族一詞：

〔註12〕　王學初校注：《李清照集校注》，頁179。
〔註13〕　宋・岳珂著：《寶真齋法書贊》（臺北：藝文出版社，1969年），卷9，
　　　　　頁22。
〔註14〕　王學初校注：《李清照集校注》，頁237。
〔註15〕　按：江寧府為建康的前身。宋高宗在建炎三年時，改江寧府為建康。
〔註16〕　王學初校注：《李清照集校注》，頁236。

永夜懨懨歡意少，空夢長安，認取長安道。為報今年春色好，
花光月影宜相照。隨意杯盤雖草草，酒美梅酸，恰稱人懷抱。
醉里插花花莫笑，可憐春似人將老。〔註17〕

從詞牌下的題目「上巳召親族」來看，李清照因為難禁思念故鄉的心情，
所以在暮春三月的上巳日，召請鄰近的親族來相聚，但在酒食之間，心
頭依然有揮不去的悵惘。〔註18〕李清照從開頭「永夜懨懨歡意少」一句，
就已點明了自己的憂愁傷感的思緒。而其愁緒的源頭即是思念家鄉故
土。「空夢長安，認取長安道」一句中，就以「長安」來替代北宋國都「汴
京」，表達其不管是在現實還是夢境，都懷抱著深沉的鄉愁。而這樣的愁
緒一時之間，是無法從親族相聚得到紓解的。所以李清照在簡單準備的
酒食中，立刻感受到離開故鄉，居於異地的辛酸之情。在這樣情感的堆
疊下，其只能在醉酒時，把內心的愁思寄寓在簪花裡了。「可憐春似人將
老」一句，也表達出李清照對於國愁、懷鄉的嘆息。暮春時節，正是花
朵開盡之時，李清照對於一年的開頭即將結束，有著糾結傷感的情思。
對於清照而言，思念家鄉的情感，在南渡開始後就是注定無法排遣的情
思。她想要藉由親友團聚，來排遣情感上的煩悶，但是與親友團聚後，
情緒並未就此平穩，反而是引起更為濃重的思鄉之情。

〔註17〕　同上註，頁60。關於此首詞之繫年，何廣棪《李易安集繫年校箋》以
　　　　　為：「此詞是南渡後追懷京洛之作，『可憐春似人將老』一句，足證清
　　　　　照其時已垂暮。」黃墨谷《重輯李清照集》：「此詞當作於建炎己酉三
　　　　　年，懷京洛之作。是年上巳，明誠尚守建康，三月後即罷，同年八月
　　　　　卒。過後易安不可能再召飲親族。」徐培均《李清照集箋注》：「此詞
　　　　　建炎二年上巳作於江寧。」據上述各繫年，筆者認為此首詞應當繫於
　　　　　建炎二年上巳（農曆三月初三）。因為「上巳召親族」一句表示當時聚
　　　　　集了夫家的親族，而其時正好遇到明誠母親去世，親族正好因為此事
　　　　　齊聚。而建炎三年春三月趙明誠即罷官，在此時召親族較不可能。另
　　　　　外，李清照寫「可憐春似人將老」一句並不代表一定是指晚年。此句
　　　　　有傷春的意味，意指詞人南來後，面對春意意興闌珊。而「老」字的
　　　　　意義是說出了詞人看春天景致時無所興致的心情。因此此句或不可斷
　　　　　定此詞是李清照晚年垂暮時所作。
〔註18〕　黃麗貞著：《詞壇偉傑李清照》，頁106。

從上述可以了解清照因為金人入侵，迫使其遠離家鄉，而流露出思鄉懷遠、擔憂國家的深重情思。不過，在這段時間裡，趙明誠依舊陪伴在李清照的身邊，所以對清照來說，生活日常是處於安定平穩的狀態，而那些憂心之情則隨之趨於平淡。

（二）夫妻相伴下的安心感

〈蝶戀花〉中能體會到清照在國家變動下的焦慮。然而，在複雜時局裡，因為有趙明誠的陪伴，甚至是與族人一起排憂解悶，使清照的生活顯得較平穩安定，心情上相對地也沒有過多的起伏。周輝《清波雜志》載：

> 頃見易安族人言：「明誠在建康日，易安每值天大雪，即頂笠披蓑，循城遠覽以尋詩。得句，必邀其夫賡和，明誠每苦之也。」〔註19〕

從「頂笠披蓑，循城遠覽以尋詩」一句，可以感受到清照初全江寧，遊覽南方景致的悠閒情懷。大雪中，清照懷有覽景賦詩的興致，此舉其實表達了其內心安逸、悠哉的心情。而清照與趙明誠賡和之舉，也呈現了兩人生活的平實與溫馨。縱使國家動盪、局勢多變，清照的生活與情感並沒有過多的波折，因為其與明誠的相互陪伴，穩定了內心的不安，也安定了局勢變化對其所造成的影響。

儘管李清照在建康時的生活或者心情記載很少，但是從周輝所載來看，其當時的生活景況、心理活動在某種程度上，其實是有著自適安然的狀況。關於此認知雖然在史料中佐證不多，但是在作品表現上卻能明確看出清照思念家鄉的同時，也擁有平靜自然的情感。而關於作品表現的闡述詳見下文。

回顧整個南渡前期的經歷，趙明誠的存在使李清照的生活環境、心情感受上多了溫暖安穩的成分。而能夠相互吐露寂寞想念的親族，

〔註19〕 宋・周輝撰；劉永翔校注：《清波雜志校注》（北京：中華書局，1994年），頁333。

也讓其多了一份依靠。在這樣的心靈支撐之下，李清照得以自在的在南方生活。縱使思念家鄉的情感始終未消除，但是生活依靠的重心並沒有消失，讓她在建炎二年（1128）到建炎三年（1129）間，內心有著閒適悠然的心情，彷彿回到兩人屏居青州的時光。

二、喪夫前的作品

　　李清照在這時期的作品，其實都被劃分在「南渡後」這個廣泛的時期來討論，在前人研究中並沒有特別的去區隔，並論述喪夫前的詩詞。然而，筆者認為專門來談趙明誠亡故前，李清照的創作內容是有其必要性的。它不僅能明確的說明清照創作內容與情感的轉變，更承接了其後續作品的走向。

　　陳祖美認為：「在『靖康之變』後，趙明誠健在的近三年的時間內，清照詞的題旨，可以說與整個中年時期毫無二致。」〔註20〕這樣的說法，其實忽略了南渡之事，對李清照所帶來的影響性。金人入侵中原，是當時國家社會的重大事件，李清照離開家鄉，遠渡到南方生活，在某種程度上勢必會影響到她的身心，而這些情緒也會反應在作品之中。所以筆者認為李清照自建炎元年（1127）南渡至建炎三年（1129）明誠亡故的三年間，作品的內容主旨與中期時的表現，是有所差異的。

　　另外，南渡之後，李清照作品的主旨所寫的多是思鄉情懷及身世之感，與南渡之前作品中描寫相思閨怨、離懷別緒之內容，顯然已是不同的創作題旨。由此而言，影響李清照此階段的創作有兩個重要因素，其一是金人南侵，宋室南渡，其二是趙明誠的陪伴。就第一點來說，國愁家恨之事給予詞人的是深重的懷鄉思念與焦慮憂心，然而此間作品仍有表現出堅強勇敢、自我安慰的心理活動。從第二點來看，初至南方應是懷有身世之感，不過丈夫陪伴、親族相互安慰，使其能夠調適內心的苦澀寂寞，轉而流露出安定自適的感受。換句話說，雖然李清照的作品有著懷鄉、國愁，但是此時她也有著平和、積極、正面的情感。

〔註20〕 陳祖美著：《李清照評傳》，頁9。

　　因此以下將以「堅毅的思鄉之情」、「南來的平和自適」闡述其於此時的作品內容，並藉此說明當中的存有的多樣情感。

（一）堅毅的思鄉之情

　　我們可以從以思念故鄉為題旨的作品，了解清照的作品變化及情感轉折。試看〈鷓鴣天〉（寒日蕭蕭上鎖窗）中呈現的內容：

> 寒日蕭蕭上鎖窗，梧桐應恨夜來霜。酒闌更喜團茶苦，夢斷
> 偏宜瑞腦香。秋已盡，日猶長，仲宣懷遠更淒涼。不如隨分
> 尊前醉，莫負東籬菊蕊黃。〔註21〕

整首詞的基調寂寥、冷清，詞中透露詞人的無奈、複雜的心聲。「寒日蕭蕭上鎖窗，梧桐應恨夜來霜。」寒冷的風、夜晚的寒霜、感受到冷冽的梧桐葉揭示時序已是深秋。在寒氣逐漸增加的日常裡，飲酒、煮茶是溫暖的享受，睡前點燃瑞腦香是詞人結束一天生活的最佳選擇。上片詞中，詞人以深秋時序開場，寫出一天瑣碎的行動。在這些飲酒、喝茶、燃香等動作的背後，寄託的是李清照無法輕易排解國家劇變下所帶來的煩悶不安及鄉愁無奈。

　　詞的下片，道出的是詞人對現況的無可奈何，以及試圖自我安慰的狀態。「秋已盡，日猶長，仲宣懷遠更淒涼」面對現實的殘酷，清照透過時間的感受，刻劃內心思鄉的心情，秋天已到了深秋，一年也快到了尾聲，但歲月流逝的速度卻比不上每日生活裡對故鄉無盡的思念、對時局變化感到萬般無奈的心聲。而藉由王粲抒寫〈登樓賦〉時的懷遠思鄉正是訴說詞人內心心境。下片詞至此，詞情雖然平淡，卻真摯地傳

〔註21〕　王學初校注：《李清照集校注》，頁30。此詞應作於建炎二年（1128）。
　　　　何廣棪云：「讀『仲宣懷遠更淒涼』句，知此詞必作於南宋。」黃墨
　　　　谷云：「此詞當作於建炎二年（1128）在建康時。」徐培均將此詞繫
　　　　於建炎二年（1128）重陽。筆者據三家繫年，認為此首詞是作於建
　　　　炎二年（1128）。因為詞中有濃濃思鄉文情，而從「酒闌更喜團茶苦，
　　　　夢斷偏宜瑞腦香」、「莫負東籬菊蕊黃」等句，可知詞人的生活有餘
　　　　裕，傳達出平穩舒適的感受，故應是在南渡隔年作，生存環境相對
　　　　穩定下的創作。

遞了詞人南渡後，面對鄉愁的感慨嘆息。最後兩句「不如隨分尊前醉，莫負東籬菊蕊黃」具體傳達詞人南渡生活的無奈心聲。

李清照在最後表達了想自我安慰的心聲，這些生活與內心的不如意隨著醉意的加深也許能夠減輕，那麼就不要辜負東籬之下菊花的美好。其實這些詞句的背後，詞人想寫的是：她對這樣的生活多麼的無奈啊！〔註22〕此首詞的詞意，表現出李清照遠離家鄉，內心無盡思念的情懷。這樣的詞作與中期時屏居鄉里、連守兩郡的作品內容及情感已相距甚遠了。

在這些意義之上，筆者認為李清照在思鄉的題旨中傳達出其生活的安定感。從她藉著飲酒、喝茶、點香、賞菊，轉換心理愁思來看，江寧時期的李清照，雖然飽受思鄉之苦，但是在生活中仍舊有餘裕去消化外在環境的壓力還有內在心理的苦悶，並且企圖去適應一切的變化。雖然詞作內容並沒有明確提到這點，不過詞末「莫負東籬菊蕊黃」一句，李清照在此不僅以菊花的美好做總結，更有藉由此讓自己更加堅強的意味，能使其生活平靜安定。而除了其自身的調適之外，趙明誠作為其丈夫又是一起同甘共苦的夥伴，在其內心不安脆弱時，或許會為其帶來如同菊花高潔溫和的力量，使其能抵抗思鄉的心緒。

（二）南來的平和自適

趙明誠在李清照的生命中是相當重要的人。李清照南渡至建康雖然是迫於時勢，但是其仍然有餘力欣賞南方的景致，甚至踏雪尋梅與趙明誠分享心情。由這點來看，趙明誠的陪伴能夠安慰李清照內心的不安，並給予溫暖的力量，使其在安定平穩在江寧生活，而清照所感受到的力量也反應在詞作上。從〈菩薩蠻〉（歸鴻聲斷殘雲碧）的沉悶心緒到〈滿庭芳〉（小閣藏春）的自我調適，傳達出詞人在江寧時，因為丈夫的關係過著安定平靜的日子，試看〈菩薩蠻〉（歸鴻聲斷殘雲碧）：

〔註22〕 黃麗貞著：《詞壇偉傑李清照》，頁 129。

歸鴻聲斷殘雲碧，背窗雪落爐煙直。燭底鳳釵明，釵頭人勝輕。　　角聲催曉漏，曙色回牛斗。春意看花難，西風留舊寒。〔註23〕

此首詞由空間與時間的變化，寫出詞人在異鄉時內心沉重的孤獨。首句「歸鴻聲斷殘雲碧，背窗雪落爐煙直」黃昏時，外頭鴻雁北返的啼叫漸漸遠離，而室內黯淡的照明，映照出白雪飄落，爐煙靜靜直上的景象。從戶外的情景描寫至室內的寂靜感，作者在開頭之處就揭示其懷鄉、寂寥的心理。接著「燭底鳳釵明，釵頭人勝輕」一句中談及風俗習慣，《荊楚歲時記》載：「正月七日為人日，以七種菜為羹，剪綵為人，或鏤金箔為人，以貼屏風，亦戴之頭鬢。」〔註24〕人日又稱人勝，當時的人習慣在農曆正月初七，剪綵或鏤金箔為人貼在屏風或戴在鬢髮上，而詞人此時正因外族入侵，南渡避難，對自己所遭受的情況感到無能為力，這樣的愁思與慶祝人日配戴髮飾的風俗形成強烈的對比，具體的傳達出詞人南來後的寂寞愁思。

下片詞開頭就描寫了時間的變化，由上片開頭的黃昏夜晚寫到了清晨破曉時分。「角聲催曉漏，曙色回牛斗」軍中的號角聲打破了夜晚的沉靜，宣示著黎明的到來，太陽的光亮遮掩住牛宿、斗宿二星。下片詞至此，詞人寫出了自己徹夜未眠的狀態，也間接的說明南渡後生活上的不適感。最後「春意看花難，西風留舊寒」則寫出詞人欲賞花，卻又明白春天縱然已來臨，但冬天的寒氣仍未散盡，花朵還需時日才能盛開。欲看花又怕冬寒未盡，訴說出詞人想藉賞花安撫心情，或許也隱喻了當時環境艱難的情形。從〈菩薩蠻〉（歸鴻聲斷殘雲碧）中，我們可以感受到李清照在南渡後的詞作內描寫一個區間時段的生活面貌。國情的動盪、南渡時種種過程的影響，致使其心理產生失

〔註23〕　王學初校注：《李清照集校注》，頁14。此詞據「釵頭人勝輕」句，應作於建炎三年正月。據徐培均著：《李清照集箋注》之繫年。
〔註24〕　晉·宗懍著；王毓榮校注：《荊楚歲時記校注》（臺北：文津出版社，1988年），頁52。

落感，然而，生活中仍有樂趣能安撫內心浮亂的憂愁，讓日子得以平穩的過下去。

　　隨著國家的動盪與丈夫官職的任命，李清照遠離家鄉，對於國家的興衰充滿憂思。實際上，李清照的情感在喪夫前的短短三年間，同時有著國愁下的不安焦慮以及夫妻相伴下的安心感。這兩種並存的心緒看似矛盾，實則說明了清照這段時期的經歷影響了詞作內容及情感的走向。從創作內容來看，李清照的作品題旨雖然是對故鄉的思念以及家國劇變的苦悶與無奈，但是在從文字的鋪寫上可以看到她在困境下積極自適的心態。而詞作主題也反映在情感的表現上，清照初至建康時，其流露出身處南方時，思念家鄉的寂寞、孤獨，以及國家動盪下的不安焦慮。然而，在這當中又因為安穩的生存環境、丈夫、親族的陪伴，建立了內心的安定感，使其面對外在的紛爭能保持著正面、樂觀的態度。

　　綜上所述，李清照喪夫前，從經歷跟詞作表現，可以看到其內心同存著國愁思鄉之情與安然樂觀的心緒。而這兩種並存的情感並沒有矛盾衝突，我們反而能藉此看出李清照喪夫前的生活歷程，對創作內容和情感表現的影響，同時也凸顯了趙明誠對李清照的重要性。

　　生活中的變化改變了李清照的創作內容，而趙明誠的存世無疑影響著其內在情感。喪夫前，李清照因國家動亂流露出憂愁，又因與親族、明誠一同生活，內心有積極振奮的情感，然而，這樣的心緒在其喪夫之後不復可見。喪夫後，李清照開始了獨自南渡的日子，其作品內容進入沉重陰鬱的基調，情感則是傳達出孑然一身的孤獨沉痛與無依無靠。她的人生歷程及文學創作真正步入了悲傷沉鬱的境況。

第二節　喪夫後的經歷與創作

　　人生中的經歷並不會只有一項過程、一份情感，跟隨著境遇的轉變情感也會相應呈現。清照的南渡人生正是由許多困境造就而成，在這當中其感受到現實的殘酷以及生命的脆弱。李清照喪夫後，身心靈

都受到相當大的影響，連帶著創作風格與先前相比下，有著不小的差異。改變的人、事、時、地、物，不僅對清照的生命造成衝擊，更對創作留下深刻的印記。

從經歷方面來看，以「建炎三年（1129）」為界，李清照的後半生共歷時二十多年。漫長歲月裡，她被動的承受著許多磨難，當中既表達了孤身一人的悲痛，也寄寓著身世飄零的感受。而她遭逢悲境時的處世態度及情感表現，凸顯其歷經紛擾之後，實現自我生命價值，為自身留下存世的痕跡。

就作品而向而言，清照的創作在此間即更加深刻的描繪出國破家亡、無依無靠後的辛酸情感。其作品題旨及情感與喪夫前相比，會隨著時間流逝、歷程變化，在程度上會逐漸變得更加灰暗。換言之，同樣的題旨在不同境遇之下，流露的感受有著層次上的變化。因此，以下將透過李清照喪夫後的境遇變化，了解其多舛的命運和相應的情懷思索，據此探究此時期的創作內容以體現詞人的心理活動及情感。

一、喪夫後的經歷

國家衰亡、宋室倉皇南渡的現實，讓失去丈夫的李清照感到惶恐不安，更使其面臨了許多現實的挑戰與艱困的環境。趙明誠的陪伴並無法阻擋宋室南渡的事實，而李清照也未能料想到明誠的離世。建炎三年（1129）三月，江寧城發生叛變，時趙明誠已被任命改知湖州，其因而遁逃。〔註25〕此事在〈金石錄後序〉僅載：「建炎三年，己酉春三月罷。」〔註26〕同年五月，李清照與趙明誠到池陽。趙明誠接到被任命湖州的命令。此時高宗在建康，趙明誠立刻單獨至建康赴任。而清照對於丈夫赴任之事顯得相當憂慮。〈金石錄後序〉載錄了李清照的心情與當時的情景：

〔註25〕 宋・李心傳著：《建炎以來繫年要錄》（北京：中華書局，2013 年）卷20，頁458。
〔註26〕 王學初校注：《李清照集校注》，頁179。

> 夏五月，至池陽。被旨知湖州，過闕上殿，遂駐家池陽，獨
> 赴召。六月十三日，始負擔，捨舟坐岸上，葛衣岸巾，精神
> 如虎，目光爛爛射人，望舟中告別。余意甚惡，呼曰：「如
> 傳聞城中緩急，奈何？」戟手遙應曰：「從眾，必不得已，
> 先棄輜重，次衣被，次書冊卷軸，次古器，獨所謂宗器者，
> 可自負抱，與身俱存亡，勿忘也。」遂馳馬去。〔註27〕

趙明誠出發赴任時「精神如虎，目光爛爛射人。」對此，李清照自述心
情言：「余意甚惡」之後又急忙地問明誠若遭遇意外，身邊的文物古籍、
金石器物要如何處置。從此段對話來看，趙明誠的離開使清照感到不
安，因為她不知道該如何處理身邊的器物古籍。對清照而言，在當時紛
亂的局勢中，要其獨自攜帶家當器物奔走其實是困難的事，所以她望
著丈夫，內心備感焦慮及煩悶。由此記載可知，明誠的赴任，強烈地影
響清照的心情，成為日後其情感轉折的重點。不過，無論如何趙明誠還
是遵從旨意，至建康面聖赴任。然而，明誠出發約一個月後，李清照卻
接到趙明誠生病的消息：

> 七月末，書報臥病。余驚怛，念侯性素急，奈何。病痁或熱，
> 必服寒藥，疾可憂。遂解舟下，一日夜行三百里。比至，果
> 大服柴胡、黃芩藥，瘧且痢，病危在膏肓。余悲泣，倉皇不
> 忍問後事。八月十八日，遂不起。取筆作詩，絕筆而終，殊
> 無分香賣履之意。〔註28〕

趙明誠的離世對於李清照來說是始料未及之事，其在〈祭趙湖州文〉
云：「白日正中，嘆龐翁之機捷。堅城自墮，憐杞婦之悲深。」〔註29〕
此文未完整傳於後世，不過在記述的詩句中，卻是深刻地表達了清照
對於丈夫太早離世的嘆息以及獨自一人留於世間的哀傷之情。

〔註27〕 王學初校注：《李清照集校注》，頁197～180。
〔註28〕 王學初校注：《李清照集校注》，頁180。
〔註29〕 王學初校注：《李清照集校注》，頁192。

趙明誠死後，李清照的南渡生活陷入了危機與挑戰之中。而筆者認為若從李清照南渡後所遭遇到的事件來談，其在南渡後期的境遇，將能更加深入的闡述清照在事件發生時的境況以及其內心的情感。所以筆者將從清照南渡後期經歷中，選擇三個事件來談，分別是「頒金之事」、「跟隨高宗行蹤之事」以及「再嫁之事」三個事件。會選擇這三個事件的主要原因是，李清照在經歷了這三件事情後，在生活上受到了重大的挫折，也對其內心產生影響，同時也能夠真正的感受到李清照在南渡後的生命關懷。不過，在闡述這三件事件之前，需要先了解一下建炎三年（1129）八月，清照在建康將趙明城安葬後，所遇到的困難。李清照〈金石錄後序〉言：

> 葬畢，余無所之。朝廷已分遣六宮，又傳江當禁渡。時猶有
> 書一萬卷，金石刻二千卷，器皿、茵褥可待百客，他長物稱
> 是。余有大病，僅存喘息。事勢日迫，念候有妹婿任兵部侍
> 郎，從衛在洪州，遂遣二故吏，先部送行李往投之。〔註30〕

李清照將趙明誠安葬完畢後，不知道自己該何去何從，再加上時局緊迫，皇帝、太后早已紛紛逃難去了。而清照又因為歷經生死之別，重病只剩一口氣，在這樣危急的時刻，其想到的還是那些金石文物古籍，故而將這些古籍送往洪州，希望在洪州擔任兵部侍郎的李擢能夠幫忙保住這些書籍古物。

這段遭遇中，可以發現李清照即使在生命垂危之際，仍然在意金石文物的保存，由此也能夠證明「金石文物」是李清照生命中不可失去的一部份。而「金石文物」的安危其實也變成李清照在南渡後期裡，影響其遭遇的重要因素。基本上也是貫穿了李清照在「頒金之事」、「跟隨高宗行蹤之事」以及「再嫁之事」三件事情中的境遇。而以下將就「頒金之事」、「跟隨高宗行蹤之事」以及「再嫁之事」三個事件，闡述李清照南渡後期的境遇。

〔註30〕 王學初校注：《李清照集校注》，頁180。

（一）頒金之事〔註31〕

對李清照來說，頒金之事是其南渡時期初次遇到的危機。此事不僅使清照的處境陷入艱難，在其內心情感裡，比起南渡前期時的思鄉之情更增添了不安與恐懼。建炎三年（1129）八月後，李清照還在思考該往何處時，忽然聽到有人在謠傳趙明誠生前似乎有意對金人示好的言論。〈金石錄後序〉載：

> 先侯疾亟時，有張飛卿學士，攜玉壺過視侯，便攜去，其實珉也。不知何人傳道，遂妄言有頒金之語。或傳亦有密論列者。余大惶怖，不敢言，亦不敢遂已，盡將家中所有銅器等物，欲走外廷投進。〔註32〕

有個叫作張飛卿的人拿著玉壺，去探望生病中的趙明誠。而趙明誠並未收下這個玉壺，張飛卿隨後也帶著玉壺離開了。這樣一個攜帶玉壺探病的事件，後來竟被謠傳成趙明誠與李清照，有意向金人投貢金石古物的消息。而且此事已經是有通敵之嫌，遂使清照非常的惶恐不安，極欲將家中的銅器文物都送到朝廷，以示自己的清白。

然而，這個傳聞的目的也許根本不在於政治，而在於文物。有的人看到李清照孤身一人無依無靠，於是便製造出這樣的傳言，逼迫李清照交出文物，他們便可趁機下手。〔註33〕李清照面對這樣的事件，

〔註31〕 按：關於頒金的「頒」字，至今未有確切的解釋。在漢語大字典當中，「頒」有「分」的意思。《漢語大字典》:「分。也作『攽』。《書·洛誥》:『乃惟孺子頒，朕不暇聽。』孫星衍疏:『攽，蓋孔壁古文。言聽政之事繁多，孺子分其任，我有所不遑也。』按:《說文·攴部》引作『攽』。《禮記·祭義》:『古之道，五十不為甸徒，頒禽隆諸長者。』鄭玄注:『頒之言分也。隆，猶多也。及田者分禽，多其老者。』」而本文則是依照〈金石錄後序〉內的文意，理解為投貢之義，意即李清照與趙明誠有意將身邊文物進貢給金人。然而，因「頒金」的解釋尚未有定論，所以在此姑且附上《漢語大字典》的釋義，并用原文暫以說明頒金之義。漢語大字典編輯委員會編:《漢語大字典（縮印本）》(武漢:湖北辭書出版社、四川辭書出版社，1992年)，頁1814。

〔註32〕 王學初校注:《李清照集校注》，頁181。

〔註33〕 康震著:《康震評說:李清照》(臺北:木馬文化，2010年)，頁144。

她能夠做的也只有把文物送到朝廷去了。而在此也能夠看到文物古籍
深深地影響了李清照的處境之外，「有密論列者」一語，也使李清照開
始小心翼翼，不敢四處向人說自己的遭遇。由此事其實能感受到李清
照除了喪夫前，單純的國愁思鄉之情外，內心也開始有了惴惴不安的
複雜情懷。

（二）跟隨高宗行蹤之事

　　頒金之事後，李清照一方面受到金人不斷南侵的影響，二方面又
有頒金謠言的消息，讓她決定要跟隨高宗避難的路線南行。建炎三年
（1129）八月之後，高宗向東南逃跑的路線，基本上也是李清照奔亡的
道路。〔註34〕由建炎三年（1129）至紹興元年（1131）間，李清照的南
渡之行，都是跟隨著高宗的行蹤。其在〈金石錄後序〉中詳細記載了行
蹤：

> 上江既不可往，又虜勢叵測，有弟迒仕敕局刪定官，遂往
> 依之。到台，守已遁。之剡，出陸，又棄衣被走黃巖，雇舟
> 入海，奔行朝。時駐蹕章安。從御舟海道之溫，又之越。庚
> 戌十二月，放散百官，遂之衢。紹興辛亥春三月，復赴越。
> 〔註35〕

李清照雖然選擇跟隨高宗的逃亡路線，不過其直到建炎四年（1130）元
月，高宗駐蹕章安時，才跟上高宗的行蹤。其後，清照便一路隨著高宗
坐船出海到溫州，直到時局較為安定時，才跟著高宗到越州。從這段跟
隨高宗行蹤的記載，可以很清楚的感受到李清照在當時為避難所付出
的心力。

　　此外，前述有提到，建炎三年（1129）時，清照將一部份的文物
古籍寄往洪州。可惜的是，這些書籍古物卻因為金人攻陷洪州而失散
了，就連先前連艫渡江的書籍也都散為雲煙了，清照身邊只剩下五至

〔註34〕　徐培均著：《李清照》，頁59。
〔註35〕　王學初校注：《李清照集校注》，頁180～181。

七簏的書畫硯墨。〔註 36〕紹興元年（1131）時，李清照隨著高宗到越州後，暫居在會稽，因為有心人覬覦這些文物古籍，使李清照又陷入了困境：

> 在會稽，卜居土民鍾氏舍。忽一夕，穴壁負五簏去。余悲慟
> 不已，重立賞收贖。後二日，鄰人鍾復皓出十八軸求賞，故
> 知其盜不遠矣。萬計求之，其餘遂不可出。今知盡為吳說運
> 使賤價得之。所謂歸然獨存者，迺十去其七八。〔註37〕

李清照暫居在鍾氏人家時，某天牆壁被鑿出了洞，而所有的古籍書畫也不翼而飛了。其傷心的程度就如同當時趙明誠死去一般，立即決定重賞尋回古籍。然而，李清照卻發現這一切是有人故意竊取文物，以得賞金的計謀。金石文物雖然是清照最為保護的東西，卻也是讓她的精神與氣力受挫的地方。而這樣的事情對於李清照來說可以說是層出不窮，甚至危害到個人的生命安全。

（三）再嫁之事

李清照在南渡後期的經歷受到文物古籍的影響很深。其再嫁之事也與金石文物有著重要的關連性。不過，在談此關連性前，需要回顧一下關於前人對於李清照再嫁之事的看法。據《建炎以來繫年要錄》載：

> 紹興二年九月戊午朔……右承奉郎監諸軍審計司張汝舟屬
> 吏，以汝舟妻李氏訟其妄增舉數入官也。其後有司當汝舟私
> 罪徒，詔除名，柳州編管。十月己酉行遣李氏，格非女，能
> 為歌詞，自號易安居士。〔註38〕

由此段記載來看，李清照在紹興二年（1132）時是張汝舟的妻子。此外，與李清照同時代的人，也有紀錄清照再嫁之事。王灼《碧雞漫志》云：「易安居士，京東路提刑李格非文叔之女建康守趙明誠德甫之

〔註36〕 王學初校注：《李清照集校注》，頁 180。
〔註37〕 王學初校注：《李清照集校注》，頁 181。
〔註38〕 宋‧李心傳編撰；胡坤點校：《建炎以來繫年要錄》，卷58，頁 1165。

妻。……趙死，再嫁某氏，訟而離之，晚節流蕩無歸。」〔註39〕晁公武《郡齋讀書志》云：「右皇朝李氏格非之女。先嫁趙明誠……後適張汝舟，不終晚節。」〔註40〕胡仔《苕溪漁隱叢話》亦云：「易安再適張汝舟，未幾反目。」〔註41〕然而，清代學者俞正燮、陸心源、李慈銘等人認為清照改嫁之事不可信，甚至為李清照改嫁之事用力辨誣。根據黃盛璋〈李清照事跡考辨〉的整理可知，辨誣的理由大致上可分為三點，第一、論證宋代有關改嫁的記錄都是偽造。第二、列舉若干反證說明改嫁的不可能。第三、從情理上認為改嫁不會發生。不過就黃盛璋的考證來說，李清照曾再嫁之事確實是發生過的。黃盛璋認為就第一點來說，李心傳所撰的《建炎以來繫年要錄》基本上是一部可靠的史料，且記載的人事時地物都相當清楚，偽造的可能性是很小的。就第二點而言，王灼、晁公武、胡仔等人都是與李清照同時代的人，所以他們所記錄的事件也是能夠採信的。最後的第三點，其認為是因為明清時代對於婦女應該守節的道德觀念根深蒂固，所以李清照改嫁之事自然無法使明清時代的文人認同，才進而為其辨解。〔註42〕從上述的史料與考證可知，在趙明誠死後，李清照確實有再嫁之事。

那麼，回到李清照再嫁之事與金石文物有關連性的問題上。紹興二年（1131）李清照改嫁張汝舟。對於這段經歷，李清照感到相當的後悔與氣憤，其在〈投翰林學士綦崇禮啟〉云：

〔註39〕 宋・王灼撰：《碧雞漫志》收錄於《筆記小說大觀六編》（臺北：新興出版社，1975年），頁711。

〔註40〕 宋・晁公武著：《郡齋讀書志》（臺北：臺灣商務印書館，1978年）頁307～308。

〔註41〕 宋・胡仔撰：《苕溪漁隱叢話》收錄於《詩話叢編》（臺北：世界出版社，2009年），頁413。

〔註42〕 鄧紅梅著：《李清照新傳》（上海：上海古籍出版社，2005年），頁199～212。關於黃盛璋考證李清照改嫁之事的資料，完整性相當的高。但本文礙於篇幅的關係，無法一一列舉。若有興趣者，可自行閱讀黃盛璋〈李清照事跡考辨〉一文。

近因疾病，欲至膏肓，牛蟻不分，灰釘已具。嘗藥雖存弱
弟，應門惟有老兵。既爾蒼皇，因成造次。信彼如簧之說，
惑茲似錦之言。弟既可欺，持官文書來輒信；身幾欲死，
非玉鏡架亦安知。儚偃難言，優柔莫決。呻吟未定，強以
同歸。視聽才分，實難共處，忍以桑榆之晚節，配茲駔儈
之下才。〔註43〕

從引文可知整個改嫁的過程。清照當時的身體狀況，已是「欲至膏肓，
牛蟻不分，灰釘已具」的程度。此時也只有弟弟照看著身體，侍奉湯
藥。而張汝舟卻又百般的向其求親，弟弟在倉促之下，便輕信了張汝
舟。李清照在猶豫不決的情形下，被張汝舟強行娶走了。這樣的行為使
李清照認為，其與張汝舟難以共處一室。實際上，從張汝舟的言行或可
窺知，其娶李清照一事必有其目的。據李清照〈投翰林學士綦崇禮啟〉
一文云：

身既懷臭之可嫌，惟求脫去；彼素抱璧之將住，決欲殺之。
遂肆侵凌，日加毆擊，可念劉伶之肋，難勝石勒之拳。局天
扣地，趄效談娘之善訴；升堂入室，素非李赤之甘心。外援
難求，自陳何害，豈期末事，乃得上聞。〔註44〕

對於嫁給張汝舟一事，清照感到相當後悔，因此想要從困境中解脫。
然而，張汝舟卻不放過李清照。「彼素抱璧之將住，決欲殺之。」張
汝舟想要清照身上的僅存的金石器物，為此甚至想把李清照殺死，好
奪取金石器物。在張汝舟家暴凌虐下，李清照身心受創，憤而向官府
控告，訴請離婚。而張汝舟娶李清照的目的不言可喻，其看上了李清
照身上僅存的金石文物，對清照暴力相向，使李清照的生命安全暴露
在危險之中。而這樣的境遇，再次凸顯了李清照對於金石文物的重
視。從此處也可以看到李清照再嫁之事與金石文物有著重大的關聯
性。

〔註43〕 王學初校注：《李清照集校注》，頁 167～168。
〔註44〕 王學初校注：《李清照集校注》，頁 168。

此外，訴請離婚之事讓李清照被關入監牢九天，生活再次受到衝擊。不過，由離婚之事能夠看出李清照內心的堅定與勇氣，只要是自己能夠努力達成的目標，她都能夠堅定不移地完成，即便身處險境，也毫無畏懼之心。

李清照從頒金之事到跟隨高宗行蹤之事，再到再嫁之事，生命歷經轉折。其內心有思鄉之情也有對國家慌亂的不安之情，但是在歷經許多困難之後，可以看到其對於生活抱持真摯、執著的情感。而從這些事件也能發現，文物的安危始終是影響李清照南渡後期經歷的重要因素。對清照來說，古籍文物或是知識的保存其實承載了其對丈夫、故鄉、國家與自我生命的情感，也體現了李清照在南渡時的境遇。

二、喪夫後的情感

喪夫後的李清照生活歷經波折，而其內心的情感也因此更為豐富。清照也在那些感時傷懷中，寄予無限的人生關懷。故以下將就李清照流寓南方時的感時傷懷以及晚年歲月中的寄託兩個部份，來闡釋李清照在這段時間的情感。

（一）流寓南方時的感時傷懷

金人南侵促使了北宋滅亡，宋室南渡的景況。而李清照在這樣的時代背景下，生活不再如早年屏居青州時的悠閒愜意。南來，喪夫後，李清照歷經種種遭遇，生活上的困頓無力，卻遠遠比不上內心的失落與不安。對於國家之衰敗、丈夫的離世、遭遇之不幸的情感都逐漸堆積在李清照的心裡。面對這些感情，李清照的態度也因時光的變遷而有所變化。

首先，清照對於宋室南渡的傷痛，隨著時間流逝以及氛圍的改變有不同程度的情感變化。李清照在南渡前期，內心有著激憤不平的愛國之情。宋高宗，建炎年間，高宗藉巡幸東南之事，為逃避金兵追擊。對此，李清照有〈失題〉詩句諷刺：

南渡衣冠少王導，北來消息欠劉琨。〔註45〕

南來尚怯吳江冷，北狩應悲易水寒。〔註46〕

「南渡衣冠少王導，北來消息欠劉琨。」李清照以晉室南渡所出現的人物，來比喻宋室南渡。「王導」為晉室南渡後的重要人物，對重振朝綱有重要影響。〔註47〕而劉琨也是晉室南渡時，力抗敵人，戮力為保全晉祚之人。〔註48〕其認為朝廷就是缺少了像王導、劉琨一般，能夠凝聚朝臣之心，努力抗敵的關鍵人物。而跟隨宋室南渡的朝臣與百姓，也應該謹記南渡的悲痛以及徽、欽二帝被金人擄走的屈辱與哀痛，故其言：「南來尚怯吳江冷，北狩應悲易水寒。」同時，李清照也為宋室決定南渡之事，感到痛心。其在南渡時，便在〈烏江〉一詩中，寫下自己的心情：

生當作人傑，死亦為鬼雄。至今思項羽，不肯過江東。〔註49〕

「生當作人傑，死亦為鬼雄」李清照認為人不管是生還是死，都要有所擔當，不能因為受挫，就輕言放棄。而其以項羽「無顏見江東父老」，在烏江自刎而死之事，暗示高宗與朝臣無法承擔責任，倉皇南渡。由此詩可看出李清照面對國之將亡，發出慷慨激憤、悲痛萬分之情。不過，隨著時間的流逝，南宋偏安的氛圍愈來愈明顯後，李清照的這份慷慨激憤之情，逐漸的歸於平淡，進而取代的是對於國家未來的愁思。試看〈題八詠樓〉：

〔註45〕 王學初校注：《李清照集校注》，頁137～138。

〔註46〕 王學初校注：《李清照集校注》，頁139。

〔註47〕 《世說新語》〈言語〉：「過江諸人，每至美日，輒相邀新亭，藉卉飲宴。周侯中坐而嘆曰：『風景不殊，正自有山河之異。』皆相視流涕，唯王丞相愀然變色曰：『當共戮力王室，克復神州，何至作楚囚相對邪？』」王丞相即為王導。南朝宋・劉義慶著；余嘉錫箋疏：《世說新語箋疏》（臺北：華正書局，1991年），頁92。

〔註48〕 《世說新語》〈言語〉：「劉琨雖隔閡寇戎，志存本朝，謂溫嶠曰：『班彪識劉氏之復興，馬援知漢光之可輔。今晉祚雖衰，天命未改。吾欲立功於河北，使卿延譽於江南。子其行乎？』溫曰：『嶠雖不敏，才非昔人，明公以桓、文之姿，建匡立之功，豈敢辭命！』」南朝宋・劉義慶著；余嘉錫箋疏：《世說新語箋疏》，頁96～97。

〔註49〕 王學初校注：《李清照集校注》，頁127。

千古風流八詠樓，江山留與後人愁。水通南國三千里，氣壓
江城十四州。〔註50〕

紹興五年（1135），清照在金華。八詠樓為金華地區的名勝。李清照藉
著八詠樓的氣勢磅礴，以感慨宋室之不振，故其言：「江山留與後人愁」。
從此詩依舊能夠感受到李清照憂國憂民的情懷。然而，隨著高宗將臨
安定為首都後，南宋偏安江南的局勢已定，國家朝政也趨於安定，人民
的生活也不再如南渡時的困頓不已。因此，不管是朝廷還是百姓，對於
要恢復中原、力抗金人的企圖心，已經在偏安的局勢以及時間的流逝
下，漸漸消失。而晚年的李清照在這樣的氛圍下，除了接受之外，也只
能用自己的方式表達心情了。試看〈永遇樂〉一詞：

落日鎔金，暮雲合璧，人在何處。染柳煙濃，吹梅笛怨，春
意知幾許。元宵佳節，融和天氣，次第豈無風雨。來相召、
香車寶馬，謝他酒朋詩侶。中州盛日，閨門多暇，記得偏重
三五。鋪翠冠兒，撚金雪柳，簇帶爭濟楚。如今憔悴，風鬟
霜鬢，怕見夜間出去。不如向、簾兒底下，聽人笑語。〔註51〕

張端義《貴耳集》云：「易安居士李氏，趙明誠之妻，……南渡以來，
常懷京洛舊事。」〔註52〕晚年的李清照，對於生活有著更為深刻且內
斂的情感。開頭「人在何處」一句便昭示了其在異鄉的孤獨與落寞。這
也讓清照想到昔日「中州盛日，閨門多暇，記得偏重三五。鋪翠冠兒，
撚金雪柳，簇帶爭濟楚。」的美好時光。因此，其謝絕了朋友的邀請，
獨自一人在簾下，聽人慶祝的歡笑聲。李清照在詞中，雖以憔悴、風鬟
霜鬢之由，不願出門，實則是看著那些慶祝元宵的人們，其內心有著無
限的辛酸與悲苦。李清照透過人們歡慶元宵節，凸顯了當時人偏安南
方的安逸心理，並以此表達物是人非的淒涼感慨。

〔註50〕　王學初校注：《李清照集校注》，頁 120。
〔註51〕　王學初校注：《李清照集校注》，頁 53。此首詞當作於李清照南渡之後，
　　　　　晚年之時。張端義《貴耳集》卷上云：「南渡以來，常懷京洛舊事。晚
　　　　　年賦《元宵‧永遇樂》。」
〔註52〕　宋‧張端義撰：《貴耳集》（臺北：新文豐出版社，1980 年），頁 332。

　　從南渡初期的憤恨不平，到憂國憂民的愁思，最後到了晚年的淒涼與感慨，李清照在時光飛逝之間，對於國家的動盪寄予了不同程度的情感。這些情感也在其生命中畫下不可抹滅的痕跡。

　　其次，面對丈夫的離世，李清照一直都感到相當的哀痛。在生活的感受上，也經常充滿孤獨、寂寞之感。〈孤雁兒〉一詞便深深的表達了這樣的情感：

> 世人作梅詞，下筆便俗。予試作一篇，乃知前言不妄耳。

> 藤床紙帳朝眠起，說不盡無佳思。沈香斷續玉爐寒，伴我情懷如水。笛聲三弄，梅心驚破，多少春情意。　　小風疏雨蕭蕭地，又催下千行淚。吹簫人去玉樓空，腸斷與誰同倚。

> 一枝折得，人間天上，沒個人堪寄。〔註53〕

李清照以「梅花」來訴說自己的孤單與思念趙明誠的心情。首句「藤床紙帳朝眠起，說不盡無佳思。」已點明了一人單獨在一個空間的心情。其後又藉由笛聲、梅花表達春天已至，表達其備感傷情之意。而清照又看到了「小風疏雨蕭蕭地」之景，淚水忍不住的一直掉，因為能夠陪伴自己的人已經不在世上了。「一枝折得，人間天上，沒個人堪寄。」最後清照只能透過梅花表達無限的懷人之情了。

　　從上述的詞作或詩句，可以看到李清照南渡之後，面對國家動盪、丈夫離世以及遭遇不幸的內心狀態。在時間的流逝之下，也更加強烈地感受到李清照在南渡期間的情感。不過，這段時期的情感變化或是生活遭遇，也讓清照在晚年歲月裡找到人生的價值。

（二）晚年歲月中的寄託

　　李清照的晚年歲月裡有著不被外人所道的心酸與悲苦，但是那些生活的艱困或是內心的痛苦，其實都乘載著希望，呈現其生命的價值

〔註53〕　王學初校注：《李清照集校注》，頁42。此詞當作於建炎三年（1129）趙明誠卒後。黃墨谷以為此詞作於建炎元年（1127）以後。徐培均以為此首詞是悼亡詞，應是在建炎三年（1129）趙明誠死後所作。筆者認為從「一枝折得，人間天上，沒個人堪寄」句，可知是作於明誠死後。

與意義。由前述喪夫後的境遇可知，影響其生活境遇的重要因素即是「文物古籍」。金石文物的蒐集與整理是李清照與趙明城生命中最重要的事。康震認為金石文物的收集整理對李清照來說，具有兩個重要的理由，其一是說明了李清照對文物事業的喜愛與執著，其二是代表金石文物的整理變成晚年李清照思念趙明誠的最好方式。〔註54〕而筆者認為「金石文物」的存在，也是影響李清照面對晚年歲月的態度。其在〈金石錄後序〉云：

> 嗚呼！余自少陸機作賦之二年，至過蘧瑗知非之兩歲，三十四年之間，憂患得失，何其多也！然有有必有無，有聚必有散，乃理之常。人亡弓，人得之，又胡足道？所以區區記其終始者，亦欲為後世好古博雅者之戒云。〔註55〕

從年輕到老，三十四年之間，李清照生活歷經了種種波折。不管是國家之動盪、遭遇之不幸，其都在「文物古籍」的得與失之間，看見「有有必有無，有聚必有散」的常理。所以若從文物古籍的留存角度來說，「人亡弓，人得之，又胡足道？」便是李清照晚年看待文物古籍的態度。她想告誡後人不要執著在文物古籍去留。只要文物古籍能夠一直存於世間，它們在何處又何必要去計較呢？

那麼，從這樣的思考角度來看李清照的話，可以發現其在晚年中有著個人的冀望。據岳珂《寶晉齋法書贊》〈題壽時宰詞〉載：

> 先生真跡也。昔唐李義府出門下點儀，宰相屢荐之。太宗召試講武殿，賜坐，而殿側有鳥數枚集之，上令作詩詠之。先子因暇日偶寫，今不見四十年矣。易安居士求跋，僅以書之。敷文閣直學士、右朝議大夫、提舉佑神觀米友仁謹跋。〔註56〕

〔註54〕　康震著：《康震評說：李清照》，頁184。
〔註55〕　王學初校注：《李清照集校注》，頁182。
〔註56〕　宋・岳珂撰：《寶晉齋法書贊》（臺北：藝文印書館，1969年），卷58，頁11。

紹興二十年（1150），李清照向米友仁求跋米芾題帖。岳珂《寶晉齋法書贊》〈題靈峰行記〉亦載清照向米友仁分享自己的收藏：

> 易安居士一日攜前人墨跡臨顧，中有先人留題，拜觀不勝感泣。先子尋常為字，但乘興而為之。今之數字，可比萬金千兩耳。呵呵！敷文閣直學士、右朝議大夫、提舉佑神觀米友仁謹跋。〔註57〕

由此記載可知，李清照也拿著米芾題跋的帖子給米友仁觀賞，米友仁深受感動。在這兩則短短的記載裡，看到了晚年的李清照仍舊為文物古籍的事情奔波，同時，也可以發現其想要與其他人分享自己的收藏。在收藏與分享的過程裡，便體現了李清照晚年生命中的寄託。據陸游《渭南文集》〈夫人孫氏墓誌銘〉載：

> 夫人幼有淑質，故趙建康之配李氏，以文辭名家。欲以其學傳夫人，時夫人始十餘歲，謝不可，曰才藻非女子事。〔註58〕

李清照自幼受到良好的教育，讓她在人生中，立身處地，眼界開闊。金石文物的收集與整理也使其在困頓中，精神與心理有所依靠。這些可以說是支撐了李清照生命的一部分。而當李清照在南渡生活中，感到困苦無依、倍感艱辛時，其想將自己畢生所學傳於孫氏，以不愧對自己一路以來，對國家、對金石文物、對生活的努力。李清照希望通過傳承的方式，在自己的心中與世人的眼裡能夠留下存在的痕跡。儘管清照的晚年歲月在異鄉飽受思鄉懷人之苦，但是其內心懷著這樣的期望，建立自我實現的價值，讓人們都能夠感受到其對生命的熱情。而這樣的努力也成為李清照在晚年歲月裡，對抗艱困生活以及沉痛情感的力量，並進一步展現了李清照在晚年歲月中所懷抱的寄託。

李清照在南渡時期，因為文物古籍的存留，生活歷經波折，內心也充滿為國為民的憂思與懷鄉懷人的悲嘆。這些歷程與情感，讓李清

〔註57〕 宋・岳珂撰：《寶晉齋法書贊》，卷19，頁17。
〔註58〕 宋・陸游撰：《渭南文集》收錄《四部叢刊正編》（臺北：臺灣商務印書館，1979年），頁307。

照在晚年的歲月裡，抱持著深刻地想法，其希望自己透過「傳承」所學，以留下生命存在的痕跡，並彰顯自我價值。

靖康二年（1127）徽、欽二宗被金人所俘，使宋室受到無比恥辱，北宋也隨之滅亡。儘管同年宋高宗在南京登基，改元建炎，建立南宋實權，但是金人對宋室的追擊未曾停歇。建炎元年（1127）高宗即為躲避金人南侵，而開啟東南巡幸的逃亡旅程。高宗一路逃跑，遭遇緊急狀況也不顧百姓、大臣的安危，倉皇南渡，致使百姓死傷無數。建炎三年（1129）高宗已無路可逃，只能在明州登船渡海，在海上舟居，躲避金人。直到建炎四年（1130）高宗才返回陸地，往越州移動。其後，高宗在建康與臨安兩地移動，直到紹興八年（1138）高宗定都臨安，南宋偏安的局勢也因此底定。喪夫後，李清照的南渡生活，也在這段歷史的鋪陳卜展開。

在這十幾年間，宋室的命運多舛。而生活於這段時期的李清照遭遇到許多困難，其內心也是備受煎熬。李清照遭逢丈夫趙明誠離世，飽受孤苦悲痛之情。而趙明誠的離世，也成為李清照南渡經歷的分水嶺，以此為界，李清照喪夫後的經歷與文物古籍的存留有著關聯性。李清照在「頒金之事」、「跟隨高宗行蹤之事」以及「再嫁之事」三個南渡經歷中，都因為「文物古籍」的關係，生活陷入困境，情感飽含憂思傷痛。

喪夫後，李清照的南渡歲月裡，因為國破家亡，內心有著強烈地愛國之情與客居他鄉的辛酸情懷。這般情感雖在其人生裡無法抹滅，但是隨著時光荏苒，情感積累，在清照晚年歲月中，形成人生的價值追尋，寄託著美好的嚮往。李清照希望透過學術知識的傳達，讓自己的存在能夠於有限的生命裡留下正向且開闊的色彩。從清照晚年歲月的寄託中，具現了其在喪夫後於國愁家變之巨慟中仍懷有積極的生命情懷。

總體而言，李清照在南渡的經歷中，生活因「文物古籍」陷入困境，同時又因為宋室的動盪不安以及丈夫逝世，使其內心充滿傷感悲痛之情。然而，李清照在晚年的歲月裡，仍懷抱著希望，冀望自己的所見所聞、學識涵養能透過傳承的方式，被後人知曉。簡言之，清照期望

透過知識的傳遞，不負自己一生的努力與堅持，並建立了自我實現的價值與意義。這樣的行動，給予她面對生活困境與感時傷懷的力量，乘載了李清照喪夫後的傷痛經歷以及晚年歲月的寄託，更可以從不一樣的角度了解其在南渡時期的另一面，亦體現了李清照於喪夫後的境遇與情感。

三、喪夫後的創作

　　趙明誠逝世之事，對李清照而言，代表著自己需自立自強面對未來的所有事情。前述生平經歷具體的說明了清照在丈夫死後遭遇了許多困境及磨難，心理承受了很大的壓力。這些過程不僅影響了她的後半生，也同時對其創作產生重大變化。清照在獨自一人的旅程中，在詩詞內注入個人鮮明的個性，更將自己在丈夫死後的情感面貌展現在作品之中。

　　筆者認為李清照喪夫後在創作內容，分為四種樣貌，第一為面對丈夫離世的嘆息、第二是漂泊南方，歷經艱辛的傷感、第三是孀居生活下的孤獨感、以及「憂國憂心的感慨」。以下將透過清照喪夫後的經歷，闡述作品的題旨，了解其中蘊含的情感，傳達其孑然一身，淒涼哀痛的創作。

（一）面對丈夫離世的嘆息

　　建炎三年（1129）明誠離世，李清照承受著與丈夫天人永隔的傷感。受到丈夫離世的影響，清照的詞作出現了沉痛哀傷的情感，更有著不捨難受之情。前述有提到〈孤雁兒〉（藤牀紙帳朝眠起）一詞，寄寓了清照面對丈夫離世的心痛及獨留於世的悲傷。在詞前有小序云：「世人作梅詞，下筆便俗。予試作一篇，乃知前言不妄耳。」其認為此首詞，自己作得俗氣了，但是觀詞情仍表現了她對丈夫驟世的痛苦與不捨。〈金石錄後序〉則載敘當時狀況：「葬畢，余無所之。……余又大病，僅存喘息。」處理完明誠後事，清照身體出現狀況，大病了一場，在〈攤破浣溪紗〉（病起蕭蕭兩鬢華髮）中可以看到詞人當時的心情狀態：

病起蕭蕭兩鬢華，臥看殘月上窗紗。豆蔻連梢煎熟水，莫分

茶。　　枕上詩書閒處好，門前風景雨來佳。終日向人多醞

藉，木犀花。〔註59〕

整首詞乍看給人閒適慢活的感覺，實則傾訴了詞人欲振作精神，堅強
身心的努力。開頭「病起蕭蕭兩鬢華，臥看殘月上窗紗」在「蕭蕭」一
詞中，表現了心情上的蕭索無度以及體態上的脆弱。「兩鬢華」則把詞
人因歲月人事之無情表現在身體的變化上。接著「臥看殘月上窗紗」一
句，傳達了病中的詞人在拂曉時分，臥床看著窗外即將消失的月亮，而
其外在、內在彷彿殘月一般，逐漸消逝在天空，嘆息著自己處境。清照
不堪丈夫逝世的打擊，完整地表現在此闋詞的開頭。

　　詞人在「豆蔻連梢煎熟水，莫分茶」一句裡，說明了她在養病期
間飲用健康茶飲，希望病體能盡快恢復。據陳元靚《事林廣記別集》卷
七云：「夏月，凡造熟水，先傾白煎滾湯在瓶器內，然後將所用之物投
入，密封瓶口，則香倍矣。」〔註60〕又云：「白荳蔻殼揀淨，投入沸湯
瓶中，密封片時，用之極妙。每次用七箇足矣，不可多用，多則香濁。」
〔註61〕豆蔻既能藥用，又有香料的特性，詞人將之煮成飲品，在病中
享用，為生活帶入雅趣。「莫分茶」實為說明詞人仍處於尚未痊癒的狀
態，體力、精力也較為虛弱，因而無力在茶面上遊戲畫作。上片至此，
作者呈現出自己脆弱的一面。〔註62〕

〔註59〕　王學初校注：《李清照集校注》，頁72。此首詞當作於建炎三年（1129）
　　　　趙明誠離世後不久。徐培均以為此詞作於建炎三年（1129）八月，趙
　　　　明誠死後之時。何廣棪云：「《金石錄後序》載清照葬明誠畢，嘗大病，
　　　　僅存喘息，而病中惟把玩詩書自娛。本詞有『病起蕭蕭兩鬢華』、『枕
　　　　上詩書閒處好』之句，詞意與《金石錄後序》所載若合契，故本闋必
　　　　建炎三年（1129）明誠逝後未久之作。」
〔註60〕　宋・陳元靚等編：《新編纂圖增類羣書類要事林廣記四十二卷》（上海：
　　　　上海古籍出版社，2002年），頁474。
〔註61〕　宋・陳元靚等編：《新編纂圖增類羣書類要事林廣記四十二卷》，頁474。
〔註62〕　按：《清異錄》載：「茶至唐始盛。近世有下湯運匕，別施妙訣，使湯
　　　　紋水脈成物象者，禽獸蟲魚花草之屬，纖巧如畫，但須臾即就散滅，
　　　　此茶之變也。時人謂之「茶百戲」。」「分茶」又稱「湯戲」、「茶百戲」、

　　接下來的詞句中，我們可以從「詩書閒處好」、「風景雨來佳」等句感受到詞人在生病期間，閒適地看著手邊的書籍、門前下雨的景致。然而，獨自一人仍顯得寂寞孤單，所以詞人在最後說「終日向人多醞藉，木犀花」木樨花指的就是桂花，桂花的含蓄溫婉撫慰了內心，更向世人傳達了丈夫去世之後，詞人無止盡的哀傷嘆息，僅能依靠桂花來療癒身心的病痛。清照在這首詞中雖無悲傷的詞語，表現出的是閒適的心情，但是從詞情來看，是寫她在丈夫新喪得沉痛哀傷中，想要重新站起來的努力。〔註63〕李清照在〈攤破浣溪紗〉（病起蕭蕭兩鬢華髮）及〈孤雁兒〉（藤牀紙帳朝眠起）兩首詞中，寫出其在明誠離世時生活狀態跟心情轉折。她哀嘆著枕邊人的早逝，也吐露出獨留於世、孤單寂寞的嘆息，而這些心緒具體的傳達了清照在此生命狀態下的感受。

（二）漂泊南方，歷經艱辛的傷感

　　建炎三年（1129）之後，清照開始讀自一人漂泊南方，經歷誣陷、家暴、失竊事件，內心懷抱著許多傷感之情。而這些傷感能由詞作內書寫的題旨、意涵了解。在詞作主題、內涵上，思念家鄉，懷念故土、今昔迴異是李清照喪夫後詞作創作的主要內容，所以其在情感表現上有思鄉懷遠、物是人非的感受。而筆者認為其流露出的傷感會隨著時空變化而有程度上的不同，所以若分項細述會更加明瞭。因此，以下將以「身處異地的鄉愁」以及「南來的今昔之感」為討論細項，透過作品內部的意蘊，闡述漂泊南方，歷經艱辛的傷感，了解李清照喪夫後的詞作內容。

1. 身處異地的鄉愁

　　喪夫之後，清照詞作內的鄉愁跟隨時間的流逝而有深重之感。具體而言，情景鋪陳、意境內涵及文辭用語的改變，得以烘托作品內部的旨趣，讓客居他鄉的詞人能以自身的感受表達思鄉懷遠的心情。〈添字

　　「水丹青」，是指利用茶匙弄茶湯，以宋代點茶法使茶湯表面產生多樣的圖案、文字。宋·陶穀，吳淑撰；孔一點校：《清異錄·江淮異人錄》（上海：上海古籍出版社，2012 年），頁 103。
〔註63〕黃麗貞著：《詞壇偉傑李清照》，頁 133。

醜奴兒〉（窗前誰種芭蕉樹）中，清照從地物景致的不同，表達身在異
鄉的不適：

> 窗前誰種芭蕉樹，陰滿中庭，陰滿中庭。葉葉心心，舒捲有
> 餘情。　　傷心枕上三更雨，點滴霖霪，點滴霖霪。愁損北
> 人，不慣起來聽。〔註64〕

開頭詞人以南方獨有的「芭蕉樹」作為全詞的起點，並引起「思念家
鄉」的情感。其實前人以「芭蕉」寫愁緒的不少，例如：李煜〈長相思〉：
「秋風多，雨相和，簾外芭蕉三兩窠，夜長人奈何！」〔註65〕又吳文
英〈唐多令〉：「何處合成愁？離人心上秋。縱芭蕉不雨也颼颼。」〔註
66〕等都將愁情寄託在芭蕉。而杜牧〈雨〉：「一夜不眠孤客耳，主人窗
外有芭蕉。〔註67〕」則更加凸顯了孤獨的感受，若看全詩全無寫到雨
聲，然而最後一句「主人窗外有芭蕉」卻是呼應了詩題〈雨〉，雨打在
了芭蕉葉上，使得詩人聽不慣而失眠了，由此亦感受到孤客心裡的寂
寞之感。而李清照在此闋詞結合了上述兩種情狀，將其思念故鄉的心
情以及北方人到南方後的孤獨感，寄託在雨打芭蕉葉的情景，因此詞
人在下片詞寫到「傷心枕上三更雨，點滴霖霪。點滴霖霪。愁損北人，
不慣起來聽。」

　　接著，回到上片，細看詞句「窗前誰種芭蕉樹，陰滿中庭，陰滿
中庭。葉葉心心，舒捲有餘情。」滿滿的芭蕉樹在庭院中，每片葉子不

〔註64〕　王學初校注：《李清照集校注》，頁42。此詞當作於趙明誠離世後，李
　　　　清照獨自一人南渡時。從詞作下片「傷心枕上三更雨，點滴霖霪，點
　　　　滴霖霪。愁損北人，不慣起來聽。」中「傷心」、「雨」、「點滴霖霪」
　　　　揭示了詞人思念家鄉外，更加凸顯的是她的孤獨感。這樣的情感與明
　　　　誠死前所懷有的孤獨感，是有所差異的。
〔註65〕　南唐‧李璟，李煜撰；宋‧無名氏輯；王次聰校注：《南唐二主詞校注》
　　　　（臺北：世界書局，2010年），頁25。
〔註66〕　唐‧杜牧著；清‧馮集梧注：《樊川詩集注》（上海：上海古籍出版社，
　　　　1998年），頁364。
〔註67〕　宋‧吳文英著；孫虹、譚學純校箋：《夢窗詞集校箋》（北京：中華書
　　　　局，2014年），頁1673。

管是展開的或捲曲的，都有著餘裕閒適之感，但是對詞人來說，這似乎引起了獨在異鄉為異客的不適感。清照在這首詞裡，完整地呈現出其南渡後在異鄉的悲情，也將其思鄉心切的情感表露無遺。

李清照在作品所寫的「思鄉」主題及情感，隨著時間、人事變化，有故作輕鬆，悠閒歡愉的感覺，但實際上在詞作的整體佈局上漸有隱晦而不為外人所道的沉痛之思。〈菩薩蠻〉（風柔日薄春猶早）即有此深沉的情感：

　　風柔日薄春猶早，夾衫乍著心情好。睡起覺微寒。梅花鬢上殘。

　　故鄉何處是？忘了除非醉。沉水臥時燒，香消酒未消。〔註68〕

此首詞寫出思鄉懷遠的心情，全詞讀來平淡，但是在平淡中卻寄托幽深哀傷的情感，婉轉的表達出清照流離南方時，時時刻刻思念故土的情狀。「風柔日薄春猶早，夾衫乍著心情好」春日時分，輕柔的風及疏淡的日光開啟了早晨，擺脫了嚴冬厚重的外衣，初次穿上較薄的夾衫，詞人感到心情相當的愉悅。開頭兩句作者以有溫度的日常，寫出其在異鄉的情景，也帶出後兩句較為不適的感受。「睡起覺微寒，梅花鬢上殘」當中「寒」、「殘」兩字，將詞人生活於他鄉的感覺，寄寓在瑣碎的事物上，表現出南渡生活的艱難。詞情至此，上片的前後兩句，雖然是在描述沐浴在春分時的心情及睡醒後的情況，但是詞人在當中藉著溫度的變化，隱含著個人的傷感。「風柔」、「夾衫」對比「微寒」、「鬢上殘」便給人一種遺憾、感慨的氛圍，即便詞人寫來平淡自然，當中仍蘊含其內心的孤單心事。

接著，下片詞，作者直白的寫出她的心事，也就是對家鄉永無止盡的思念。「故鄉何處是？忘了除非醉」清照心心念念的一直是被金人侵占的故國家鄉，想念的心情難以平復，故而提出「故鄉何處是？」但是既以失去的故土，又豈能說想回就回呢？所以她又說「忘了除非醉」

〔註68〕　王學初校注：《李清照集校注》，頁13。此首詞應作於李清照流寓杭州期間，意雖沉痛而筆致輕靈，蓋趙明誠辭世已數年。據徐培均箋注《李清照集箋注》之繫年。

對故鄉的懷想沉重的難以忘懷，除了喝醉酒能夠暫時遺忘外，她不知道還有什麼方法能夠安慰自己的心情。最後「沉水臥時燒，香消酒未消」兩句，詞人以燃香在睡時燒盡，而酒醉仍舊未退的情況，說出她未能停止對家鄉的思念，所以她只能在飲酒之中暫忘揮之不去的愁緒。

　　對此，況周頤《漱玉詞箋》中提到俞仲茅說：「『沉水臥時燒，香消酒未消』，亦宕開，亦束住，何等蘊藉。」〔註69〕整首詞在最後表露了詞人難以忘卻的思鄉之情，而從整體佈局來說，上、下闋的內容，事件好像順勢而下，心情卻是逆轉的〔註70〕。從上片隱含的寂寥心情到下片把想念家鄉的情致，延伸到醉酒忘懷，再由醉酒忘懷對照香料燃盡的狀況。清照將其心中盤旋不止的思念，牢牢的禁錮在文字中，就如同俞仲茅所說的：「亦宕開，亦束住，何等蘊藉。」

　　不過，其沉痛劇烈的懷鄉感受，並沒有在喪夫前的詞作中出現。當時詞作裡反而是呈現出較含蓄的憂傷之情。〈訴衷情〉枕畔聞梅香有著這樣的情懷：

> 夜來沉醉卸妝遲，梅萼插殘枝。酒醒薰破春睡，夢遠不成歸。
>
> 人悄悄，月依依，翠簾垂。更挼殘蕊，更撚餘香，更得些時。
>
> 〔註71〕

〔註69〕　清・況周頤著：《況周頤集》（桂林：廣西師範大學出版社，2012年），頁281。

〔註70〕　黃麗貞著：《詞壇偉傑李清照》，頁115。

〔註71〕　王學初校注：《李清照集校注》，頁40。此首詞當作於建炎元年（1127）至建炎三年（1129）間趙明誠守建康時。何廣棪云：「余觀『酒醒薰破春睡，夢遠不成歸』一句，知是南宋時作。」然，時間範圍過大，並無法確切繫年。黃墨谷則將作年繫於「大觀二年屏居鄉里至建炎元年南渡以前之作」。而徐培均云：「詞當作於建炎二年（1128）或建炎三年（1129）春初。詞云『夢斷不成歸』當為懷念故土而作，時間似到建康之第二年為宜。」筆者認為黃墨谷的繫年可再議，原因在於詞中「梅萼插殘枝」之句，為殘花之意。觀建炎元年（1127）以前李清照寫到梅花時，並無寫到梅花凋殘的景象。反而是南渡之後有此描寫，〈菩薩蠻〉（風柔日薄春猶早）有「梅花鬢上殘」句，這首詞是在南渡，喪夫後所作。故可知〈訴衷情〉應當是南渡後所作。而觀詞中懷鄉之情雖是深愁，然無悲痛，應是作於建炎三年（1129）前。

此首詞傳達的是對故國家鄉的思念，基調上偏向低沉惆悵，反映出的是詞人無可奈何，只能在失眠的夜裡，揉搓殘梅想念家鄉的情思。上片前兩句「夜來沉醉卸妝遲，梅萼插殘枝」將詞人傷感頹廢的心情表露在「沉醉」、「殘枝」的景物上，而接下來「酒醒薰破春睡，夢遠不成歸」則是藉著上句梅枝撲鼻的香氣帶出詞人夢到故鄉而醒時的懷鄉愁情。詞情至此，感受到詞人在酒醉、酒醒之間的懷想。下片詞則是用含蓄靜謐的方式呈現詞人初至南方時，既寂寞又傷感的思鄉情感。尤其「更挼殘蕊，更捻餘香，更得些時」將詞人的心情經由「挼」、「捻」兩字，讓愁情體現殘梅上，深刻地描繪了內心隱含的鄉愁。

而〈訴衷情〉與〈菩薩蠻〉相比，兩者一樣是在寫思念家鄉的情感，且同樣有描寫酒、殘梅、夢、睡眠等事物，但是在創作上的佈局及情感的深重上，這兩首詞是有所差異的。前者從上片到下片是一連串的動作配合著時間，描述想念的心情。情感的流露由顯露至隱藏，表現出詞人在此時深受思鄉之苦，不過從捻花、酒醒的動作來看，其感受雖是憂傷但不至於到沉痛哀苦的境地。

相較前者，後者的鋪陳、情感都是由淺至深，展現出詞人強烈的心切哀痛的鄉愁。尤其詞末「沉水臥時燒，香消酒未消」中「酒未消」將詞情帶入了沉重劇烈的情感。兩相對比之下，可看出李清照在喪夫之前，詞作內所寫懷鄉之情較為內斂含蓄，而其喪夫之後，情感越發深厚哀切，沉痛之思溢於言表。然而，久居異地的李清照所寫出的鄉愁又與〈訴衷情〉裡殷切哀婉的表現有所不同。

晚年清照的思鄉之情，傳達出的是悲傷、遺憾的感受。由於南宋後來定都臨安，所以其已意識到恢復中原，重返家鄉的機會渺茫，只能在南方遙想家鄉故土了。換言之，因為現實環境使然，李清照其實知道自己不再有機會回到故鄉。從詞作來看，她在某種程度上接受了這件事實，只是內心還是深懷遺憾惋惜之情，所以其敘寫懷鄉的文辭語境雖然一樣是直白鮮明，但是詞作內仍充滿愁緒抑鬱的心境。〈攤破浣溪紗〉（揉破黃金萬點輕）中，可以感受到詞人的心情轉折：

> 揉破黃金萬點輕，剪成碧玉葉層層。風度精神如彥輔，太鮮明。
>
> 梅蕊重重何俗甚，丁香千結苦麤生。熏透愁人千里夢，卻無
>
> 情。〔註72〕

此首詞雖然是「詠桂花」不過，全詞的重點是最後兩句「熏透愁人千里夢，卻無情」傳達詞人對家國思念的深重情意。上片開頭，「揉破黃金萬點輕，剪成碧玉葉層層」桂花點點細小的花瓣，綻放的猶如黃金閃耀，又像是被裁剪整齊的桂葉般清新。「揉」、「剪」兩字的使用，生動的將桂花的型態樣貌描繪的栩栩如生，同時也能夠感受到詞人對桂花的喜愛。桂花在詞人眼裡所代表的精神形象，就如同西晉的樂廣一樣，性格沖約、有遠識、無欲，又與王衍一樣聰明曉物，所以我們可以感受到她對桂花的依靠與傾訴的情意。在前述〈攤破浣溪紗〉中「終日向人多蘊藉，木樨花」即是提到詞人在養病期間，對桂花投寄了孤單寂寞之感。由此來看，詞人對桂花的風韻與樣貌是有所依戀的。

　　下片開頭「梅蕊重重何俗甚，丁香千結苦麤生」，即能體現詞人懷鄉思人的心理變化。在李清照的詠花詞中，詠梅的詞作數量較多，其中存有不同的意義。梅花對其而言，有著相思、傷春、悼亡等各種情感，看到梅花就會想起年輕時、屏居時、南渡時的記憶。

　　而「梅蕊重重何俗甚」一句，筆者認為與其說是詞人感受到梅蕊俗不可耐的模樣，不如說是其想起流離戰亂、故鄉不在、天人永隔等情景時，內心油然而生的煩悶。儘管事過境遷，但是當她看到梅花時，梅花還是它原本的樣子，而自己卻經歷了許多艱辛，心理鬱結，進而有所怨懟。丁香花蕊過於粗糙的模樣，同樣讓她內心感到不適，但實際上卻

〔註72〕　王學初校注：《李清照集校注》，頁72。此首詞應作於紹興年間。何廣棪云：「讀此詞結處『熏透愁人千里夢，卻無情』二句，知是南宋時作。」徐培均云：「此詞詠丹桂（金桂），蓋作於南渡以後，故歌拍云『熏透愁人千里夢，卻無情』案建炎年間，易安生活盪不定，此詞較閒雅，雖亦思鄉，然不如建炎時激烈，當作於紹興中定居杭州時。因繫於紹興十年（1140）前後。」筆者認為詞作寫來內斂情深，應是晚年時的思鄉情感，故應是南宋紹興年間所作。

是表達了層層疊疊的鄉愁。詞情至此,由桂花風度高尚的精神與梅蕊、丁香花蕊的黯淡,可了解清照內心深處對從前種種美好消逝的愁思。最後,那些思念過往、懷想故人的心緒,全部都在「熏透愁人千里夢,卻無情」中體現而出。詞人將過於思念無法排解的心情,怪罪到桂花香氣上,深刻地說出自己思鄉情切的一面。

〈添字醜奴兒〉、〈菩薩蠻〉、〈攤破浣溪紗〉的文辭意境都有清照寄託鄉愁的痕跡,當中的抒寫的語詞、描述的情景還有表達的情感,再再的刻劃其與時俱增的思念之情。從詞作內的思鄉主題漸入深沉之感,能發現其漂泊南方時,創作內容的表現及其身處異地的鄉愁。

2. 離亂下的今昔之感

人會在低潮恐懼時,回想起過往歡樂自在的回憶,藉由美好的記憶安撫心情,感嘆現實的不可逆。李清照獨自南渡的時間裡,局勢其實變得更加紛亂,金人南侵的力道更為兇猛。而她要應付避兵過程中的種種不幸,更使其感受到惶恐不安,所以其在詞作內有物換星移、人事已非的題旨。今日之哀愁與昔日的歡快,在清照的抒寫之下,有著真摯且心酸的感懷。李清照從自身女性細緻的觀察角度,把天氣溫度、周遭事物,運用時空變動的常理,說出離亂下的今昔之感。從〈南歌子〉(天上星河轉)的主旨及詞情可說明此變化:

> 天上星河轉,人間簾幕垂。涼生枕簟淚痕滋。起解羅衣,聊問夜何其? 翠貼蓮蓬小,金銷藕葉稀。舊時天氣舊時衣,只有情懷不似舊家時。〔註73〕

李清照在內容中細膩地道出悲涼且今昔迥異的情懷,並凸顯身世之感在此闋詞所占的色彩濃厚。詞的上片,運用大自然的時序變化,帶

〔註73〕 王學初校注:《李清照集校注》,頁 3。此首詞應作於建炎三年(1129)之後。何廣棪云:「觀結處『舊時天氣舊時衣,只有情懷不似舊家時』之語,則其為南渡後作品無疑」。黃墨谷將此詞繫於建炎三年(1129)南渡之後所作。徐培均則認為是於屏居青州不久作。筆者認為詞中「淚痕滋」、「舊時」寫出一種今昔對比的傷感。文字鋪陳出身世飄零的氛圍,而這種情感與建炎三年(1129)後的辛酸境遇較為契合。

出詞人的孤寂。「天上星河轉，人間簾幕垂」天上的星宿隨著四季變化，轉向了入秋的面貌，而此時人間也因為天氣轉涼將簾幕垂下阻擋秋風蕭瑟。時間的變化並不會因為人事或環境的波動而改變，但是人們卻會感知自然之運行，並將感受與自身的處境形成連結。詞人在此處將整首詞的世界觀渲染擴大，呈現天地間的共通性，賦予寂寥清冷的色彩。

而接著視線便回到了室內場景，「涼生枕簟淚痕滋」表現出天氣轉涼的氛圍外，更有女性溫柔細膩的感覺。「簟」是現代所指的竹蓆，通常都在夏天睡覺時使用，涼冷的竹蓆能夠驅趕炎熱，但是時節到了秋天之際，竹蓆的涼冷就會使詞人感受到冰冷的體感，也會讓其聯想到獨自一人的寂寞，而引發愁緒並流下淚來，這種由天氣轉換到日常物品的感知，既而觸發內在情緒的過程，呈現出了清照作為女性而有的觀察知覺，寫出閨閣內的日常，更進一步推進了自己的孤獨。〔註74〕

「起解羅衣，聊問夜何其？」「夜何其？」一語，典出《詩經》〈小雅〉：「夜何如其？夜未央。」〔註75〕孤單的感受把夜晚的時間拉長，推遲了天亮的到來，而詞人起身想知道漫漫長夜何時才能看到盡頭。詞情至此，可以強烈感受到秋日夜晚的涼冷與詞人獨自一人的沉寂形成共鳴，呈現出清冷、蕭索的色調。

下片詞，詞人從女性觀察的角度，感知瑣碎事物的變化，並帶出今昔迥異、身世之感。「翠貼蓮蓬小，金銷藕葉稀」寫的都是衣服上的裝飾因為穿久了有所損壞，熨貼上的蓮蓬磨損變小，用金線繡上的藕葉日漸稀疏。清照從衣服、飾品的改變，表現出個人際遇的不幸。最後「舊時天氣舊時衣，只有情懷不似舊家時」在與從前一樣的秋日，穿上從前的衣服，然而內心的情懷已不如以前的美好。由衣服的破損

〔註74〕　參見葉嘉瑩著：《迦陵說詞講稿（下）》（臺北：桂冠圖書股份有限公司，2000年），頁209。

〔註75〕　《詩經・小雅・庭燎》收錄於清・阮元校勘：《十三經注疏四一六卷，附校勘記》（臺北：藝文印書館，1979年），頁374。

延伸到現在與過去的改變，詞人直白卻真摯的說出其在國破家亡後，獨自南渡，懷想過往時的心理，同時也表達了飄零南方，身世坎坷的主旨。

　　另外，敘寫角度的變化，也呈現出清照的今昔之感。比起〈南歌子〉中偏向心靈層面的描寫，李清照訴諸於現實層面，從人際往來的互動、溫度著手表達物是人非、遺憾滿懷的心聲。試看〈轉調滿庭芳〉（芳草池塘）：

> 芳草池塘，綠陰庭院，晚晴寒透窗紗。□□金鎖，管是客來吵。寂寞尊前席上，唯□□海角天涯。能留否？酴醾落盡，猶賴有□□。　　當年、曾勝賞，生香薰袖，活火分茶。□□龍驕馬，流水輕車。不怕風狂雨驟，恰纔稱，煮酒殘花。
>
> 如今也，不成懷抱，得似舊時那？〔註76〕

此首詞略有脫字，不過由其他詞句不難看出詞人寫今昔差異的感慨之意。開頭「芳草池塘，綠陰庭院，晚晴寒透窗紗」先描寫了詞人身處環境清幽的地方，芳草在池塘內生意盎然，庭院扶疏充滿生機，儘管如此，傍晚的溫度仍透過窗紗感受到涼意。此處從幽靜美好與寒意侵透兩相對比，提出所處環境及內心感受的落差。接著「□□金鎖，管是客來吵」則是詞人聽到客人來訪消息。有人來探訪應當是感到開心的事，然而，下句卻是「寂寞尊前席上，唯□□海角天涯」言外之意，或許是清照看到訪客時，感受到的不是人情間的熱絡，而是與客人相談間瀰漫著國破家亡的傷感。暮春時節，晚開的荼蘼也已落盡，惜春、傷春的意味濃厚，更襯托了黯淡、冷清的氣氛。上片至此，緣情於景的描述，呈現出人際往來的情景。

〔註76〕　王學初校注：《李清照集校注》，頁 3。此詞為追懷京洛舊事之作，應繫於紹興年間所作。何廣棪認為此詞為追懷京洛舊事之作，觀下闋，其為清照南渡後作甚明。黃墨谷將此詞繫於建炎元年（1127）南渡後所作。徐培均云：「此詞當為紹興中定居杭州時所作。」筆者認為此首詞是追懷過往回憶為題的作品。情感上並不激烈，而是有著遺憾，老去無成的感受，故此詞應是作於清照晚年孀居南方時。

　　下片則直接從往昔與現今的景況做對比。「當年、曾勝賞，生香薰袖，活火分茶。」想當年，盡情的遊賞，點燃生香，一起在茶面遊戲。家門內外流水輕車，熱鬧無比，就算天氣不佳，仍舊不減飲酒詠花的興致。詞情至此，傳達了過往回憶的美好，然而這些情景已不可追憶。「如今也，不成懷抱，得似舊時那？」今昔對比之下，再也沒有以往的情懷興致，回不去遠方的故土、丈夫也不在世間、國家也不再完整，所有的景況都讓清照感到挫折無力。

　　整首詞呈現出的是李清照看到現實後，所感受到的今昔之感。其所要傾訴的心情，如同「不如向簾兒底下，聽人笑語」〈永遇樂〉一樣。她獨自經歷了許多困境，想到那些事情，內心難以平復，又如何向他人一樣假裝什麼事都沒有發生，歡快的慶祝元宵呢？從中能體會到詞人的故國之思和對眼前局勢的擔憂。〔註 77〕詞作充滿著李清照獨自一人在南方生活的孤獨淒涼，層層遞疊著思人、思鄉、憂國、傷懷的情感。

　　喪夫後，李清照創作上有鄉愁及今昔之感。這些情感透過謀篇設計、意境營造，建構出詞作的內容。丈夫離世、國家遭侵、古籍文物被竊、改嫁之不幸緊扣其生命的走向，也造就文學創作的情感來源。進一步來說，清照思鄉或今昔迥異之作內有深重無力之情，是因為其飄零南方下，渡過種種逆境困難後，希望能回到從前美好日子，但現實的殘酷讓她的內心飽含苦痛，進而把這般心情傳遞在詞作中。儘管作品無法一一與現實遭遇作對照，但是從詞作的題旨與情感來看，這些境遇都影響了李清照的創作，也揭示出其漂泊南方，歷經艱辛的傷感。

（三）孀居生活下的孤獨感

　　紹興四年（1134）十月，李清照避兵金華（今浙江省金華市），〈打馬圖序〉云：

〔註77〕　姜漢椿，姜漢森注譯：《新譯李清照集》（臺北，三民書局，2011 年），頁 93。

今年冬十月朔，聞淮上警報，江、浙之人，自東走西，自南
走北；居山林者謀入城市，居城市者謀入山林，旁午絡繹，
莫不失所。易安居士亦自臨安泝流，涉嚴灘之險，抵金華，
卜居陳氏第。〔註78〕

為避開兵亂，清照也隨著避難的民眾，自臨安避兵到金華。此後清照的
蹤跡雖無史料紀錄，不過因為宋高宗定都臨安之故，所以其就此定居
於江南一帶是可以肯定的。而此時期的清照因為已歷經風霜，所以作
品展現出了孤苦懷鄉、悲痛國破家亡、思念丈夫、嘆年華消逝等題旨。
這些主題在詞作內更加聚焦的情感，在於李清照孀居生活下的孤獨感。
明誠的離世，讓其生活無所依靠，也讓創作步入悲涼沉鬱的風格，同樣
的將情感推向孤單寂寞的方向。

最能夠代表的展現清照孤獨感的詞作，就是〈武陵春〉以及〈聲
聲慢〉。這兩首詞表達的都是詞人在經歷國破家亡、顛沛流離後，居於
南方時，哀痛悲涼的情懷，不過就詞意來說，兩首詞呈現出的心境及情
感仍是有所不同的。〔註79〕〈武陵春〉中，清照所吐露的心聲，是她
對獨自南渡以來，種種物是人非的哀慟：

風住塵香花已盡，日晚倦梳頭。物是人非事事休，欲語淚先
流。　　聞說雙溪春尚好，也擬泛輕舟。只恐雙溪舴艋舟，
載不動許多愁。〔註80〕

詞人在詞意中流露出深深的無力感，呼應著她內心鬱結，愁情滿懷的
狀態。「風住塵香花已盡，日晚倦梳頭」花朵隨著風的摧殘落入塵土中，
但是在空氣、土壤裡卻可以聞到花的香氣，晚起的詞人看到這副景象
內心對殘花心生憐憫，也想起自身的坎坷的處境。詞人在此處不僅以

〔註78〕　王學初校注：《李清照集校注》，頁 160。
〔註79〕　郭曉菁著：〈南渡詞人李清照──其詞作及詞學研究〉，頁 55。
〔註80〕　王學初校注：《李清照集校注》，頁 61。此首詞應作於紹興五年（1135）
　　　　三月暮春。李清照於紹興四年（1134）十月移居金華，故此首詞或於
　　　　隔年暮春三月所作。據何廣棪著：《李易安集繫年校箋》之繫年。

暮春、花殘的情景說明自己的生活，在「日晚倦梳頭」一句裡，更從女性的行動舉止，點出內心有著許多心事，以至於對梳頭、裝扮等事，無所心思。接著詞人說出心情不佳的原因，「物是人非事事休，欲語淚先流」國破家亡、離亂喪夫、所遇非人，「休」字則表達出其所有的不如意。然而，想到這些殘酷的遭遇，在對他人訴說之前，淚水就已奪眶而出了。上片至此，詞人處處描寫的都是她對物是人非的痛楚，並流露出內心的脆弱傷感。

　　下片詞，呈現出詞人欲振作精神，但是心中過多的愁苦始終縈繞不止。「只恐雙溪舴艋舟，載不動許多愁」詞人想要藉由春遊，泛輕舟散心，不過一路以來心理所承受的壓力，形成難以撫平的傷痕，小船輕舟大概是無法乘載巨人的愁緒。從輕舟與深愁的對比，清照表達出南渡歷程的辛酸，也更加具體的說明其自明誠逝世後，獨自一人生活的無助與窘困。

　　如果說〈武陵春〉傾訴的是清照的南渡時，遭遇他人非議、家暴、文物失竊等事件下的屈辱沉痛。那麼〈聲聲慢〉則是表達出其流寓南方後，面對孤獨這件事所採取的態度：

> 尋尋覓覓，冷冷清清，悽悽慘慘戚戚。乍暖還寒時候，最難將息。三盃兩盞淡酒，怎敵他、晚來風急。雁過也，正傷心，卻是舊時相識。　　　滿地黃花堆積，憔悴損，如今有誰堪摘？守著窗兒，獨自怎生得黑。梧桐更兼細雨，到黃昏、點點滴滴。這次第，怎一個、愁字了得！〔註81〕

如何與孤獨相處？是清照晚年孀居時的重要課題。對李清照而言，宋室南渡改變其後半生的生活，那麼，趙明誠的死就是在南渡的衝擊之上，更加難以承受的巨慟。由此開始，孤單無所不在，滲入她的內心也

〔註81〕　王學初校注：《李清照集校注》，頁64。此首詞為李清照南渡後晚年所作。張端義《貴耳集》卷上以為清照南渡後所作。王仲聞《李清照事跡作品雜考》云：「案此詞依其內容所表達之思想感情推之，必晚年所作，《貴耳集》所云，當得其實。」

瀰漫在她的生活裡。而從這首詞的開頭「尋尋覓覓，冷冷清清，悽悽慘慘戚戚」就揭示了詞人的情感與生活。

「尋尋覓覓」不只是在周遭環境裡尋找依靠，筆者認為李清照內心的想法或許更為接近的是，尋覓與孤獨共存的平衡點。而這樣的行動其實呼應了下片詞中寫道「守著窗兒，獨自怎生得黑」詞人待在窗戶旁，即便認為自己無法獨自面對夜晚的黑暗寂寥，但是她還是試圖調適自己的心情。也就是說，清照面對孤獨的存在是積極應對的，但是從孤獨感延伸出的悲痛心緒，遠勝於戰勝孤單的決心。

而「冷冷清清」一句，傳達出詞人看到黃昏時，秋風蕭瑟、鴻雁飛遠、黃花堆積在地面，所有生機都已黯淡時的淒涼景象。下片「梧桐更兼細雨，到黃昏、點點滴滴」以梧桐烘托出只有雨聲的情景。傍晚時分，雨落下的聲音有無限的蕭瑟淒冷的效果，並帶出詞人心中那份強烈的思念，表現出詞人孀居生活時的種種情況。最後「悽悽慘慘戚戚」一句，呼應了「這次第，怎一個、愁字了得！」直白的說出詞人的愁情，既提出情感狀態，更強調了揮之不去愁情所引起的哀慟，將孤獨感呈現的更加具體。從〈武陵春〉以及〈聲聲慢〉中，可以看到清照孀居時沉重、悲痛的孤獨情懷。由此可知，李清照的孤獨痛苦，是其經過困境磨難後，深知生活已不復從前美好，又無人相互傾訴悲傷時的心情感受。

（四）憂國憂心的感慨

清照的創作在詞作中表達物是人非、身世飄零、思鄉懷遠的情感，也在詩文內針砭時事，發表感想意見，而從中能感受其到憂國憂心的感慨。而在討論國愁感懷之前，我們可以看到清照在提出公眾意見或是關心國事時通常不會利用「詞」的文學體裁表現，而是通過「詩文」形式吐露心聲。這樣壁壘分明的作法，其實與其自身提出「詞別是一家」的論點有關係。在〈詞論〉一文裡，清照對「詞」這一體裁給予了明確的定義：

逮至本朝，禮樂文武大備。又涵養百餘年，始有柳屯田永者，
變舊聲作新聲，出樂章集，大得聲稱於世。雖協音律，而詞
語塵下。又有張子野、宋子京兄弟、沈唐、元絳、晁次膺輩
繼出，雖時時有妙語，而破碎何足名家。至晏元獻、歐陽永
叔、蘇子瞻，學際天人，作為小歌詞，直如酌蠡水於大海，
然皆句讀不葺之詩爾。又往往不協音律者何耶？蓋詩文分平
仄，而歌詞分五音，又分五聲，又分六律，又分清濁輕重。
且如近世所謂聲聲慢、雨中花、喜遷鶯，既押平聲韻，又押
入聲韻；玉樓春本押平聲韻，又押上去聲韻，又押入聲。本
押從聲韻，如押上聲則協，如押入聲，則不可歌矣。王介甫、
曾子固，文章似西漢，若作一小歌詞，則人必絕倒，不可讀
也。乃知別是一家，知之者少。後晏叔原、賀方回、秦少游、
黃魯直出，始能知之。又晏苦無鋪敘；賀苦少典重；秦則專
工情致，而少故實，譬如貧家美女，雖極妍麗豐逸，而終乏
富貴態；黃即尚故實，而多疵病，譬如良玉有瑕，價自減半
矣。〔註82〕

李清照認為詞不同於詩，詞要具備高雅、渾成、協樂、典重、鋪敘、
故實這些特點，才能稱得上是一首好詞。〔註83〕所以她分別點出柳
永詞雅俗不分、張子野、宋子京兄弟、沈唐、元絳、晁次膺等人雖有
特色的詞句，但過於破碎，無法一氣呵成；晏元獻、歐陽永叔、蘇子
瞻等的詞猶如不分句讀的詩，也不諧音律。這些瑕疵是李清照認為前
人填詞時的缺項，也是需要去改正的地方。因此提出了詞「別是一家」
的論述，對寫詩跟填詞的創作規則提出意見：「蓋詩文分平仄，而歌
詞分五音，又分五聲，又分六律，又分清濁輕重。」由此可以知道在
清照的觀念中，作詩的規矩需要以平仄為鋪陳敘事的要點，而填詞之
事是需要配合聲律以建構詞的基本形式。在這之中就能了解「詩」與

〔註82〕　王學初校注：《李清照集校注》，頁 194～195。
〔註83〕　姜漢森、姜漢椿注譯：《新譯李清照集》，頁 171。

「詞」的形式需求有所不同，所以「詞」應該是另一種文體的展現，需另當別論。

體裁不同也會體現在創作內容的差異，如文中提到「王介甫、曾子固，文章似西漢，若作一小歌詞，則人必絕倒，不可讀也。」王安石、曾鞏兩人的文章有西漢時的風格，但若要將文章內容、基調填入詞中，則無法還原作者的本意，也會失去了文章應有的色彩。換言之，「詩文」言志並且與藝術形式相應之下，呈現出的是社會政治性的內容，而「詞」言情，關注的是個人內在的情感流動，用詞遣字必須符合音樂、聲律，在此基礎上，詞表現出的是人們共感的內容。因此李清照所寫的詩、詞在內容上是有所區別的。

那麼，明白這項差異之後，可以理解清照整體作品內容的方向，也能知悉詩作的書寫指標是聚焦在國家社會的議題上。而關於李清照憂國憂心的感慨，其實在其南渡前、後都有在詩文中表達，只是前期與後期的情感，受到不同時空、境遇的影響，傳達出的情志是有所差異的。前期的情懷是知識份子對社會時事的評議感受，後期則是家國遭逢巨變後的憂愁沉痛。從前後期的差異可知，李清照在靖康之變後，憂國憂心的情感內涵。

南渡之前，年少的李清照因為父親李格非，而深受傳統儒家知識份子精神的影響，又因自身樸實、直率地個性，在詩作〈浯溪中興頌詩和張文潛〉二首中，即闡發了她對當時北宋朝臣間，黨爭傾軋的憂慮，由此能夠看到她訴說了內心憂國憂時的士大夫情懷。此時期呈現的情懷是單純為國家內政的混亂而感到擔憂。

而南渡之後，李清照面對國破家亡的局面，詩作內的題旨一樣是關心國家大事，但是情感上則是飽含著長年戰亂下的飄零感受，以及國家受辱的感慨之情。紹興三年（1133）李清照有〈上樞密韓公工部尚書胡公〉詩，其在并序中說：

> 紹興癸丑五月，樞密韓公、工部尚書胡公使虜，通兩宮也。
>
> 有易安室者，父祖皆出韓公門下。今家淪替，子姓寒微，不

敢望公之車塵。又貧病，但神明未衰落。見此大號令，不能
忘言。作古、律詩各一章，以寄區區之意，以待採詩者云。
〔註84〕

序言裡可看到清照即使家道中落，仍關切著朝廷局勢的變化，從中可
看出其傲然向上骨氣。這份精神促使清照作詩寫文，傳遞內心的感慨
之情。而〈上樞密韓公工部尚書胡公〉一詩，在正文中共分古詩、律詩
兩部分。首先古詩部分是以三首組詩組成，內容上寫出了她對即將前
往北方與金人議和的韓肖胄、胡松年的感佩之情，以及悲痛著國家受
到侵辱，無望回鄉、飄零痛苦的感受。第一首古詩前半段表達的是韓肖
胄、胡松年出使的緣由：

> 三年夏六月，天子視朝久。凝旒望南雲，垂衣思北狩。
> 如聞帝若曰，岳牧與群後。賢寧無半千，運已遇陽九。
> 勿勒燕然銘，勿種金城柳。豈無純孝臣，識此霜露悲。
> 何必羹捨肉，使可車載脂。土地非所惜，玉帛如塵泥。
> 誰當可將命，幣厚辭益卑。四岳僉曰俞，臣下帝所知。
> 中朝第一人，春官有昌黎。身為百夫特，行足萬人師。
> 嘉祐與建中，為政有皋夔。匈奴畏王商，吐蕃尊子儀。
> 夷狄已破膽，將命公所宜。公拜手稽首，受命白玉墀。
> 曰臣敢辭難，此亦何等時！家人安足謀，妻子不必辭。
> 願奉天地靈，願奉宗廟威。徑持紫泥詔，直入黃龍城。
> 單于定稽顙，侍子當來迎。仁君方恃信，狂生休請纓。
> 或取犬馬血，與結天日盟。〔註85〕

「天子視朝久。凝旒望南雲，垂衣思北狩。如聞帝若曰，岳牧與群後。賢
寧無半千，運已遇陽九」南宋朝廷南渡已久，高宗思念徽、欽二帝，卻無
賢臣能出策，國家的運氣衰敗，反攻的機會已無，只有和談才能長久。
後半段「中朝第一人，春官有昌黎。身為百夫特，行足萬人師」則是盛讚

〔註84〕　王學初校注：《李清照集校注》，頁109。
〔註85〕　王學初校注：《李清照集校注》，頁109～110。

韓肖冑的能力、氣魄。「公拜手稽首,受命白玉墀。曰臣敢辭難,此亦何等時!家人安足謀,妻子不必辭。願奉天地靈,願奉宗廟威。徑持紫泥詔,直入黃龍城。」清照望其能無所顧慮,為國家與金人締結和平。

　　第二首古詩是推崇胡松年在險惡不定的局勢下,協助韓肖冑出使金國。此中亦寫出了李清照認為金人性虎狼,所以談和途中仍須謹慎應對,並佩服胡松年勇往直前的精神:

> 胡公清德人所難,謀同德協必志安。脫衣已被漢恩暖,離歌
> 不道易水寒。
> 皇天久陰后土溼,雨勢未回風勢急。車聲轔轔馬蕭蕭,壯士
> 懦夫俱感泣。
> 閭閻嫠婦亦何知,瀝血投書干記室。夷虜從來性虎狼,不虞
> 預備庸何傷。
> 衷甲昔時聞楚幕,乘城前日記平涼。葵丘踐土非荒城,勿輕
> 談士棄儒生。
> 露布詞成馬猶倚,崤函關出雞未鳴。〔註86〕

「胡公清德人所難,謀同德協必志安」傳達其感佩胡松年的行動,並認為他能夠幫助出使團順利完成任務。「夷虜從來性虎狼,不虞預備庸何傷。衷甲昔時聞楚幕,乘城前日記平涼」清照提醒兩人須慎防金人的詭計。最後「露布詞成馬猶倚,崤函關出雞未鳴」則是語氣一轉,祝願出使成功順利回國。

　　第三首古詩則是旨在表達詩人期待議和的同時,吐露出物是人非、蕭索淒涼的感慨。尤其在詩的末段深刻地寫出了從前父祖先輩縱談國是、義氣煥發的模樣,而今自己在南方無所依靠,飄零在如此現實殘酷的境遇下,內心鬱積著悲傷沉痛的心情:

> 巧匠何曾棄樗櫟,芻蕘之言或有益。不乞隋珠與和璧,只乞
> 鄉關新信息。

〔註86〕　王學初校注:《李清照集校注》,頁110。

靈光雖在應蕭蕭，草中翁仲今何若。遺氓豈尚種桑麻，殘虜
如聞保城郭。

嫠家父祖生齊魯，位下名高人比數。當年稷下縱談時，猶記
人揮汗成雨。子孫南渡今幾年，飄流遂與流人伍。欲將血淚
寄山河，去灑東山一坯土。〔註87〕

「不乞隋珠與和璧，只乞鄉關新信息。靈光雖在應蕭蕭，草中翁仲今何
若？」比起和議的消息，作者更加掛念的是故國廟堂、家鄉土地。為了
躲避金人，受到的痛苦，使其感到萬般無奈，昔日宮殿墓前的石像又在
何方？「嫠家父祖生齊魯，位下名高人比數。當年稷下縱談時，猶記人
揮汗成雨。」遙想著昔日父祖談論學識的樣子，又想起人們揮汗如雨鋤
禾種物的模樣，心中感慨油然而生。最後「子孫南渡今幾年，飄流遂與
流人伍。欲將血淚寄山河，去灑東山一坯土。」清楚地說出清照在南渡
歲月裡，飽嚐異鄉人的苦楚。漫長的時光中，看著國家動亂，百姓人民
流寓他鄉的悲痛無助，而她只能將這份情感寄託在山河，悼念親族。

　　從這組古詩中，可以看到清照循序漸進的對重大事件提出意見與
感想，並含著深摯的感懷。詩作起承轉合間，都緊扣著國愁憂慮，讓人
感受到其關心國情、思索鮮明的樣子。

　　其次，接續著古詩的內容，在律詩的寫作重點上，李清照則是把
焦點集中放在韓、胡二人出使經過中原時受到人民的歡迎，以及談和
議平才是制止戰亂之計：

想見皇華過二京，壺漿夾道萬人迎。連昌宮裏桃應在，華萼
樓前鵑定驚。

但說帝心憐赤子，須知天意念蒼生。聖君大信明如日，長亂
何須在屢盟。〔註88〕

「想見皇華過二京，壺漿夾道萬人迎」作者這兩句中寫出想像中出使
團受中原百姓的夾道歡迎。而其言外之意是，能與金人談和的話，那麼

〔註87〕　王學初校注：《李清照集校注》，頁110～111。
〔註88〕　王學初校注：《李清照集校注》，頁118。

百姓也能從動亂中解脫，不用被兩軍對峙下的戰火波及。接著「但說帝心憐赤子，須知天意念蒼生」則是明確的肯定了朝廷議和的政策。在當時烽火連天的環境下，縱使想要反攻也會造成更多的傷害，所以最後「長亂何須在屢盟」句引用了《詩經·小雅》:「君子屢盟，亂是用長。」〔註89〕意指結盟和議並不會助長禍亂，而與金人協議之事是能夠解決長年兵亂苦難的問題。作者在此說出了國家劇變下，時人會有的想法與心情，也表達了現實環境的殘酷。

連年的戰爭讓人民受苦，也內耗國本，所以在〈上樞密韓公工部尚書胡公〉中，李清照看到如此的情景，也希望出使團能順利與金國談和，讓人民有喘息生活的空間。這樣的想法是歷史時空下，時人遭遇戰亂困境時理所當然會產生的，但是清照真實的心聲卻是希望朝廷能北渡，收復國土，回到家鄉。而這般期望，則寄託在其為博戲所寫的賦文裡。紹興四年（1134）清照避金兵，在金華，居陳氏居，為了排解鬱悶，因而寫作博戲相關的文章。「打馬」為其當時喜愛的一項博戲，由此係作《打馬圖經》，而當中的〈打馬賦〉撰寫著人們在博弈時會作的事以及心理活動，生動的說明了博戲間會發生的狀況。文中除了對遊戲深刻描寫外，更傳遞著正面迎戰的決心:

> 平生不負，遂成劍閣之師；別墅未輸，已破淮淝之賊。今日
> 豈無元子，明時不乏安石。又何必陶長沙博局之投，正當師
> 袁彥道布帽之擲也。〔註90〕

這段文字其實是在敘述打馬過程不僅僅是在遊戲，每個選擇都關乎著人的態度。博弈本來就有輸有贏，重要的是對待輸贏能夠從容，而在遊戲裡能夠掌握先機、記取教訓、不輕易放棄就能贏得勝利。「劍閣之師」典出《世說新語·識鑒》載桓溫伐蜀時的故事。桓溫伐蜀並不被時人看好，但是劉伊卻認為桓溫會成功，原因是劉伊看到桓溫在博弈之時，未

〔註89〕 《詩經·小雅·巧言》收錄於清·阮元校勘:《十三經注疏四一六卷，附校勘記》（臺北:藝文印書館，1979 年），頁 423～424。
〔註90〕 王學初校注:《李清照集校注》，頁 150～151。

有緊張之感，反而有勝券在握的信心。〔註91〕「別墅未輸，已破淮淝之賊」是以謝安與符堅戰於淮淝之役，表達臨危不亂、一舉奪勝的堅定。〔註92〕從這兩個典故可以了解李清照從博戲時的應該有態度，認為朝廷應不畏恐懼，揮師北上，展現打敗敵人的決心。因而在後兩句「又何必陶長沙博局之投，正當師袁彥道布帽之擲也」說明博戲無法控制人心，能控制人心的只有自己，所以陶侃怒投博具實在沒有必要，還不如袁彥道韜光養晦。

　　〈打馬賦〉中李清照表達著迎戰決心，也展現她欲恢復中原的願望：

> 辭曰：佛狸定見卯年死，貴賤紛紛尚流徙。滿眼驊騮雜驥騄駬，時危安得真致此。老矣誰能志千里，但願相將過淮水。
> 〔註93〕

「佛狸定見卯年死，貴賤紛紛尚流徙。滿眼驊騮雜驥騄駬，時危安得真致此？」「佛狸」在宋代指代為金人，作者以想像的方式，提出金人最後一定會被我們擊敗，縱使現在人民紛紛流離失所，戰馬奔騰，但危急的局勢並不會一直持續。此處反映了作者發自內心的認為局勢並沒有那麼險峻，只要皇帝有心就能夠整裝北上，恢復中原。「老矣誰能志千里」清照言即自己年紀已大，縱使有心又有誰能一同懷有這般情志呢？最後一句「但願相將過淮水」真摯且誠懇寫出其老驥伏櫪的心情。

　　憂國憂心的感慨在李清照的創作中無論何時都一直存在，只是在南渡前、後的經歷下，有著不同的情感意涵。南渡前的情感內涵是屬於對國家內政混亂下的焦慮，南渡後則是國仇家恨下的悲痛之

〔註91〕　南朝宋・劉義慶著；余嘉錫箋疏：《世說新語箋疏》（臺北：華正書局，1991年），頁401。

〔註92〕　唐・房玄齡撰：《新校本晉書》（臺北：鼎文書局，1979年），卷79，頁2075。

〔註93〕　王學初校注：《李清照集校注》，頁151。

情。清照在詩文當中，表達其對談和官員的佩服之情，更重要的是傳達了恢復中原、回歸故土的情志，同時亦呈現其喪夫後詩作、文章的面貌。

　　李清照的創作在歷經飄零孤苦、坎坷不幸的遭遇後，呈現出上述四個部分的內容。從面對丈夫離世後作品中的哀痛無助，到漂泊南方時詞作流露出的鄉愁與今昔迥異的傷感，再到晚年孀居生活下，詞情內濃厚沉重的孤獨情懷，最後則是在詩文內抒發了強烈的國愁之感。綜上所述，透過這些喪夫後的經歷，可了解李清照欲傳達創作內容及情感，藉此也凸顯了趙明誠對其文學創作的影響性。

第三節　喪夫前、後創作內容的差異

　　每個創作的背後，都有著作者想表達的情感，而情感的程度及性質會凸顯出不同的創作涵義。南渡之後，喪夫之事劇烈影響李清照的情感，進而轉變其作品風格，造成創作內容的差異。從情感活動來看，造成一個人身心靈劇變的原因有很多。吳惠娟在〈淺論唐宋詞表達的情感層次〉一文中認為：

> 情感活動受生存環境、個人心理的制約，每一個人都有不同
> 內涵的情結，此情結既是情感活動的結果，也是情感活動指
> 向的根源。這就導致了詞人各自製作的表現情感層次的差異
> 了。〔註94〕

「宋室南渡」被認為是李清照情感、作品變動的轉折點，但是此認知並未能深刻的印證李清照南渡後的情感活動。筆者認為南渡事件只是情感轉變的原因，趙明誠去世才是其情感波動的核心，原因在於情感表現的程度還有性質，並不會是單一的狀態，也就是說，建炎元年（1127）之後，李清照的情感活動因「喪夫」而有層次差異。不管是

〔註94〕　吳惠娟：〈淺論唐宋詞表達的情感層次〉　《宋代文學研究叢刊》第 3
　　　　　期，1997 年 9 月，頁 415～423。

喪夫前還是喪夫後，李清照都帶有正面及負面的情感，差別在於這兩種情感表現出的性質和程度，基於「丈夫存世與否」而有所區別。

首先，就性質來說，李清照喪夫前表現出的是平和內斂的感情，喪夫後則是流露沉重鬱結的心緒。其次，在程度方面，其情感是由低至高、由淺至深的表現。從這兩方面可看出李清照因喪夫，所表現出的情感層次。另外，雖然清照因為「喪夫」的緣故，南渡後情感有層次上的變化，不過廣泛來說其心緒確實因為國家遭外敵入侵、遠渡南方，而轉向低沉、悲涼的感受，所以本節將以此為基礎，剖析李清照喪夫前、後的情感活動的脈絡，梳理情感程度的不同，了解層次變化，以闡釋創作內容的差異。

情感體現出人在各種情況下的反應，呈現了生活環境及周遭事物上的變化。而李清照南渡後表現出情感活動，因「喪夫」而有不同的發展。喪夫之前，李清照的情感是較樂觀、積極的表現，她認為人生不管遭遇到什麼樣的境況，都是可以重新再出發。〔註95〕從清照當下的生活環境或情感交流來看，其仍有餘裕欣賞南方景緻，調適南來後內心的焦慮不安。周暉《清波雜誌》載其在建康城（江寧）時，冒著大雪，頂笠披簑，遊覽著城裡的風光，遠觀城外景致，以尋找寫詩的靈感，甚至回家後又要和明誠相互切磋一番。從此事可以知道清照與丈夫初至南方是過著有品質且自適的生活。而這也讓其鬱悶的情緒有宣洩的出口，把情緒調整在平和穩定的狀態。

《詞的審美特性》一書提到：「宋人求得心境的穩定，不是通過對外在佔有的途徑，而是力求以內在的心理調節，處理人世間的糾紛、爭端。」〔註96〕由南渡之事來看，李清照情感是進入低沉傷感的表現，不過她藉由家人的共處、生活的情趣，將這樣的情感昇華成平和積極的面貌。〈臨江仙〉（庭院深深深幾許）一詞，在整體感受上傳達出詞人

〔註95〕　吳美真：《李清照詞作情感嬗變與藝術特質》（新竹：玄奘大學中國語文學系碩士在職專班碩士論文，2009 年），頁 45。

〔註96〕　孫立著：《詞的審美特性》（臺北：文津出版社，1995 年），頁 61。

的消極、無力，但是對照著當時的遭遇和周圍的人事物則是能體認到
清照安然正面的情感：

> 庭院深深深幾許？雲窗霧閣常扃，柳梢梅萼漸分明。春歸秣
> 陵樹，人客建安城。　　感月吟風多少事，如今老去無成。
> 誰憐憔悴更凋零，試燈無意思，踏雪沒心情。〔註97〕

此首詞藉著季節、物向的轉變，傳達客居南方的感受，但是仔細得推敲
詞作內容，能看到詞人欲重振精神、積極生活的面貌。上片「庭院深深
深幾許？雲窗霧閣常扃。柳梢梅萼漸分明」從庭院建築，製造出了沉重
的氛圍，接著「春歸秣陵樹，人客建安城」則是說出了詞人年華流逝，
客居他鄉的遺憾。詞情至此，可以看到情感趨向淒涼的感受。

　　然而，下片處詞人則從消極無奈的感受，反應出其積極努力的情
感活動。「感月吟風多少事，如今老去無成」中「老去」一詞，所代表
的意涵不僅是年紀，而是一種心有餘而力不足的情感描述。宋人對人
生挫折或改變的反省，經常會在宋詞中以「老」、「白髮」等詞嗟嘆，只
要詞人在現實人生的苦難中無法解脫，對個體生命形式及人生價值實
現有較為清醒的識解，此種「嘆老」意識就會不自主地宣洩出。〔註98〕
也就是說，李清照在現實世界承受無力、淒涼的情感無法消彌，所以其
藉由「老去」之詞為自己難以排解的憂慮找到解脫的方式。筆者認為從
另一角度來看，這樣的情感表現除了有反省解脫的意味，也同樣說明
了詞人曾經努力的想要振作心情，調整思緒，好好生活。

　　因為在「誰憐憔悴更凋零，試燈無意思，踏雪沒心情」等句中，
詞人試圖透過「試燈」、「踏雪」來轉換憂思國愁的心情。在情感的活動
上，這兩句說出了詞人因為國家動盪無心賞景遊憩，也表達了轉換低
落情緒的行動。儘管詞句內容與前述提到李清照踏雪尋詩之事有出入，
但是我們正是能由憂慮惆悵的舉動，說明她在當時仍有著閒適優游的
時光，內心懷有悠閒平和的情感。而此事傳達出李清照的情感活動不

〔註97〕　王學初校注：《李清照集校註》，頁32～33。
〔註98〕　孫立著：《詞的審美特性》，頁90～91。

只是孤寂無力的表現，還有勇敢積極的成分在其中，並增添了清醒、堅毅的意涵。

　　進一步來說，儘管時局環境導致清照的內心孤單鬱悶，但是其低沉的情感並未一直是哀痛悲苦的樣子，反而是傳達出內斂平和的表現，從下面詞句可以看到其情感活動：

　　　不如隨分尊前醉，莫負東籬菊蕊黃。〔註99〕〈鷓鴣天〉

　　　春意看花難，西風留舊寒。〔註100〕〈菩薩蠻〉

　　　更挼殘蕊，更燃餘香，更得些時。〔註101〕〈訴衷情〉

　　　莫恨香消雪減，需信道、掃跡情留。〔註102〕〈滿庭芳〉

上述詞句，能看到詞人的情感被思念家鄉的孤寂、時局動亂的無奈佔據著，但是其卻仍藉由飲酒、賞花、挼花蕊等行為，調適心緒，對抗這些折磨著自己的情感。尤其「莫恨香消雪減，需信道、掃跡情留」揭示了詞人的情感活動並不過分的受外在的束縛，反而滿懷自適積極的力量。面對花香、白雪的消逝不要感到遺憾，因為即使物象消失了，其中存在精神情感依舊會留下足跡，被大家尊崇景仰。

　　筆者認為李清照寫出了這樣的詞句，就代表著她不會讓心情一直陷入悲情感傷之中，因為她相信國家的動盪是一時的，而往日悠閒美好的生活會再次到來。由此可發現李清照的內心縱使有國愁憂慮，但心緒是處於消沉卻不失堅強的狀態。換言之，她能適時轉換心情，接觸外界事物，表達生活的樂趣，而不是一昧的懷著憂傷愁思的情感。從李清照喪夫前的情感活動，能看到周遭人事、生活環境，對其情感表現的影響。丈夫的陪伴、親族共聚還有居處地安穩，都讓李清照在感慨憂慮之外，還有積極樂觀的情感表現。然而，李清照喪夫之前的情感活動隨著明誠離世的關係，而有了不同的表現。

〔註99〕　王學初校注：《李清照集校註》，頁30。

〔註100〕　王學初校注：《李清照集校註》，頁14。

〔註101〕　王學初校注：《李清照集校註》，頁40。

〔註102〕　王學初校注：《李清照集校註》，頁43。

　　喪夫後，李清照的情感活動有兩種狀況，一是國破家亡、身世飄零下的沉鬱哀痛，二是追尋理想，高揚健舉的精神。筆者認為從明誠去世到清照晚年離世將近二十七年的時間裡，李清照流露出的情感不僅僅是國愁哀痛、喪夫孤獨、境遇坎坷悽涼而已，追求夢想自由，開展未來，突破逆境、更上層樓的生命情懷也是其不可忽略的情感表現。而透過「喪夫之事」可體現這兩種不同面向的情懷，了解李清照的情感活動。

　　首先，李清照面對國破家亡、身世飄零的情形，可從詞作看到其淒涼孤苦、抑鬱無助的情感表現：

　　　涼生枕簟淚痕滋，起解羅衣，聊問夜何其？〔註103〕〈南歌子〉

　　　物事人非事事休，欲語淚先流。〔註104〕〈武陵春〉

　　　如今憔悴，風鬟霜鬢，怕見夜間出去。不如向，簾兒底下，聽人笑語。〔註105〕〈永遇樂〉

　　　尋尋覓覓，冷冷清清，悽悽慘慘戚戚。〔註106〕〈聲聲慢〉

丈夫離世後，李清照的內心最為強烈的感受就是孤獨。這種孤獨感不是南渡前丈夫不在的寂寞，也不是初至南方時想念故鄉的無助，而是時局動盪的孤獨、是悼念故人的孤獨、是沒有人一起指責他人安逸現實的孤獨、是被現況擊敗的孤獨。「涼生枕簟淚痕滋」、「欲語淚先流」將一個人面臨危難境地時的情感表露而出。「不如向，簾兒底下，聽人笑語」則是展現詞人面對偏安局面，心理感到不快又無可奈何的情感表現。「尋尋覓覓，冷冷清清，悽悽慘慘戚戚」刻畫出李清照孑然一身的滄桑苦痛。這些傷感沉痛的詞句，代表著清照喪夫之後，遭逢種種不幸時，發自內心的悲痛感慨。雖然悲慘的遭遇會伴隨憂鬱的感受，但是在李清照的身上卻引發出積極勇敢的情感表現。

〔註103〕　王學初校注：《李清照集校註》，頁3。
〔註104〕　王學初校注：《李清照集校註》，頁61。
〔註105〕　王學初校注：《李清照集校註》，頁53。
〔註106〕　王學初校注：《李清照集校註》，頁64。

　　有些情感需要經歷大起大落，才能夠被感受與傳達。沉重的境遇，伴隨著深化的情感，開展出不同層次的情感表現。所謂深化的情感指的是較為深層的人生體驗，它關涉到一些宇宙性的問題，是人對自身的生存境況的感悟，其審美效應主要體現為超越，超越自身和部分侷限，落實到對人、生命、自然、宇宙的靜觀。〔註107〕而清照的人生在丈夫死後進入最為悲慘坎坷的歷程，但是他也在黯淡歲月中展現出健舉飛揚的情感。由〈漁家傲〉（天接雲濤連曉霧）一詞，可感受到清照高遠開闊的深化情感：

　　　　天接雲濤連曉霧，星河欲轉千帆舞。彷彿夢魂歸帝所，聞天語，殷勤問我歸何處。　　　我報路長嗟日暮，學詩謾有驚人句。九萬里風鵬正舉。風休住，蓬舟吹取三山去。〔註108〕

整首詞構思出的意境和情感呈現了李清照晚年時刻，內心追尋向上飛遠的精神，當中也表達其欲超越任何苦難的情意。上片開頭「接」、「連」兩字把天空、雲霧翻騰的景像生動的描繪出來，天亮之際，星河快速變動的現象就像舞動的帆船一樣動人。「彷彿夢魂歸帝所，聞天語，殷勤問我歸何處」意旨詞人彷彿到了天帝的居所，感受到仙人飛遠飄渺、自由自在的精神，在這裡詞人藉著與上天的問答，表達自己仍有著理想希望。

　　接著，下片處詞人先寫追求理想遭遇的阻礙，再由此提出自己無畏無懼，奮發向上的心情。「我報路長嗟日暮」一句語典屈原《楚辭‧離騷》中「路漫漫其休遠兮，吾將上下而求索」〔註109〕、「欲少留此靈瑣兮，日忽忽其將暮」〔註110〕表達了詞人長路追尋下已屆日暮之年的感嘆。「學詩謾有驚人句」則是詞人善於寫詩創作，但這項專長到了遲暮之年也只是徒有之事，無法改變國破家亡、遭遇災禍的事實。從這兩

〔註107〕吳惠娟撰：〈淺論唐宋詞表達的情感層次〉，《宋代文學研究叢刊》第3期，1997年9月，頁415～423。
〔註108〕王學初校注：《李清照集校註》，頁6。
〔註109〕宋‧洪興祖著：《楚辭補注》（臺北：大安出版社，1995年），頁37。
〔註110〕宋‧洪興祖著：《楚辭補注》，頁36。

句中可以看到李清照的人生遭逢生離死別、國仇家恨後的辛酸，但是
其後她不讓自己繼續悲觀絕望，而是自我提振精神，超越悲傷憂愁，追
求高遠的信念意志。「九萬里風鵬正舉」一句，典出《莊子》〈逍遙遊〉：
「有鳥焉，其名為鵬。背若泰山，翼若垂天之雲。搏扶搖羊角而上者九
萬里。」〔註111〕鵬鳥凌風高飛的樣子揭示了清照追尋理想自由的內心，
而其對夢想的堅持與「風休住，蓬舟吹取三山去」之意有所呼應，象喻
詞人展現意志，追尋的高飛嚮往之精神。〔註112〕縱使李清照喪夫後人
生經歷艱辛，情感因此悲痛哀愁，但是其在苦難之後，仍有老驥伏櫪的
精神，冀望自己能以有限的年光，實踐遙遠的理想。由此而言，李清照
深化的情感，就是將所有淒涼辛酸的感受化為勇敢積極力量，實現夢
想，關心國家社會的苦難，證明自己人生價值的意義。這般豪放開闊的
情感表現，印證了李清照喪夫後不只有悲傷痛苦，還有積極向上的情
感活動。

　　李清照的情感活動深植在遭遇變故的現實裡，從中能看到國家動
亂下的樂觀積極，還能體會愁鬱悲境中的辛酸苦痛，更可以看到超脫
愁鬱的理想情懷。這些情感活動代表著，李清照南渡之後因丈夫的離
世，而有不同程度的情感表現。由前述可知，李清照南渡後的情感表現
有「正面情感」也有「負面情感」。所謂的「正面」是指清照展現出的
樂觀積極、勇敢無懼的情感，「負面」指的是其深沉淒涼、哀痛鬱結的
心情。情感的表現以「正面情感」、「負面情感」作界定，雖有籠統之
感，但是在此界定中能夠清楚地看出，南來後李清照受到「喪夫」的影
響，「正面情感」及「負面情感」各有程度上的變化。而這兩樣情感，
可依性質來區別程度。

　　首先，在「正面情感」的部分，李清照喪夫前，表現出的正面情
感是平實樂觀的性質，喪夫後則是高遠健舉的性質。從平實樂觀到高

〔註111〕陳鼓應註譯：《莊子今註今譯》（臺北：臺灣商務印書館，2011年），
　　　　頁13。
〔註112〕葉嘉瑩著：《迦陵說詞講稿（下）》，頁213。

遠健舉，能夠看出正面情感的起伏是由低至高的變化。而其喪夫前、後的正面情感依照此變化，可清楚了解情感表現的程度。李清照由丈夫去世前，需要透過外在事物才能產生希望樂觀的心緒，到丈夫離世後經過風雨的洗禮，蛻變為自我肯定且拚搏向上的精神，展現追尋高遠理想的情意。其經由人生歷程，漸進式的產生積極的活動，進而有不同性質的正面情感，呈現出情感程度的不同。

　　其次，在「負面情感」的部分，李清照喪夫前表現的是低沉內斂的負面情感，喪夫後流露出的是沉鬱悲痛的負面情感。由低沉內斂轉為沉鬱悲痛，可知負面情感的起伏程度是從淺至深的轉變，而據此變化能區別情感表現的程度。清照喪夫前內心雖懷有憂切傷懷的情緒，但是安穩的生活及可靠的人事降低惆悵憂思的感受，故而有低沉內斂的負面情感，到了丈夫驟然逝世後，歷經種種困苦逆境，內心承載著無限的辛酸孤獨，隨之產生沉鬱悲痛的負面情感。情感的重量加深，導致負面性質的情感在表現上有程度之別。據上所言，情感性質的改變，可區別程度差異，具體看出李清照喪夫前、後的情感活動。

　　明誠離世前、後的時間裡，李清照分別有著正面情感及負面情感，這些感受從生平經歷來看，是受到了環境、人事的改變而有了程度上的差異，由生命情懷而言，它則是建立了清照南渡後二十七年間，情感變動的意義與價值。無論是樂觀積極或是悲傷抑鬱的感受，其實都顯現其南渡之後，有著豐富且複雜的情致，其中的情感表現並非是單一感受可以概括說明的。而藉由上述情感活動及其表現程度的論述，可確切證明李清照「喪夫」對情感變化的影響性。

　　正面和負面的情感，由淺至深傳達出李清照喪夫前、後的情感活動，並彰顯了樂觀積極和傷痛抑鬱在其情感發展中的消長變化。而情感的活動對其文學創作有著關鍵的影響，故以下將透過李清照的情感表現，探究作品內容的轉變、表現手法的差異，據此體現其喪夫前、後創作內容的不同之處。

一、作品內容的差異

廣泛來說，李清照情感因宋室南渡產生變化，以往的傷春愁情轉為國破家亡、遭遇坎坷的表現。筆者認為靖康之變是當時北宋人所共同經歷的歷史過程，所謂的故國之思、思鄉之情亦或是憤慨之心，均是時人內心共有的感受。而趙明誠的死卻是李清照獨自經歷的事件，只有她才能體會喪夫的心痛不捨，所以我們應該要謹慎的看待其南渡之後，作品內的題旨內容及其涵義。具體而言，雖然清照南渡之後的創作題旨多是「思鄉」以及「身世之感」之義，但是當中的意涵卻因「喪夫」而有所差別。

（一）思鄉

喪夫前，清照詞作內的思鄉題旨，比較著墨在其思念故鄉的無奈及焦慮上，繼而在內容上，寫的焦點較集中在初至南方時的慌亂及無所適從。在〈蝶戀花〉上巳親族中，清照描述了自己與親族們團聚吃飯，想念故國故鄉的心緒。詞中「永夜厭厭歡意少，空夢長安，認取長安道」、「酒美梅酸，恰稱人懷抱」、「醉莫插花花莫笑，可憐春似人將老」等句，具體的說明了因國難，初次到了南方時，那種全身心只有想念家鄉的心情。換言之，此時的清照在思鄉的詞作裡，表現的內容只有那種初遠離家鄉，單純思念的意涵。進一步來說，她的身心、生活日常因為明誠的存在仍是處於較平穩安定的狀態，所以此時思鄉題旨主要是其對暫時離開家鄉的焦慮以及想念之情。

而清照喪夫後，同樣有思鄉題旨的創作，只是寫出的內容是殷切盼望能回到故鄉，卻無法實現心願的沉痛與哀愁。從「故鄉何處是，忘了除非醉。沉水臥時燒，香消酒未消。」〈菩薩蠻〉（風柔日薄春猶早）裡，清照說出了故鄉是美好回憶的象徵，它永遠不會消失，只是自己無法回到故鄉的憂愁，無法被酒精取代，只會無限的擴大，形成抑鬱痛苦的鄉愁。而更加使人悲傷的是，思鄉的心情會在時間的積累上，更加沉重的伴隨著自己。此外，清照又以花朵來對比鄉愁，凸顯想念故國家鄉

的心情。「梅蕊重重何俗甚，丁香千結苦粗生。薰透愁人千里夢，卻無情。」〈攤破浣溪紗〉（揉破黃金萬點輕）在難以排遣的鄉愁面前，無論是俗不可耐的梅蕊，還是粗陋的丁香花，抑或是風度精神的桂花，它們的價值都是一樣的。從詞作內容可知，無法回鄉的痛苦，成為李清照思鄉題旨的意涵。而在這意涵的背後，傳達的是丈夫離開後，李清照強烈渴望回到北方的鄉土，卻難以達成的失落感。李清照創作內的思鄉內容，有喪夫前表達的是單純想念家鄉的意涵，以及明誠離世後其渴望回到故鄉，殷切沉痛的心情。這兩種意涵能看出李清照作品中寫思鄉的不同之處，了解其喪夫前、後創作內容的差異。

（二）身世之感

　　李清照詞作內「身世之感」的題旨內容，因其「喪夫」的關係有所區別。喪夫前，清照受到金人入侵北宋的影響，被迫帶著家當古籍，顛沛流離的逃到南方。國家面臨存亡、現實環境的衝擊，身處異鄉，讓清照的內心懷著無可奈何、不安無助的身世之感。李清照在〈滿庭芳〉中以詠梅寄寓了身世之感，詞中雖有經磨難艱辛後的淒清感傷，但仍有苦難之後，對人生存有信心的高尚的精神品格。〔註113〕從詞句「從來知韻勝，難禁雨藉，不耐風揉。更誰家橫笛，吹動濃愁」中可看到敘述以梅花難耐風吹雨打的特性，暗喻自身經歷多舛的南渡之行，感嘆身世的意味濃厚，並且語氣憂愁、情調淒清，表現出李清照擔心時局的變化，內心懷有深深的身世愁情。

　　然而，在上述的詞句後，李清照也表達了無所畏懼、堅毅自信的情懷。在「莫恨香消雪減，須信道、掃跡情留。難言處，良宵淡月，疏影尚風流」詞句內，呈現出心胸開闊、自信樂觀，一掃鬱悶顧慮的意境。這段詞句的文辭情感，跟前面的詞句相比有所轉變。「更誰家橫笛，吹動濃愁」與「良宵淡月，疏影尚風流」形成強烈的對比，前者用語低

〔註113〕陳祖美主編：《李清照作品賞析集》（成都：巴蜀書社，1992 年），頁 60。

沉，情感悲涼，而後者卻是語詞明快，情感清遠明朗。上句轉折到下句時意境有所改變，上句笛聲三弄的梅曲讓詞人沉浸在南來後的身世之感，然而到了下句淡月烘托梅枝清瘦高潔，反應了詞人在梅花身上感受的堅韌勇氣，使其不畏動盪局勢。一首詞中有著兩種不同的情境，代表著清照喪夫前「身世之感」的題旨意涵並非只存有擔憂國家的心聲，同時也有其自適堅韌的精神。而其憂喜參半的身世之感，在喪夫之後轉為國破家亡下的沉痛悲鬱。

　　清照喪夫後，因家變、家暴、失竊、讒言感到抑鬱悲痛，所以以「身世之感」為題旨的詞作內容凝聚了傷感的色彩，傳達其境遇坎坷、身世飄零的感受，也表現了國破家亡下的沉痛悲鬱。換言之，其身世之感的內容中，不再有自我堅強、明朗自信的精神，而是充滿淒苦哀婉的感受。在〈聲聲慢〉裡清照表現了喪夫後身世飄零，孤獨滿懷的心情。「尋尋覓覓，冷冷清清，悽悽慘慘戚戚」鋪成環境的清冷和心理的憂苦，再來「雁過也，正傷心」則藉著鴻雁思鄉羈旅的意象，傳達孤獨淒涼的情景，接著又以「黃花」、「梧桐」、「細雨」貫穿詞作中表現其難以復加的愁緒。從其他詞作內的情境及文辭情感，同樣可看到離亂變故中的悲切：

　　　　天上星河轉，人間簾幕垂。涼生枕簟淚痕滋。起解羅衣，聊
　　　　問夜何其？〔註114〕〈南歌子〉
　　　　風住塵香花已盡，日晚倦梳頭。物是人非事事休，欲語淚先
　　　　流。〔註115〕〈武陵春〉

四季變化、星河運轉都是自然界的常規也是定律，只是清照從中看到的是景物依舊，人事已非的情景。「涼生枕簟淚痕滋」、「欲語淚先流」都有寫到「淚」，詞人透過流淚將詞作內的憂傷擴大渲染，強烈的表現出身世坎坷下的抑鬱哀愁。「起解羅衣，聊問夜何其？」、「物是人非事事休」則是寫出了詞人面對外在環境的巨大改變時，其內在的辛酸壓

〔註114〕　王學初校注：《李清照集校註》，頁3。
〔註115〕　王學初校注：《李清照集校註》，頁61。

力。詞句內的憂鬱情境，展現了李清照身世悲傷淒涼的意涵。由以下詞句內的文辭情感，可發現清照寫作的語氣低沉憂懷，文字呈現出大量的孤獨寂寞，情感上更是進入鬱結難解的境地：

> 舊時天氣舊時衣，只有情懷不似舊家時。〔註116〕〈南歌子〉
>
> 守著窗兒，獨自怎生得黑。〔註117〕〈聲聲慢〉
>
> 只恐雙溪舴艋舟，載不動、許多愁。〔註118〕〈武陵春〉

清照在這些詞句裡，清楚的說出了多舛的境遇中的悲涼鬱結的身世之感。「舊時天氣舊時衣，只有情懷不似舊家時」幽幽地將心中的美好與現實相比，「舊」字表達的是對過去的懷想，詞人語氣沉重地說出境遇悲慘，讓孤單寂寥的情感加深，表達低沉憂懷的感受。「守著窗兒，獨自怎生得黑」則直面的描寫詞人的孤獨。從白天到黑夜獨自看著窗外，讓種種不幸一點一滴累積成難以承受的痛苦。而在「只恐雙溪舴艋舟，載不動、許多愁」中，詞人將無形的愁思和有形的舟放在同一個空間比較，開展了詞人難以言說的心事，形成無法輕易消除的鬱悶心結。清照透過重量對比，將其漂泊南方以來的苦痛寄寓在那些無法被輕舟乘載的悲愁上，從中亦能了解其身世飄零的哀愁。清照喪夫後，以身世之感為題旨的作品，完全地傳達歷經風霜的滄桑抑鬱、悲涼沉痛。

　　從以身世之感為題旨的詞作裡，可看到兩種意涵，其一是清照喪夫前，受國家動盪、艱辛南渡的影響而產生的憂愁，以及不懼南渡局勢的自信勇敢；其二是喪夫後，獨自飄零南方時，遭逢悲慘境遇所懷抱的痛苦煎熬。而在這兩種意涵之下即區別了李清照喪夫前、後，以身世之感為題的詞作內容。

　　總而言之，李清照南渡後的作品中，同樣的主題情境，因為環境、遭遇的改變，產生相異的內容。而透過以身世之感及思鄉為題的詞作，

〔註116〕　王學初校注：《李清照集校註》，頁3。

〔註117〕　王學初校注：《李清照集校註》，頁64。

〔註118〕　王學初校注：《李清照集校註》，頁61。

闡述相同主旨的作品在李清照喪夫後而有不同的意涵，由此傳達出作品本身的意涵旨趣，體現創作內容的差異。

二、表現手法的差異

　　表現手法的分析對作品的解讀有實質性的幫助，也能使作品與作品之間產生連結關係，進而區別當中的涵義與情感。李清照的創作，因為其「喪夫」的關係，可透過同一種表現方法闡述出不同的涵義，進而體現其喪夫前、後創作內容的差異。而筆者認為「意象」的表現手法，能確切分析李清照喪夫前、後創作內容的改變，其原因有兩點，第一、「意象」意即不完全是外在的表現形式，而是在物象裡賦予內在情意，因此意象的意義以及運用的方式，能夠真正傳達作者的內心情懷，第二、意象傳達出的是個人且獨一無二的情懷，據此可通過作品內部的解讀，釐清涵義，突出同樣的意象在不同作品間的表現。因此，本節將對李清照喪夫前、後，詞作內使用的相同意象進行分析，藉此提出不同的涵義，了解詞作的表現手法，區別創作內容的差異。

　　中國傳統文學中，詩歌的「意象」一直都是解讀文學作品的重點。黃永武認為：「『意象』是作者的意識與外界的物象相交會，經過觀察、審美與美的釀造，成為有意境的景象。」〔註119〕劉勰在《文心雕龍‧神思》中也談到意象的重要性和實質性：

> 是以陶鈞文思，貴在虛靜，疏瀹五藏，澡雪精神。積學以儲寶，酌理以富才，研閱以窮照，馴致以懌辭，然后使元解之宰，尋聲律而定墨；獨照之匠，窺意象而運斤：此蓋馭文之首術，謀篇之大端。〔註120〕

劉勰認為詩歌創作的重點在於謀篇設計。作者內在的情感，通過日積月累的文思，與外在事物環境形成連結，以尋求契合的表象，使作者呈

〔註119〕　黃永武著：《新增本中國詩學‧設計篇》（臺北：巨流圖書股份有限公司，2009年），頁1。

〔註120〕　〔梁〕劉勰著；王更生注釋：《文心雕龍讀本》（臺北：文史哲出版社，1984年），頁3～4。

現出最大化的情感意涵。換言之，作者藉由外在具體的意象來表達內在抽象的意，讀者再根據外在的象，試圖還原作家當初的內在之意。〔註121〕而「意象」的實質性，則在作者抒發及讀者探求的兩端形成藝術的美感，也就是文中「獨照之匠，窺意象而運斤」之意。詩人對意象的處理，必須憑直觀把握瞬間的感觸、瞬間的美感。〔註122〕由此而言，意象的呈現應當是透過作者當下即時的感覺，去抓取相合的物象，以表達個人的思緒。那麼，從明誠在世到離世間，意象的變化和境遇的改變有所呼應，讓清照在創作內傳達當下的心境。

　　李清照喪夫前與喪夫後，詞作內意象是有所差異的，此差異在於其所指的「意象」是同一個物象，但本身表達的是不同的意涵。歐麗娟《杜詩意象論》中說：「一個意象在同一的作品中重複出現，它可能持續代表某一特定情志，也可能隨著作者的感受轉變，而改變其代表的情志。」〔註123〕也就是說，一樣的物象，會隨著作者感受變化，而改變其賦予的內涵。而筆者認為通過清照喪夫前、後，詞作裡的相同意象，可以探求清照在不同的生活環境下所傳達出的真實情感，以了解明誠離世對其創作的影響，故以下將探討兩段時間裡，均有出現的「植物、動物」、「季節」意象。

（一）植物、動物

　　李清照的詞作內，對於植物、花的運用或描寫上都有著獨特的色彩和意涵。而其喪夫前、後的作品都有寫到相同的植物、動物及花朵，並從中寄託心中的情意。南渡以來，其詞作中一直重複出現的有梧桐、梅花、菊花、雁等意象，隨著時間流逝，物是人非，這些意象所代表的意義也有所轉變。

〔註121〕　吳美真：《李清照詞作情感嬗變與藝術特質》（新竹：玄奘大學中國語文學系碩士在職專班碩士論文，2009 年），頁 62。

〔註122〕　邱燮友：〈詩歌意象的表現〉《幼獅文藝》第 47 卷第 6 期，1978 年 6月，頁 33。

〔註123〕　歐麗娟著：《杜詩意象論》（臺北：里仁書局，1997 年），頁 24。

1. 梧桐

　　梧桐葉闊濃密，葉落則知秋。秋風蕭瑟，梧桐飄零更富有清冷意涵。在此基礎上，可看出李清照詞內的梧桐意象，在丈夫離世前後的差異。

　　喪夫前，詞作裡的梧桐傳達的是清照南渡後，對國家動盪、遠離家鄉的不安及焦慮：

　　　　寒日蕭蕭上瑣窗，梧桐應恨夜來霜。〔註124〕〈鷓鴣天〉

詞句雖然僅僅是描寫秋日的蕭索無渡，但是詞人將「梧桐」擬人化，寫出其對秋天溫度、景緻的不耐感。而詞人從秋天的蕭瑟，引出其看到「梧桐」時油然而生的寂寞心緒，由此進而表達了國家軟弱無力，致使其必須離開家鄉的無可奈何。在這裡詞人將內心的愁思念想與梧桐落葉相和，細膩的說出她寂寞孤獨的原因，也反應了梧桐所要具現的意象。然而，梧桐在此處的意象於明誠離世後有所改變。

　　「梧桐」意象的意涵轉變，可從清照於丈夫去世後，感受到身世飄零、境遇坎坷的痛苦中探求：

　　　　梧桐更兼細雨，到黃昏、點點滴滴。〔註125〕〈聲聲慢〉

李清照獨自南渡後，內心懷有許多複雜鬱結的情感，因為她所承受的不只是國家飄零、思鄉心切，還有明誠的驟逝後，難以排遣傷痛。而其遭遇到的悲慘經歷，更是讓她的身心憔悴不堪，所以「梧桐更兼細雨」〈聲聲慢〉中的梧桐意象，是清照飄零無度的身世之感。梧桐葉落表達出其內心傷痛愁情，「更兼細雨」意指秋天時梧桐掉落的情景，瀰漫的冷清寂寞的感受，而微微細雨的天氣更讓景象蕭索孤單，也讓詞人的淒涼痛苦倍增。詞人在梧桐中，寄託著她身世飄零的感受，而這樣的意涵是相異於「梧桐應恨夜來霜」的思鄉寂寞情感。

　　「梧桐」的清冷蕭瑟的意象，使喪夫前的清照表現出思鄉國愁的憂慮，然而此涵義在其失去丈夫後，則是傳遞了國破家亡、身世飄零的

〔註124〕　王學初校注：《李清照集校註》，頁30。
〔註125〕　王學初校注：《李清照集校註》，頁64。

傷痛。從「梧桐」意象的變化，可以了解意象內涵的轉折，看出創作內容的差異性。

2. 梅花

李清照的作品裡，多次寫到梅花的姿態、杳氣、樣貌，而其無論是南渡前或南渡後，都賦予梅花多樣的情感意涵。尤其是南來的時間裡，梅花在詞作上所標舉的不只是傳統的孤高自賞、傲立堅強的意象，更展現清照委婉淒冷的心緒感受。從明誠的存世與否可看出梅花意象所代表的意念上的差別。

初至南方時，清照詞作內的梅花意象，通常帶有故作慵懶，實際上心切焦急想念故鄉的感情：

夜來沉醉卸妝遲，梅萼插殘枝。〔註126〕〈訴衷情〉

手種江梅更好，又何必、臨水登樓。〔註127〕〈滿庭芳〉

詞人透過殘梅凌亂的樣樣、種梅的美好，吐露出內心焦慮無奈的心聲。「梅花」在詞人眼裡是依靠救贖的對象，其看到梅花有著勇敢堅定的精神，就彷彿自己的無力感能夠藉此得到安慰。對清照來說，「梅花」有撫慰心靈、擺脫傷感的意義，而其在詞作中透過梅花意象，傳達出勇敢堅定的精神，也帶出其南來的思念傷感。

清照面對丈夫驟逝後，詞作內的「梅花」又有著悼亡、惶恐悽愴的情感。「梅花」成為具有衝擊性的意象，強烈展現詞情的變換：

笛聲三弄，梅心驚破，多少春情意。〔註128〕〈孤雁兒〉

看取晚來風勢，故應難看梅花。〔註129〕〈清平樂〉

睡起覺微寒，梅花鬢上殘。〔註130〕〈菩薩蠻〉

〔註126〕　王學初校注：《李清照集校註》，頁40。
〔註127〕　王學初校注：《李清照集校註》，頁43
〔註128〕　王學初校注：《李清照集校註》，頁42。
〔註129〕　王學初校注：《李清照集校註》，頁47。
〔註130〕　王學初校注：《李清照集校註》，頁13。

從「梅心驚破」、「難看梅花」、「梅花鬢上殘」三句，可以看到梅花觸發了各種獨自生活的傷感。依序而言，「梅花」呈現出清照孤獨坎坷的心情。梅花的綻放，預示春天到來，然而故人已不在，詞人看到的只有無盡的傷痛；晚來逐漸增強的風勢，猶如身陷困境一般，賞梅之事是難以企及了；睡起覺所感受到的寒意，將思念的心緒滲透到心裏，鬢髮上的殘梅更是讓詞人承受著孤單寂寥的心理壓力。從詞句裡的「梅花」意象，可以看到清照喪夫後身世飄零下的不安與痛苦。

簡言之，一開始「梅花」表現出的高潔自立、勇敢堅定的精神，是李清照詞作內的意象，它讓其動亂不安的內心有所依靠。其後，清照因天人永隔，孤身一人，「梅花」轉而傳遞出哀悼沉痛、孤苦無依的情感。而從「梅」意象的改變，可看到李清照喪夫前、後的表現手法，以了解其創作內容的差異。

3. 菊花

李清照愛菊，即便寫到菊花的詞作不如梅花多，但是她對菊花風雅、堅貞自愛、謙虛的形象相當的喜愛。她經常以黃花稱菊花，並透過黃花說出相思、思鄉、身世等種種心情。而黃花的意象，經由其南渡的境遇而有所變化。

南渡之後，清照詞作內的黃花意象，表達的是異地生活中的蕭瑟清冷，其中的情感又因為喪夫的緣故，有不同的意涵：

不如隨分尊前醉，莫負東籬菊蕊黃。〔註131〕〈鷓鴣天〉

滿地黃花堆積，憔悴損，如今有誰堪摘？〔註132〕〈聲聲慢〉

這兩首詞分別是在明誠去世前、後所寫的。前者表達的是詞人思鄉情懷裡，苦澀沉重感覺，想念的心情過於深沉，不如盡情飲酒，才不會辜負眼前已盛開的黃花。此處黃花的意象代表著清照，客居異鄉，寂寞深沉的鄉愁。其無法遺忘南來時的感傷，而菊花滿開增添秋日的傷情，反

〔註131〕 王學初校注：《李清照集校註》，頁 30。
〔註132〕 王學初校注：《李清照集校註》，頁 64。

應出內心的鬱悶。而由後者來說，此時的，黃花飄落堆積的景象，產生了離亂悲秋的傷感之情，就如同清照失去丈夫、國破家亡、身世飄零下的悲痛鬱結。而清照由黃花呈現出異鄉人的悲情，也凸顯出其喪夫後孤苦無依、憔悴飄零的意象。

清照作品內的黃花意象在內涵上，由原有的淒涼上逐步加重沉重灰暗的情感，由此可看到其喪夫前、後，意象內涵的轉折及其變化的意義。

4. 雁

「雁」在傳統上有相思、懷鄉、羈旅等意象。而清照寫到「雁」時，也大多是以相思與懷鄉、羈旅為主。南渡之後，「雁」的意象上，呈現出思鄉懷遠及羈旅孤獨的情感。這兩種意涵分別出現在明誠去世前、後，進一步來說，雁之於思鄉的情感是基於南來的鄉愁憂思，而雁之於羈旅孤獨則是在懷鄉的心情上，又增添了身世飄零的沉痛悲涼。前者較為單純，後者則是由前者逐漸加深，劇烈的改變後而產生。而從〈菩薩蠻〉及〈聲聲慢〉中寫到「雁」時的意象表現可知兩種意涵及其轉變：

> 歸鴻聲斷殘雲碧，背窗雪落爐煙直。〔註133〕〈菩薩蠻〉
>
> 雁過也，正傷心。〔註134〕〈聲聲慢〉

前者作於喪夫前，是寄寓著懷遠思鄉的意涵；後者作於喪夫之後，其意涵有著懷鄉之情外，更著重在獨自飄零、無依無靠、落寞不堪的心緒。「歸鴻聲斷殘雲碧，背窗雪落爐煙直」北飛的鴻雁聲繞轉在日落時分，聽覺上的雁叫聲跟視覺上的黃昏開展了詞人對故鄉思念的情感。而戶外的動靜跟室內靜謐無聲的畫面形成強烈對比，更凸顯思鄉心切的意涵。「雁過也，正傷心」字面上是傳達了想念家鄉的心情，但是與第一句相比卻是隱含著詞人回首無望、無限悲歎的心理變化。換言之，懷鄉

〔註133〕 王學初校注：《李清照集校註》，頁14。
〔註134〕 王學初校注：《李清照集校註》，頁64。

只是複雜情緒裡的一項，其他的情感在經歷眾多紛擾後層層堆疊成身世淒涼的意涵。

另外，從其文辭鋪成中也可窺知意涵的轉變，「歸鴻聲斷殘雲碧，背窗雪落爐煙直」兩句直述詞人的聽覺、視覺，並從空間的變化勾勒出思念家鄉的情感。李清照雖然聽到鴻雁的聲音，看到傍晚的日落，讓他的內心隱隱產生思鄉情，但是室內較為靜謐的樣子，展現出其平靜無波的狀態，因而在意象表現上會呈出單一的意涵。而「雁過也，正傷心」則是完全從詞人的行動和時間順序，婉轉的表達內心的悲傷。「正傷心」與「雁過也」反應其孤獨傷痛的意涵，「正」一字即表示詞人因為坎坷不幸、流寓南方一直都處於傷心的情緒裡，而「雁過也」則是又使難過的心情更沉重的鋪寫。也就是說，在動作跟時間的順序上，傷心這件事是持續發生的，大雁飛過這件事是更凸顯詞人傷心欲絕的心情。李清照「雁」意象透過語詞的運用還有時間、空間的分析，展現多重的涵義，區別意象的表現，凸顯其喪夫前、後創作內容的差異。

由上述可知，李清照因喪夫，詞作內的「雁」意象的涵義有劇烈的改變。其喪夫前「雁」代表著思鄉懷遠的意象，而其喪夫後「雁」則因身世飄零、國破家亡的打擊下，飽含孤獨一人，身世淒涼的意象。

（二）季節

季節的變換是大自然的運行，也是時間流逝的表徵。李清照的南方歲月裡，經常在詞作中寫到春天。而「春天」的意象分別出現在其喪夫前、後的作品中，傳達出不同的意涵及變化。南渡之後，李清照所寫的「春天」意象基本上都是為抒發惆悵寂寞的感受。其喪夫前，詞作內的春天，有期待春日溫暖美好的意象，也有思鄉傷感清冷沉寂的意象：

春歸秣陵樹，人客建安城。〔註135〕〈臨江仙〉

春意看花難，西風留舊寒。〔註136〕〈菩薩蠻〉

〔註135〕 王學初校注：《李清照集校註》，頁 32。
〔註136〕 王學初校注：《李清照集校註》，頁 14。

為報今年春色好，花光月影宜相照。〔註137〕〈蝶戀花〉

酒醒熏破春睡，夢遠不成歸。〔註138〕〈訴衷情〉

小閣藏春，閒窗鎖晝。〔註139〕〈滿庭芳〉

「春歸秣陵樹」、「春意看花難」、「為報今年春色好」、「酒醒熏破春睡，夢遠不成歸」、「小閣藏春」等句，都是直接寫出春天來臨時，生活環境或是行動的改變，表達其欲振作精神，卻傷春愁情的情感。從意象表現來看，「春歸秣陵樹，人客建安城」一句，可看到詞人藉由「春季」到來，表達客座異鄉的孤單外，也能感受到其想要享受春天的心情，縱使身處異地，但是四季的變換來到了一年的開頭，萬象更新，不免讓詞人期待春天的來臨；「春意看花難，西風留舊寒」將秋風餘寒置於春天賞花的心情中，表達南來後盤據內心的不安與無助，更重要的是隱含著詞人想趁春季看花的心情；「為報今年春色好，花光月影宜相照」則是詞人看到春回大地，有了勉強故作積極的樣子，實則傳達出無法與家人團聚故鄉的心聲；「酒醒熏破春睡，夢遠不成歸」透過春日裡的睡意寫出詞人綿長的思鄉之情；最後，「小閣藏春，閒窗鎖晝」把「春」擬人化，被藏起來的春意代表著詞人的孤獨寂寞。雖然在每句裡頭都透露了「獨在異鄉為異客」的心情，不過就整體提到春天的感受時，在情感上仍隱隱有所期待春日的美好。

上述詞句中的「春」意象，即便有思鄉懷遠、無助悵然的意涵，但是在略為沉重感受上依舊保有期待春日溫暖美好的情感內涵。

而有些詞作的「春」意象，有明亮卻又深沉的感情，表達清照沉重鄉愁、身世委婉淒涼的感受。這樣的意象常在其喪夫後的詞作中出現：

吹梅笛怨，春意知幾許。〔註140〕〈永遇樂〉

風柔日薄春猶早，夾衫乍著心情好。〔註141〕〈菩薩蠻〉

〔註137〕 王學初校注：《李清照集校註》，頁27。
〔註138〕 王學初校注：《李清照集校註》，頁40。
〔註139〕 王學初校注：《李清照集校註》，頁43。
〔註140〕 王學初校注：《李清照集校註》，頁53。
〔註141〕 王學初校注：《李清照集校註》，頁13。

這兩句詞句中的「春」意象含有詞人故作明朗歡快迎接春天，實則因境遇飄零的悲傷鬱結的意涵。而這與前述的詞人喪夫前所寫的春意象有所差別。「吹梅笛怨，春意知幾許」一句，詞人表達其對春天盎然生氣，意興闌珊，並由此帶出獨自南渡後，境遇飄零，孤苦鬱結的悲情。而「風柔日薄春猶早，夾衫乍著心情好」看似描述著詞人在早春時節，感受輕柔的風和日光稀疏，心情上也隨之愉悅，但是若對照後面的詞句「睡起覺微寒」來看，其實是傳達詞人在春日溫暖和煦中，也無法忽略悲傷沉痛的心情。從此段感受可以了解，清照喪夫後寫的「春」意象，有著輕快愉悅的氛圍，然而背後卻是乘載著獨自生活的孤獨沉重。因而相較前述的春意象，這時詞作內意象呈現的是，明亮的春天時節，詞人抑鬱寡歡的感受。

　　春日給人一種大地重生、生意盎然的氛圍，所以春天的意象應當是較為歡快的。而清照南渡後所寫出的「春」意象是懷著惆悵憂思的感受，當中所傳達的內涵因其喪夫而有所差異。懷鄉愁情又帶有對春天到來的期待感，是清照喪夫前寫出的意象涵意，孑然一身的寂寞陰鬱是其天人永隔後在「春」意象裡表達的情感。李清照喪夫前、後的詞作內容及情感，表現了「春」意象的內涵，區別表現手法的內容，也呈現創作內容的差異。

　　情感的程度差異說明了詞人內心的變動，使作品內容的題旨有不同的涵意，也讓同樣的意象產生有差別的內容。清照喪夫前、後的情感活動，表現出正面及負面的情感，又依情感的性質區分出表現程度，證明其南渡之後，因「喪夫」緣故而有多樣表現的情感。

　　而依據情感活動呈現出的變化，能看到李清照喪夫前、後在創作上的表現及其差異。以作品內容的差異來說，南渡之後，清照有以思鄉或身世之感為主題的作品，然而其在喪夫前所表達的思鄉題旨是暫離故鄉的鄉愁，喪夫後則是回不去家鄉的悲痛哀傷。而其喪夫前的身世之感的詞作表達了憂喜參半的南渡情懷，喪夫後則是遭逢悲慘境遇的淒涼苦痛。另外，從表現手法的差異，可更加了解作品內容的變化。筆

者藉由比較清照喪夫前、後詞作內意象的內涵，看到同樣有的動植物、季節意象，卻有不同的意涵存在。

　　喪夫前的意象是其生活環境安定、親族共伴，而傳達出低沉平靜的情感，後期意象則是寫出了詞人國破家亡、無依無靠、境遇飄盪的意涵。綜上所述，透過情感變動感知清照喪夫前後的內心，呈現主題題旨的差異性，並從意象的變化，探討同樣的意象在不同的時空背景下的意涵，藉此比較南渡後李清照創作內容的差異，以證明清照南渡之後的創作，並非只有悲涼沉鬱的風格內容，而是能以「明誠離世」為分界，進一步地區分多樣的情感及內容。

第五章　結　論

　　李清照的人生經歷動盪變化，各式情感隨之產生，而其也在高低起伏的歷程當中相應的呈現出各個階段的文學創作。元祐黨爭之餘緒、屏居鄉里、連守兩郡、宋室南渡、丈夫離世等生平遭遇，讓李清照有歡快幸福、相思別怨、抑鬱愁情、哀苦淒涼的創作，只是其作品本身的分期界定曾造成讀者解讀，作品意涵及情感活動的差異性。

　　普遍來說，建炎元年（1127）北宋發生的靖康之變造成「宋室南渡」之局面，使李清照被迫南渡避難，生活環境劇變，作品的內容、風格變為灰暗深沉。這一事件是我們界定李清照文學創作分期的重要依據，換言之，在此事之前，其生平際遇平坦順遂，創作上的文辭用語明亮溫婉、意境清麗、風格明快婉約。南渡之事對清照的人生、創作影響頗大，不過陳祖美對此認為，清照的作品分期應該以，前期：李清照出生的元豐七年（1084）至其屏居鄉里的大觀元年（1107）間、中期：屏居鄉里的大觀二年（1108）至趙明誠逝世的建炎三年（1129）間、後期：趙明誠去世後的建炎四年（1130）至李清照逝世間，來探討其創作內容。

　　據此分期可知，「宋室南渡」並沒有出現在界定事項中，反而是「趙明誠離世」成為中期界定的依據。因為，從宋室南渡的角度來看，前、後期之分，是將李清照的生活境遇跟作品內容，利用二分法去區辨其

中的差異，以解釋其創作風格的轉變。然而，人的生活境遇並不會一直
處在愉悅或是悲痛的狀態，而是因時制宜產生出不同性質、不同程度
的心理活動。就李清照「喪夫」的角度而言，此事既涵蓋了清照初南來
時，自適積極的遭遇及創作，同時也確切對照出清照南渡後，生活際遇
及作品的改變。

　　實際上，「宋室南渡」是概要性區別生平重大的轉變，並在這個基
礎上去辨明創作發展的方向。而從李清照「喪夫」之事著手，對其人生
際遇及詞作進行分期及分析，能透過更深層的心理變化及情感活動，
展現其際遇轉折對作品的影響性。另外，就南渡之前，李清照的生平背
景可知政治風波使其在閒適生活、婚姻幸福、鑽研金石學術的背後，有
不為人知的辛酸憂慮。某種程度上，這樣的心情也反應在她部分的創
作及情感面貌中。

　　上述結論，細究李清照南渡之前及南渡之後的經歷、創作內容、
情感活動及作品表現手法，可具體說明之。

一、南渡前

　　由於清照的父親李格非、公公趙挺之先後因朝廷元祐黨爭事件的
餘緒，捲入政治鬥爭，而李清照也因此經歷了「元祐黨爭」的後續風
波。她在這件事情中，儘管以上詩趙挺之的行動來捍衛父親，展現其鮮
明且堅毅的個性意志，但是其後不久又因朝臣蔡京對夫家的政治迫害，
導致趙家族人被迫回到家鄉青州，不得在京城居住工作。李清照因而
與丈夫屏居鄉里十年，在這當中他們除了展現夫妻情深、閒適生活、鑽
研學術外，還有其遭受朝堂政治鬥爭下，嘗盡人情冷暖的辛酸隱憂。進
一步來說，在這個時期清照與明誠投入在金石文物的蒐羅整理，除了
反應兩人情感深厚甜蜜，同時也表現出兩人透過學術研究建立自我價
值，以對抗外在殘酷的現實。

　　嚴格來講，經過之前的黨爭餘緒影響再到後來趙家被政敵打壓的
情況，李清照認清了官場政治的險惡複雜，所以其在明誠被起復萊州、

淄州，必須結束屏居生活時，內心只想安靜平穩的在家鄉生活到老。由此可知，清照南渡前的歷程並不是一帆風順、無憂無慮，而她的情感也隨著這些過程起伏變化，使創作有多樣的表現。

　　李清照南渡前的情感面貌有三，其一是「不同層次的閨怨情懷」，主要是說明懷人的心緒因情況事宜，有不同面向跟層次的情感表現，例如：因季節轉換而有的愁緒、因無人陪伴而感到無聊的心情。這樣的情感跳脫出相思閨怨，把各種面向的閨中情感如實的呈現。其二是「甘是老是鄉矣的心聲」，黨爭事件和政治鬥爭的衝擊，讓李清照看到朝堂任官的現實及當中複雜詭譎的算計，因而有永遠都待在家鄉平靜生活的願望。其三是「道德價值取向的抒情」，李清照所受的傳統文人教育，以及遭遇到官場政治的現實，使其推崇屈原、陶淵明所標舉出高風亮節、堅持信仰的精神。藉此其提出理想的典範，呈現出人生價值的追尋以及道德價值下所表達的情感面貌。這三種情感，雖然並不是都帶有遭遇政治風波的無奈辛酸，但是從中仍舊能了解到李清照南渡前的各種情感意涵，讓不同面向的心緒得以凸顯而出。

　　而李清照南渡前，創作內容以「自然風光」、「女子閨情」為作品的主要題旨，這兩方面的作品主要都是透過生活上的景物特色、物品細節、周遭環境來建構詞作的內容。在自然風光為題的作品內，呈現李清照年少時，儘管看到朝堂政治的風波下的現實無奈，仍有保有對美好事物的熱愛，表現出寬廣開闊的視野與胸襟，以勇敢正面的力量來堅定生活上的美好。而以女子閨情為題的詞作，則是真實反應出女性在相思閨情中的心理活動及行為舉止。此部分雖不含有政治風波帶來的內容，但是透過這方面的創作能清楚了解，李清照寫女子閨情背後的意涵，也能認識其創作內容的另一面。

二、南渡後

　　李清照南來之後的經歷及創作，以其建炎三年（1129）喪夫為界，可區分出喪夫前、後的作品內容、情感活動及表現手法。從清照喪夫

前、後的差異可證明，其生活和創作在南渡之後，並非馬上就進入悲痛深重的狀態，而是因「趙明誠離世」之故才真正的轉向悲涼沉鬱的境地。

靖康之變，宋室倉皇南渡，而李清照也因此離開故鄉，帶著珍藏的古籍南下至丈夫任官的江寧。在這個過程當中，文物書畫因兵亂多有散亂遺失，在加上國家動亂不堪，使其備感艱辛。然而，明誠的陪伴、居住地安穩及親族安慰，撫慰其國家劇動下的焦慮不安及思念家鄉的心情。清照甚至有興致在大雪紛飛時，出外踏雪覽景，尋思寫詩靈感，回家後繼續找明誠相互討論。由此可知，她喪夫前的情感活動有正面心緒，也有負面感受。國家動亂不安，朝臣、百姓紛紛南渡，即是李清照負面情感的來源，其感受到金人入侵國土的深重擔憂、遠離故鄉的想念心緒，而這些情感積累成為負面感受，不過此時的情感的性質是較為平和低沉的表現。而就正面情感而言，其性質是平穩內斂的情感表現，在「不如隨分尊前醉，莫負東籬菊蕊黃」〈鷓鴣天〉、「莫恨香消雪減，需信道、掃跡情留」〈滿庭芳〉等詞句中，具體的反應出國愁憂慮之下仍有自適積極的力量，因為李清照相信苦難愁緒是短暫的，美好悠閒的日子仍會來臨。儘管其因家國劇變而懷有憂慮愁思，情感轉向低沉傷感，但是樂觀、積極的情感表現依舊存在在清照的內心，使其在沉重中不失自適安然的情感。

從情感活動可知，李清照喪夫前不僅有傷憂國愁的心緒，還有積極樂觀的情感表現。而在創作內容上，李清照因明誠、親族相伴且生活環境穩定，所以詞作裡寫的思鄉是單純想念家鄉的意涵。其雖懷南渡磨難後的不安孤獨、無可奈何，內心卻不失自我調適、積極勇敢的意涵。

另外，從「植物、動物」、「季節」意象可進一步了解創作表現。首先，就「植物、動物」意象來說，「梧桐」意象在詞作內傳達的是國家軟弱無力，使詞人被迫離開故鄉因而有寂寞孤獨的情緒感受。「梅花」意象表現的是國愁憂慮中，詞人對梅花寄予堅毅勇敢的精神，以撫慰

南來後的無助寂寞之情。「菊花」意象則是代表著詞人深沉的鄉愁，在滿開的秋日菊花中映照出內心的煩悶。「雁」意象一樣呈現出清照詞作內思鄉懷遠的意涵。

　　其次，就「季節」意象而言，「春天」意象傳遞著清照雖有客居異地、寂寞孤獨的感受，但是在這樣的情緒裡仍有其欲振作精神，期待春日到來的意涵。從意象表現中，了解到李清照喪夫前在創作表現上，除了有國愁、鄉愁外，積極美好的情感仍能在當中有所呈現。這些低沉卻不減樂觀的創作意涵和情感活動，在清照喪夫後有所變化。

　　李清照喪夫之後，承受天人永隔之痛，備受煎熬。無所依靠的她，只能獨自一人流離於南方。而在這過程中，其一開始就受到流言毀謗，指涉其與趙明誠有進貢物品給金人之嫌。此事讓清照感到相當惶恐，致使其欲將身邊的古器文物投進給朝廷以自保。接著，其因金人侵襲快速在加上頒金之事，而於建炎二年（1129）之後開始跟著高宗避難的行蹤移動。在這同時，清照又於會稽一名鍾氏人家中，被盜竊隨身珍藏的文物古籍。其發現之後悲慟欲絕，願懸賞以求換回珍藏，結果卻發現這一切是這鍾氏為欺詐清照，自導自演的行為。受到此事影響，她身邊的書物古籍已去十之八九。

　　其後，清照於紹興之初有再嫁之事。其所嫁之人名為張汝舟，此人百般地向清照的弟弟求親，但當時清照的身體受疾病所苦，以至膏肓，無法思考決定，所以就在半推半就之下嫁給張汝舟為妻。婚後，張汝舟因想要霸占清照僅存的文物，故而多次對其施暴，甚至欲致其於死。此事讓清照感到相當憤怒，決定向官府控告訴請離婚。從頒金之事、跟隨高宗逃難、被詐欺文物到再嫁後遭受家暴等事，可見李清照喪夫後遭遇許多坎坷不幸，導致其身世飄零，內心滿懷哀婉淒涼、無助孤寂的痛楚。而這些現實險惡的事件，堆疊出李清照喪夫後的情感活動。

　　經歷心酸苦楚的遭遇，讓李清照深受身世飄零下孤獨悲苦、哀痛鬱結的影響，在這當中其情感發展出負面與正面之別。在負面情感裡，因國破家亡、處境坎坷滄桑，有鬱結悲痛的心緒。而就正面情感來說，

清照將孤痛哀愁的感受化為追尋理想、奮發向上的情感，呈現出其高遠健舉、意境開闊的精神。其傳達出的情感性質沉重劇烈，程度高而深重。無論是正面還是負面的情感，清照喪夫後的心境變化都可在此中體現。

　　李清照的創作中，匯聚其孤身一人，遭遇離亂苦楚，無法回去家鄉又受到種種磨難時，滄桑悲哀、孤寂傷懷的心靈感受。其同樣也在「植物、動物」意象中，透過梧桐、梅花、菊花、雁意象表達其沉痛哀悼、憔悴飄零、孤苦無依的情感意涵。在「季節」意象裡，藉由春天代表的明亮歡快的意象，反襯其孑然一身，孤苦鬱結、揮之不去的沉痛心緒。創作內的意象表現，同樣印證其喪夫後，歷經種種困境下，飄零苦痛的心情。

　　李清照南渡之前的經歷深受黨爭事件、政治鬥爭的影響，導致其有閒適安逸生活於鄉里的心願，而此事的相關情感也體現在部分創作內容上，以完整地呈現其南渡前的心緒感受與文學創作。南渡之後，李清照的人生際遇跟創作內容，並非立即陷入哀傷沉痛，而是因為明誠離世進而轉向。李清照喪夫前，既憂思又積極樂觀的情感，詞作內沉重不失精神的意涵，以及愁思焦慮又帶有勇敢振作的意象。到喪夫後，同時有悲苦抑鬱、高揚健舉的情感，創作題旨飽含其歷經苦難折磨、飄零境遇下的沉痛悲情，意象呈顯出坎坷逆境中孤獨寂寞、哀愁心酸的意涵。由此可知，李清照南渡後的人生歷程及作品，因「喪夫」而又可細分為兩個時期。從這兩個時期可了解，李清照是循序漸進步入深沉鬱結的狀態。其遭遇丈夫離世後才真正的表現出，南渡後沉鬱悲痛的情感及創作內容。

　　綜上所述，李清照的生平經歷對文學創作之影響，可從不同角度來探求當中的關係，並藉此傳達其創作表現、情感變動的核心意義，了解李清照南渡前、後生活際遇及創作內容的真實全貌，以深刻地具現不同視角下的李清照。

參考書目

說明：

一、古籍類的書目是以朝代順序，由前至後列出。

二、近人著作是以作者姓氏筆畫為依據，由少至多列出。

三、期刊論文及學術論文是以寫作年份，由前至後列出。

一、古籍

1. 漢·劉向撰：〈列仙傳〉收錄於《中國神仙傳記文獻初編》，臺北：捷幼出版社，1992 年。

2. 晉·陳壽撰；（宋）裴松之注：《新校三國志注》，臺北：世界書局，2012 年。

3. 晉·陶潛著；龔斌校箋《陶淵明集校箋》，上海：上海古籍出版社，2011 年。

4. 晉·宗懍著；王毓榮校注：《荊楚歲時記校注》，臺北：文津出版社，1988 年。

5. 南朝宋·劉義慶撰；鄭晚晴輯注：《幽明錄》，北京：文化藝術出版社，1988 年。

6. 南朝宋·劉義慶著；余嘉錫箋疏：《世說新語箋疏》，臺北：華正書局，1991 年。

7. 梁・蕭統編；張啟成；徐達等譯注：《昭明文選》，臺北：臺灣古籍出版有限公司，2001 年。

8. 梁・劉勰著；王更生注釋：《文心雕龍讀本》，臺北：文史哲出版社，1984 年。

9. 唐・房玄齡撰：《新校本晉書》，臺北：鼎文書局，1979 年。

10. 唐・杜甫著；謝思煒校注：《杜甫集校注》，上海：上海古籍出版社，2015 年。

11. 唐・杜牧著；（清）馮集梧注：《樊川詩集注》，上海：上海古籍出版社，1998 年。

12. 南唐・李璟，李煜撰；（宋）無名氏輯；王次聰校注：《南唐二主詞校注》，臺北：世界書局，2010 年。

13. 宋・歐陽修著；李逸安點校：《歐陽修全集》，北京：中華書局，2001 年。

14. 宋・李燾著：《續資治通鑑長編》，北京：中華書局，2004 年。

15. 宋・黃庭堅著：《黃庭堅詩集注》，北京：中華書局，2003 年

16. 宋・李格非著：《洛陽名園記》，臺北：新文豐出版社，1980 年。

17. 宋・趙明誠撰：《金石錄》，臺北：新文豐出版社，1989 年。

18. 宋・傅察撰：《忠肅集》，臺北：臺灣商務印書館，1986 年。

19. 宋・徐松撰：《宋會要輯稿》，臺北：新文豐出版社，1976 年。

20. 宋・劉跂撰：《學易集》，臺北：臺灣商務印書館，1986 年。

21. 宋・徐自明著：《宋宰輔編年錄》，臺北：新文豐出版社，1989 年。

22. 宋・許景衡撰：《橫塘集》，臺北：臺灣商務印書館，1986 年。

23. 宋・洪興祖著：《楚辭補注》，臺北：大安出版社，1995 年。

24. 宋・洪邁撰：《容齋四筆》，臺北：新文豐出版社，1996 年。

25. 宋・張端義撰：《貴耳集》，臺北：新文豐出版社，1980 年。

26. 宋・晁公武著：《郡齋讀書志》，臺北：臺灣商務印書館，1978 年。

27. 宋・劉克莊著：《後村詩話》，臺北：廣文書局，1971 年。

28. 宋・朱熹著：《四書章句集註》，臺北：鵝湖出版社，1984 年。

29. 宋・岳珂著：《寶真齋法書贊》，臺北：藝文印書館，1969 年。

30. 宋・周煇撰；劉永翔校注：《清波雜志校注》，北京：中華書局，1994 年。

31. 宋・王灼撰：《碧雞漫志》，臺北：新興出版社，1975 年。

32. 宋・胡仔撰：《苕溪漁隱叢話》，臺北：世界出版社，2009 年。

33. 宋・陸游撰：《渭南文集》，臺北：臺灣商務印書館，1979 年。

34. 宋・陳振孫撰：《直齋書錄解題》，上海：上海古籍出版社，1987 年。

35. 宋・李心傳著：《建炎以來繫年要錄》，北京：中華書局，2013 年。

36. 宋・曾慥輯：《樂府雅詞》，臺北：臺灣商務印書館，1979 年。

37. 宋・吳文英著；孫虹、譚學純校箋：《夢窗詞集校箋》，北京：中華書局，2014 年。

38. 宋・陳元靚等編：《新編纂圖增類羣書類要事林廣記四十二卷》，上海：上海古籍出版社，2002 年。

39. 宋・陶穀，吳淑撰；孔一點校：《清異錄・江淮異人錄》，上海：上海古籍出版社，2012 年。

40. 元・脫脫著：《新校本宋史》，臺北：鼎文書局，1978 年。

41. 元・脫脫等修：《宋史藝文志》，臺北：新文豐出版社，1985 年。

42. 明・馮琦著：《宋史紀事本末》，臺北：新文豐出版社，1996 年。

43. 明・毛晉撰；潘景鄭校訂：《汲古閣書跋》，上海：上海古籍出版社，2005 年。

44. 清・黃以周等輯注：《續資治通鑑長編拾補》，北京：中華書局，2004 年。

45. 清・畢沅編著：《續資治通鑑》，臺北：中華書局，1965 年。

46. 清・王鵬運著：《四印齋所刻詞》，上海：上海古籍出版社，2012 年。

47. 清・王士禎著：《花草蒙拾》，北京：中華書局，1986 年。

48. 清・田同之著：《西圃詞說》，臺北：新文豐出版社，1988 年。

49. 清・紀昀總纂；臺灣商務印書館編審委員會主編《景印文淵閣四庫全書》，臺北：臺灣商務印書館，1986 年。

50. 清・阮元校勘：《十三經注疏 四一六卷，附校勘記》，臺北：藝文印書館，1979 年。

51. 清・況周頤著：《況周頤集》，桂林：廣西師範大學出版社，2012年。

二、近人著作

1. 于中航著：《李清照年譜》，臺北：臺灣商務印書館，1995 年。

2. 方豪著：《宋史》，臺北：中國文化大學出版部，1988 年。

3. 王學初校注：《李清照集校注》，臺北：里仁書局，1982 年。

4. 平慧善著：《李清照及其作品》，長春：時代文藝出版社，1985 年。

5. 艾朗諾著；夏麗麗，趙惠俊譯：《才女之累：李清照及其接受史》，上海：上海古籍出版社，2017 年。

6. 何廣棪著：《李易安集繫年校箋》，臺北：花木蘭出版社，2009 年。

7. 沈松勤；王興華注譯：《新譯范文正公選集》，臺北：三民書局，2014 年。

8. 沈松勤著：《北宋文人與黨爭：中國士大夫群體研究之一》，北京：人民出版社，1998 年。

9. 林瑞翰著：《中國通史》，臺北：三民書局，1992 年。

10. 南宮博著：《李清照的後半生》，臺北：臺灣商務印書館，1996 年。

11. 姜漢椿，姜漢森注譯：《新譯李清照集》，臺北，三民書局，2011年。

12. 唐圭璋著：《李清照詞鑑賞》，濟南：齊魯書社，1986 年。

13. 唐圭璋編：《全宋詞》，臺北：文光出版社，1973 年。

14. 唐圭璋編：《詞話叢編》，臺北：新文豐出版社，1988 年。

15. 孫立著：《詞的審美特性》，臺北：文津出版社，1995 年。

16. 孫崇恩選注：《李清照詩詞選》，北京：人民文學出版社，1994 年。

17. 徐北文主編：《李清照全集評注》，濟南：濟南出版社，1990 年。

18. 徐培均著：《李清照》，臺北：群玉堂，1992 年。

19. 徐培均箋著：《李清照集箋注》，上海：上海古籍出版社，2002 年。

20. 袁行霈著：《中國文學史》，臺北：五南出版社，2017 年。

21. 涂美雲著：《北宋黨爭與文禍、學禁之關係研究》，臺北：萬卷樓圖書股份有限公司，2012 年。

22. 康震著：《康震評說：李清照》，臺北：木馬文化，2010 年。

23. 曹樹銘校釋：《李清照詩詞文存》，臺北：臺灣商務印書館，1992 年。

24. 陳祖美主編：《李清照作品賞析集》，成都：巴蜀書社，1992 年。

25. 陳祖美著：《李清照》，臺北：知書房，2004 年。

26. 陳祖美著：《李清照評傳》（李清照評傳），南京：南京大學出版社，1995 年。

27. 陳祖美編著：《李清照詞新釋輯評》，北京：中國書店，2003 年。

28. 陳鼓應註譯：《莊子今註今譯》，臺北：臺灣商務印書館，2011 年。

29. 黃永武著：《新增本中國詩學設計篇》，臺北：巨流圖書股份有限公司，2009 年。

30. 黃墨谷輯校：《重輯李清照集》，北京：中華書局，2009 年。

31. 黃麗貞著：《詞壇偉傑李清照》，臺北：國家出版社，2007 年。

32. 楊伯峻著：《孟子譯注》，臺北：華正書局，1990 年。

33. 葉嘉瑩著：《迦陵說詞講稿（下）》，臺北：桂冠圖書股份有限公司，2000 年。

34. 漢語大字典編輯委員會編：《漢語大字典（縮印本）》，武漢：湖北辭書出版社：四川辭書出版社，1992 年。

35. 趙萬里編：《校輯宋金元人詞》，北京：北京圖書出版社，2013 年。

36. 劉大杰著：《中國文學發展史》，臺北：華正書局，2009 年。

37. 劉瑜選析：《莫道不銷魂：李清照作品賞析》，臺北：德威國際文化，2002 年。

38. 劉維崇著：《李清照評傳》，臺北：黎明文化事業股份有限公司，1987 年。

39. 歐麗娟著：《杜詩意象論》，臺北：里仁書局，1997 年。

40. 鄧紅梅著：《李清照新傳》，上海：上海古籍出版社，2005 年。

41. 黎活仁等主編：《女性的主體性：宋代的詩歌與小說》，臺北：大安出版社，2001 年。

42. 錢穆著：《國史大綱》，臺北：臺灣商務印書館，1995 年。

43. 繆香珍著：《李清照與朱淑真評傳》，臺北：臺灣商務印書館，1989 年。

44. 繆荃蓀撰：《雲自在龕隨筆》，臺北：世界書局，2010 年。

45. 謝冰瑩等注譯：《新譯古文觀止》，臺北：三民書局，2012 年。

46. 羅家祥著：《北宋黨爭研究》，臺北：文津出版社，1993 年。

47. 日・瀧川龜太郎著：《史記會注考證》，臺北：大安出版社，1998 年。

三、期刊論文

1. 邱燮友：〈詩歌意象的表現〉《幼獅文藝》第 47 卷第 6 期，1978 年 6 月，頁 28～37。

2. 鄔曉菁：〈李清照分期新論〉《寧波師範學報》第 4 期，1996 年，頁 109～113。

3. 吳惠娟：〈淺論唐宋詞表達的情感層次〉《宋代文學研究叢刊》第 3 期，1997 年 9 月，頁 415～423。

4. 蕭慶偉：〈熙豐、元祐黨爭的特質及其蛻變〉《贛南師範學院學報》第 4 期，1998 年，頁 58～63。

5. 陳康芬著：〈邊緣的女性主體——試以詞體中的婉約風格與擬女性話語觀看宋代女性詞家〉收錄於黎活仁等主編：《女性的主體性：宋代的詩歌與小說》，臺北：大安出版社，2001 年。

6. 李麗華：〈女性自傳文學的書寫意識與書寫特質 ——以李清照〈金石錄後序〉為剖析文本〉《漢學論壇》第二輯，2003 年，頁 13～28。

7. 邵清風：〈易安詞分期新探〉《巢湖學院學報》第 4 期，2003 年，頁 67～71。

8. 石邵華：〈論李清照生命意識的演進〉《成都大學學報》第 9 期，2007 年，頁 87～90。

9. 陳玉蘭：〈論李清照南渡詞核心意象之轉換及其象徵意義〉《文學遺產》第 3 期，2008 年，頁 77～82。

10. 王長順〈李清照詞意象美嬗變論析〉《文藝評論》第 2 期，2012 年，頁 46～49。

四、學位論文

1. 金容春：《李清照詞之研究》臺中：東海大學，中國文學研究所碩士論文，1986 年。

2. 郭曉菁：《南渡詞人李清照——其詞作與詞學主張研究》新竹：國立清華大學中國文學系碩士論文，2002 年。

3. 郭錦蓉：《易安詞中的愁》嘉義：南華大學文學研究所碩士論文，2003 年。

4. 陳怡君：《李清照性格思想及生活情趣探究》彰化：國立彰化師範大學國文研究所國語文教學碩士班碩士論文，2005 年。

5. 程汶宣：《李清照詞篇章意象析論》臺北：國立臺灣師範大學國文研究所教學碩士論文，2006 年。

6. 張美智：《《漱玉詞》藝術探究》新竹：玄奘大學中國語文研究所碩士論文，2006 年。

7. 王廣琪：《動亂中的詞人——李煜李清照詞比較研究》彰化：國立彰化師範大學國文研究所碩士論文，2008 年。

8. 洪怡姿：《李清照詞與徐燦詞研究》臺中：國立中興大學中國文學系碩士論文，2008 年。

9. 吳美珍：《李清照詞作之情感嬗變與藝術特質探究》新竹：玄奘大學中國語文學系碩士在職專班碩士論文，2008 年。

10. 劉淑菁：《《漱玉詞》花鳥意象研究》臺北：國立臺灣師範大學國文研究所教學碩士論文，2009 年。

11. 呂宜芳：《秦觀與李清照詞之比較研究》臺北：淡江大學中國文學系碩士在職專班碩士論文，2011 年。